A JOIA DAS SETE ESTRELAS

BRAM STOKER

Traduzido por Gabrielle Carvalho

Os direitos desta edição pertencem à
Editora Pé da Letra
Rua Coimbra, 255 - Jd. Colibri
Cotia, SP, Brasil
Tel.(11) 3733-0404
vendas@editorapedaletra.com.br
www.editorapedaletra.com.br

Direção Editorial James Misse

Edição Leonardo Waack

Direção de Arte Sueli Issaka

Tradução Gabrielle Carvalho

Revisão Karoline Leandro Bento

Diagramação Carlos Santos

Impresso no Brasil, 2023.

Dados Internacionais de Catalogação na Publicação (CIP)
Angélica Ilacqua CRB-8/7057

Stoker, Bram, 1847-1912
A joia das sete estrelas / Bram Stoker ; traduções de Gabrielle Carvalho. - 1. ed. - Cotia, SP : Pé da Letra, 2023.
256 p.

ISBN 978-65-5888-835-2
Título original: The Jewell of Seven Stars

1. Ficção irlandesa 2. Literatura infantojuvenil I. Título II. Carvalho, Gabrielle

23-4323 CDD Ir823

Índices para catálogo sistemático:

1. Ficção irlandesa

A JOIA DAS SETE ESTRELAS

BRAM STOKER

Para Eleanor
e Constance Hoyt

PÉ da letra

ÍNDICE

CAPÍTULO I

Convocações na Madrugada

Tudo aquilo parecia tão real, que eu mal podia imaginar que já poderia ter acontecido antes. E, mesmo assim, cada episódio surgia não como um passo novo na lógica dos acontecimentos, mas como algo esperado. Mas não é surpresa que a memória prega peças, seja para o bem ou para o mal, para o prazer ou para a dor, para a prosperidade ou o infortúnio. Por isso, dá-se que a vida é tão doce quanto amarga, e que tudo que já foi feito se torna eterno.

Mais uma vez, ao parar de navegar pelas águas calmas e levantar os remos pingantes, o barquinho deslizou da luz ardente de julho até a sombra fresca dos grandes galhos dependurados de salgueiro – eu, em pé no barco balançante, e ela sentada, protegendo-se com os dedos hábeis dos galhos soltos ou da liberdade da resiliência dos ramos oscilantes. Mais uma vez, a água tinha um aspecto dourado e amarronzado, sob a cobertura de um verde translúcido; e as margens cheias de grama tinham um brilho esmeralda. Mais uma vez, sentamo-nos sob a sombra fresca, com a miríade de sons da natureza tanto dentro quanto fora de nosso pequeno oásis, misturando-se àquele zumbido calmante, que nos permitia esquecer do grande mundo e seus problemas perturbadores e suas alegrias perturbadoras. Mais uma vez, naquela solitude extasiante, a jovem moça distraiu-se, falando de sua criação formal e minuciosa, e contou-me de um jeito natural e sonhador da solidão de sua nova vida. Havia um quê de tristeza em sua voz com o qual ela me mostrou como cada pessoa naquela casa espaçosa era isolada pela magnificência pessoal da moça e de seu pai; como lá não havia altar para a confiança nem santuário para a simpatia; e como lá mesmo o rosto de seu pai parecia tão distante quanto a antiga vida no campo parecia ser agora. De novo, a sabedoria de minha virilidade e a experiência acumulada pelos anos se curvaram aos pés da garota. Pareciam fazer isso por conta própria; pois meu "eu" individual não tinha direito de opinar naquele assunto, podia apenas obedecer a ordens imperativas. E, mais uma vez, os segundos voaram e se multiplicaram infinitamente. Pois é nos mistérios incompreendidos dos sonhos que as existências se misturam e se renovam, mudam e mesmo assim permanecem iguais – como a alma de um músico ao tocar uma fuga. E, assim, a memória suspirou, de novo e de novo, adormecida.

Parece que nunca há a possibilidade do descanso perfeito. Mesmo no Éden a cobra espreita sua cabeça dentre os galhos carregados da Árvore da Sabedoria. O silêncio da noite sem sonhos é quebrado pelo rugido da avalanche, pelo chiado das enchentes repentinas, pelo soar do sino de um trem passando por uma cidade estadunidense adormecida, pelas batidas distantes de remos nas águas do mar... Seja o que for, está destruindo o charme de meu Éden. O dossel de folhas sobre nós, com pontinhos de luz em forma de diamantes por toda a parte, pareceu tremeluzir com as batidas incessantes dos remos; e o sino incansável parecia que nunca iria parar...

De uma só vez, os portões do Sono foram escancarados, e meus ouvidos despertos tomaram nota do que causava os sons perturbadores. A existência desperta é prosaica o suficiente – havia alguém batendo à porta e tocando a campainha de alguma das casas da rua.

Eu já estava acostumado, em meu quarto na rua Jermyn, aos sons passageiros; normalmente, não me preocupava, estivesse dormindo ou desperto, com os afazeres, não importa quão barulhentos, de meus vizinhos. Mas esse barulho era contínuo demais, insistente demais, imperativo demais para ser ignorado. Havia uma mente ativa por trás daquele som incessante e algum estresse ou necessidade por trás daquela mente. Eu não era do tipo egoísta e, perante o pensamento de que alguém necessitava de algo, pulei de imediato da cama. Por instinto, olhei para o relógio. Acabara de dar três horas. Havia uma tênue luz acinzentada ao redor da cortina verde que escurecia meu quarto. Era evidente que as batidas e os toques da campainha vinham da porta de nossa própria casa; era evidente, também, que não havia mais ninguém acordado para atender a porta. Coloquei um roupão e chinelos e desci para a porta do hall de entrada. Quanto a abri, deparei-me com um elegante cavalariço que tinha uma mão pressionando sem parar a campainha elétrica enquanto a outra batia incessantemente com a aldraba na porta. Assim que me viu, o barulho parou. Uma das mãos foi, por instinto, à borda de seu chapéu e a outra puxou uma carta do bolso. Havia uma bela carruagem atrás dele, e os cavalos tinham a respiração pesada, como se tivessem corrido até ali. Um policial, com sua lanterna no cinto ainda acesa, estava por perto, atraído ao local pelo barulho.

— Peço perdão, senhor, por perturbá-lo assim, mas recebi ordens urgentes. Eu não deveria desperdiçar um segundo sequer e deveria bater à porta e tocar a campainha até que alguém viesse. Mal lhe pergunte, senhor, mas o Sr. Malcolm Ross reside aqui?

— Sou eu o Sr. Malcolm Ross.

— Então esta carta é para o senhor, bem como a carruagem, senhor!

Com uma estranha curiosidade, olhei para a carta que ele me entregou. Sendo advogado, eu já tivera, é claro, experiências estranhas de quando em quando, incluindo exigências súbitas do meu tempo; mas nunca algo assim. Dei um passo para trás, hall adentro, encostando a porta, mas deixando-a entreaberta, e acendi a luz elétrica. A carta havia sido escrita em uma caligrafia estranha, feminina. Ela começava de uma vez, sem sequer um "Prezado senhor" ou algo do tipo:

"O senhor disse que me ajudaria se eu precisasse; e acredito que havia firmeza em suas palavras. A hora chegou antes do que eu esperava. Estou com um problema terrível e não sabia para onde ir ou a quem recorrer. Temo que tenha havido uma tentativa de assassinato ao meu pai. Ainda que, graças a Deus, ele não tenha morrido, está inconsciente. Chamei os médicos e a polícia, mas não há ninguém aqui em quem eu possa confiar. Venha sem demora, se for possível, e perdoe-me se puder. Suponho que eu venha a perceber mais tarde o que fiz ao pedir tamanho favor; mas, no momento, não consigo ser racional. Venha! Venha de uma vez!

Margaret Trelawny."

Dor e júbilo passaram por minha mente enquanto lia; mas o pensamento principal que tive foi o de que ela estava com problemas e havia chamado a mim – a mim! Meu sonho com ela, então, não havia sido sem motivo. Chamei o cavalariço:

— Espere! Irei com o senhor em um minuto! — E corri para o andar de cima. Alguns poucos minutos bastaram para que eu me lavasse e me vestisse; e logo estávamos dirigindo pelas ruas tão rápido quanto os cavalos podiam ir. Era dia de feira e, quando chegamos à Piccadilly, havia um sem-fim de carrinhos vindos do oeste; mas o resto da estrada estava livre e seguimos caminho com rapidez. Eu instruíra o cavalariço a ficar dentro da carruagem comigo para que pudesse me contar, durante a viagem, o que havia acontecido. Ele se sentou ali sem jeito, com o chapéu sobre os joelhos, enquanto falava:

— A Srta. Trelawny, senhor, mandou que um homem nos ordenasse a preparar a carruagem sem delongas; e, quando estávamos prontos, a própria senhorita veio até mim, entregou-me a carta e disse a Morgan (o cocheiro, senhor) que fosse o mais rápido possível. Ela disse que não havia um segundo a perder, que eu deveria bater à porta e tocar a campainha até que alguém viesse.

— Sim, disso eu sei, eu sei... o senhor que me contou! O que quero saber é por que ela mandou que viessem até mim. O que aconteceu na casa?

— Não tenho certeza, senhor; sei apenas que encontraram o mestre desmaiado em seu quarto, com os lençóis ensanguentados e com uma ferida na cabeça. Não foi possível acordá-lo. Foi a própria Srta. Trelawny que o encontrou.

— E como ela o encontrou a tal hora? Já era tarde da noite, não era?

— Não sei, senhor. Não pude ouvir nenhum dos detalhes.

Como não havia mais nada que ele pudesse me dizer, pedi que a carruagem parasse por um instante para que ele pudesse sair e se sentar junto ao cocheiro. Então revirei o assunto em minha mente, sentado a sós. Havia muitas coisas que eu poderia ter perguntado ao empregado; e, por um tempo após ele ter saído, tive raiva de mim mesmo por não ter aproveitado a oportunidade. Mas, pensando bem, fiquei aliviado por a tentação ter passado. Supus que seria mais delicado descobrir o que queria saber dos arredores da Srta. Trelawny por intermédio dela, em vez de por seus empregados.

Passamos com rapidez pela Knightsbridge, com o sutil barulho de nosso bem-equipado veículo ecoando no ar da manhã. Viramos na Kensington Palace Road e paramos em frente a uma grande casa ao lado esquerdo da rua, que estava mais próxima, até onde eu sabia, de Notting Hill do que do fim da avenida de Kensington. Era uma ótima casa, não apenas no que diz respeito ao seu tamanho, mas também a sua arquitetura. Mesmo sob a tênue luz cinza da manhã, que tende a fazer as coisas parecerem menores, a casa parecia grande.

A Srta. Trelawny me encontrou no hall de entrada. Ela não estava tímida, de modo algum. Ela parecia reinar sobre tudo ao seu redor com uma espécie de dominância de quem é de uma casta superior, o que era ainda mais impressionante dado o fato de que ela estava bastante agitada e pálida como neve. No hall principal, estavam vários empregados, os homens ajuntados perto da porta e as mulheres agarradas umas às outras nos cantos e soleiras. Um superintendente da polícia havia conversado com a Srta. Trelawny; dois homens uniformizados e um com vestimentas comuns estavam próximos a ele. Ela pegou minha mão em um impulso, e havia alívio em seus olhos, bem como no suspiro gentil que soltou. Sua saudação foi simples:

— Sabia que você viria!

O juntar de mãos poderia significar grandes coisas, mesmo quando não tinha a intenção de significar nada de especial. A mão da Srta. Trelawny havia, de algum modo, se perdido na minha. Não era por ser pequena; era delgada e flexível, com longos e delicados dedos – uma mão rara e bela; era a inconsciente renúncia de si. E apesar de eu não poder me alongar no porquê de tal animação ter me dominado naquele momento, o pensamento voltou a mim mais tarde.

Ela se virou e disse ao superintendente:

— Este é o Sr. Malcolm Ross.

O policial me cumprimentou enquanto dizia:

— Conheço o Sr. Malcolm Ross, senhorita. Talvez ele se lembre de que eu tive a honra de trabalhar junto a ele no caso da Cunhagem de Brixton.

Em um primeiro momento, eu não o reconhecera, pois toda a minha atenção estava voltada à Srta. Trelawny.

— É claro, Superintendente Dolan, lembro-me bem! — disse, apertando sua mão. Não pude deixar de notar que o fato de nos conhecermos pareceu trazer certo alívio à Srta. Trelawny. Havia um vago desassossego em suas ações que me chamou a atenção. Instintivamente, senti que ela teria menos vergonha de falar comigo a sós. Assim, disse ao superintendente:

— Talvez fosse melhor se a Srta. Trelawny falasse comigo a sós por alguns minutos. O senhor, claro, já ouviu tudo que ela poderia saber. E eu devo entender melhor o que aconteceu, se apenas puder fazer algumas perguntas. Depois, se possível, falarei sobre o assunto com o senhor.

— Fico feliz de ser de qualquer serventia que puder, senhor — ele respondeu com honestidade.

Segui a Sra. Trelawny até um quartinho delicado anexo ao hall, com vista para o jardim nos fundos da casa. Quando já estávamos dentro do cômodo e eu fechei a porta, ela disse:

— Irei lhe agradecer mais tarde por sua bondade em vir em meu auxílio; mas, por enquanto, você só poderá me ajudar bem se souber dos fatos.

— Prossiga — pedi. — Diga tudo que sabe e não poupe detalhes, por mais triviais que possam lhe parecer.

Ela imediatamente começou o seu relato:

— Fui acordada por um som, mas não sei o que era. Sei apenas que atravessou meus sonhos, pois acordei com um susto, com meu coração acelerado, procurando ansiosamente por algum som vindo do quarto de meu pai. Meu quarto fica ao lado do de papai, e com frequência o escuto andando por aí antes de cair no sono. Ele trabalha até tarde da noite, às vezes até muito, muito tarde. Então, quando acordo cedo, o que acontece de vez em quando, ou antes mesmo de amanhecer, ainda o escuto andando. Certa vez tentei lhe dar uma bronca por ficar acordado até tão tarde, pois não tem como isso ser bom para ele; mas nunca mais ousei repetir o experimento. Você sabe quão severo e insensível ele pode ser... ou ao menos deve se lembrar do que lhe contei sobre ele; e, quando ele é educado enquanto está nesse estado de espírito, é pavoroso. Quando ele está bravo, consigo lidar muito melhor; mas quando fala devagar e pensando bem em cada palavra, com a lateral da boca levantada, mostrando os dentes afiados, acho que me sinto... bem, não sei como! Ontem à noite me levantei em silêncio e fui devagarinho até a porta, com medo de atrapalhá-lo. Não havia barulho algum que indicasse movimento, nenhum grito, nada; mas havia esse som esquisito de algo sendo arrastado, e uma respiração lenta e pesada. Ah, foi terrível ficar esperando ali, no escuro e no silêncio, com medo... medo não sei bem do quê!

"Por fim, tomei coragem e virei a maçaneta com cuidado para não fazer barulho, abrindo a porta só um pouquinho. Estava bem escuro lá dentro, eu conseguia ver apenas o contorno das janelas. Mas, na escuridão, aquele som de respiração se tornou mais distinto, apavorando-me. Enquanto eu escutava, o som continuou; mas não havia nenhum outro som. Abri a porta toda de uma vez, pois tinha medo de abri-la aos poucos. Senti como se pudesse haver algo horrível atrás dela, pronto para me atacar! Então, acendi a luz elétrica e entrei no quarto. Olhei primeiro para a cama: os lençóis estavam todos amarrotados e, com isso, soube que papai havia se deitado; mas havia uma grande mancha vermelho-escura no centro da cama, derramando-se para os cantos, o que fez meu coração parar por um instante. Enquanto eu observava aquilo, o som de respiração veio do outro lado do quarto e virei meus olhos naquela direção. Ali estava papai, deitado sobre seu lado direito, com o braço por baixo, como se seu cadáver tivesse sido jogado ali às pressas. O rastro de sangue atravessava o quarto até a cama, e havia uma poça ao redor dele com um aspecto terrivelmente vermelho que parecia brilhar quando me agachei ao seu lado para examiná-lo. O local onde ele estava deitado era bem em frente ao grande cofre. Ele vestia pijamas. A manga esquerda estava rasgada, revelando todo o seu braço, que estava esticado em direção ao cofre. O braço dele estava... ah, tão horrível! Todo manchado de sangue, com a carne rasgada, cortada, ao redor de um bracelete de ouro em seu pulso. Não sabia que ele usava algo daquele tipo, e isso me surpreendeu bastante."

Ela pausou por um momento, e eu quis acalmá-la com uma breve dispersão de pensamento, dizendo:

— Ah, não há por que se surpreender com isso. Você encontrará os homens que menos espera usando um bracelete. Já vi um juiz condenar um homem à morte e, no pulso do braço que ele levantara, havia um bracelete de ouro.

Ela não pareceu dar muita atenção às palavras ou àquela ideia. Aquela interrupção, no entanto, a acalmou um pouco, e ela prosseguiu em uma voz mais firme:

— Não desperdicei um segundo sequer, fui logo atrás de ajuda, pois temia que ele sangrasse até a morte. Toquei o sino e saí clamando por ajuda o mais alto que podia. Deve ter se passado pouco tempo, mas pareceu uma eternidade para mim, e alguns dos empregados vieram correndo; e então chegaram os demais, até que o quarto estivesse cheio de olhos observadores, cabelos bagunçados e pijamas de todos os tipos.

"Deitamos papai em um sofá; e a governanta, Sra. Grant, que parecia conseguir conter os ânimos melhor do que qualquer um de nós, começou a procurar de onde o sangue estava saindo. Em poucos segundos, ficou aparente que era do braço que estava à mostra. Havia uma ferida profunda, que não fora feita com o corte limpo de uma faca, mas de maneira irregular, como se rasgada. Era perto do pulso, e parecia chegar até a veia. A Sra. Grant amarrou um pano ao redor do corte, apertando-o bem firme com um abridor de cartas prateado. Com isso, o sangramento pareceu parar. A essa hora, eu já havia retomado a razão (ou, ao menos, o tanto de razão que me havia sobrado) e mandei um de meus homens para chamar o médico e outro, a polícia. Quando saíram, senti que, exceto pelos empregados, eu estava só na casa e não sabia de nada, fosse a respeito de meu pai ou de qualquer outra coisa. E veio-me uma enorme vontade de ter alguém ao meu lado que pudesse me ajudar. Então, pensei em você e em sua gentil oferta naquele barco sob o salgueiro; e, sem parar para pensar, mandei que um homem preparasse a carruagem imediatamente, escrevi um bilhete e o mandei para você."

Ela fez uma pausa. Eu não queria dizer naquele momento qualquer coisa sobre como eu me sentia. Olhei para ela e acho que ela entendeu, pois seus olhos encararam os meus por um momento e então se viraram para baixo, deixando suas bochechas coradas como rosas peônias. Com um esforço aparente, ela continuou sua história:

— O doutor chegou em um tempo incrivelmente curto. O cavalariço o encontrou enquanto ele entrava na casa por conta própria pela porta da frente, e os dois correram até aqui. Ele fez um torniquete adequado no braço do pobre papai e voltou para casa para buscar algumas ferramentas. Suponho que logo estará de volta. Então chegou um policial, e ele mandou uma mensagem à delegacia. Pouco depois disso, o superintendente estava aqui. E em seguida, chegou você.

Houve uma longa pausa, e ousei pegar a mão dela na minha por um instante. Sem dizer mais nem uma palavra, abrimos a porta e nos juntamos ao superintendente no hall. Ele veio até nós, dizendo:

— Examinei tudo eu mesmo e mandei uma mensagem à Scotland Yard. Veja, Sr. Ross, parece haver tantas coisas estranhas com este caso que achei melhor termos os homens mais capazes do Departamento de Investigação Criminal que pudermos encontrar. Mandei uma mensagem para que o Sargento Daw venha quanto antes. Lembra-se dele, não é, senhor, daquele caso do envenenamento americano em Hoxton?

— Ah, sim — disse. — Lembro-me bem dele; deste e de outros casos, pois me beneficiei diversas vezes de sua habilidade e perspicácia. O homem tem uma mente que funciona com a maior veracidade que já vi. Quando eu estava na defesa e acreditava que meu cliente era inocente, ficava feliz de tê-lo contra nós!

— É um grande elogio esse, senhor — disse o superintendente, satisfeito. — Fico feliz que aprove minha escolha. Sinto que fiz bem em chamá-lo.

Respondi com honestidade:

— Não teria como ser melhor. Não duvido que, entre todos nós, conseguiremos juntar todos os fatos e tudo que se esconde entre eles!

Subimos ao quarto do Sr. Trelawny, onde encontramos tudo conforme sua filha havia descrito.

A campainha da casa tocou e, um minuto depois, um homem entrou no quarto. Era jovem, com feições aduncas, olhos cinzentos e aguçados e uma testa que se destacava, larga e quadrada como a de um pensador. Em sua mão, trazia uma maleta preta que abriu de uma vez. A Srta. Trelawny nos apresentou:

— Este é o Dr. Winchester, Sr. Ross, Superintendente Dolan.

Todos fizemos uma breve reverência e ele, sem hesitar por um segundo sequer, começou a trabalhar. Nós esperamos, observando-o com avidez cuidar da ferida. Enquanto trabalhava, ele se virava de quando em quando para chamar a atenção do superintendente a algo da ferida, e o Sr. Dolan logo anotava o fato em seu caderno.

— Veja! Vários cortes ou arranhões paralelos começando do lado esquerdo do pulso e, em alguns pontos, colocando em risco a artéria radial.

— Essas feridinhas aqui, fundas e irregulares — continuou —, parecem ter sido feitas com algum instrumento cego. Essa aqui, em particular, parece ter sido feita com algum tipo de cunha afiada. A carne ao redor parece que foi rasgada com pressão lateral.

Ele se virou para a Srta. Trelawny e disse:

— A senhorita acha melhor tirar este bracelete? Não é de todo necessário, já que cairá mais para baixo no pulso, ficando mais solto. Mas pode dar mais conforto ao paciente mais tarde.

A pobre garota corou, adquirindo uma coloração vermelho-escura, e respondeu baixinho:

— Não sei. Faz pouco tempo que vim morar com meu pai. Sei tão pouco sobre como ele vive ou como pensa que temo não poder tomar uma decisão neste assunto.

O doutor lançou um olhar astuto sobre a moça e disse em uma voz gentil:

— Perdão! Não sabia disso. Mas isso não precisa te perturbar. Não é necessário retirar o bracelete no momento. Se fosse o caso, eu o faria por conta própria. Caso se torne preciso no futuro, posso fazê-lo com facilidade usando uma lixa. Seu pai sem dúvida o mantinha por algum motivo. Veja! Tem uma chavinha presa ao acessório...

Enquanto falava, ele parou e se curvou em direção ao objeto, pegando de minha mão a vela que eu segurava e a movendo até que a luz iluminasse o bracelete. Então, chamando-me com um movimento de mão para que eu mantivesse a vela na mesma posição, tirou do bolso uma lupa, a qual ajustou. Após minuciosa análise, ele se levantou e entregou a lupa a Dolan, dizendo:

— É melhor que o senhor mesmo examine isso. Não é um bracelete comum. O ouro é trabalhado por cima de elos triplos de aço. Veja aqui, onde está gasto. É óbvio que não foi feito para ser retirado facilmente, e seria necessário mais do que uma mera lixa para fazê-lo.

O superintendente abaixou seu grande corpo; mas não conseguindo chegar perto o bastante apenas com isso, ajoelhou-se ao lado do sofá, tal qual o doutor havia feito. Ele examinou o bracelete com minúcia, revirando-o lentamente para que nada fugisse de sua observação. Então se levantou e entregou a lupa para mim.

— Quando você o tiver examinado — disse para mim —, deixe que a moça veja, se assim ela quiser. — E ele começou a escrever uma longa anotação em seu caderno.

Fiz uma mudança simples em sua sugestão. Estendi a lupa à Srta. Trelawny, dizendo:

— Não é melhor que você examine primeiro?

Ela se afastou, levantando discretamente a mão em renúncia e respondendo por impulso:

— Ah, não! Papai com certeza teria me mostrado se quisesse que eu visse isso. Não gostaria de fazê-lo sem o consentimento dele. — E então prosseguiu, sem dúvidas com medo de que sua recusa em ver o bracelete nos ofendesse. — Porém, é claro que os senhores devem vê-lo. Devem examiná-lo e considerar tudo; e, claro... claro, sou muito grata aos senhores...

Ela se virou; pude ver que ela chorava em silêncio. Era evidente para mim que, mesmo em meio aos problemas e à ansiedade, havia um desgosto por parte dela por saber tão pouco sobre o próprio pai; e, ainda por cima, por sua ignorância vir à tona em tal momento, em meio a tantos estranhos. Que fossem todos homens não fazia da vergonha mais simples de se lidar, ainda que houvesse um certo alívio no fato. Tentando interpretar os sentimentos dela, não pude deixar de pensar que seu desconforto deve ter sido um pouco aplacado por não haver olhares femininos, cuja compreensão é superior à dos masculinos, sobre ela naquele momento.

Quando me levantei após minha análise, que comprovou as observações do doutor, este retornou ao seu lugar ao lado do sofá e voltou ao trabalho. O Superintendente Dolan sussurrou para mim:

— Acho que tivemos sorte na escolha de médico!

Eu assenti e estava prestes a comentar um elogio à sua prática, quando ouvi leves batidas à porta.

CAPÍTULO II

Instruções Estranhas

O Superintendente Dolan foi em silêncio até a porta; com algum tipo de acordo natural, ele havia tomado posse do caso naquele cômodo. O resto de nós aguardou. Ele entreabriu a porta; e, então, com um gesto claro de alívio, abriu-a por completo, e um jovem entrou no quarto. Era um homem sem barba, alto e magro, com a face de uma águia e olhos rápidos e claros, que pareciam entender tudo ao seu redor com um mero vislumbre. No que ele entrava, o superintendente estendeu a mão e os dois homens trocaram um aperto de mão caloroso.

— Vim no instante que recebi sua mensagem, senhor. Fico feliz em saber que ainda tenho sua confiança.

— Sempre terá — respondeu o superintendente com uma voz cordial. — Não me esqueci de nossos velhos dias na Bow Street e nunca me esquecerei!

Então, sem dizer mais nada, ele começou a contar tudo o que descobrira até aquele momento. O Sargento Daw fazia algumas poucas perguntas – bem poucas –, quando estas eram necessárias para que ele pudesse entender as circunstâncias ou a posição relativa das pessoas; mas, via de regra, Dolan, que sabia como fazer seu trabalho, previu cada questionamento e explicou tudo que era preciso. O Sargento Daw dava uma olhadela rápida ao seu redor de quando em quando; ora para um de nós, ora para o cômodo ou uma parte dele, ora para o homem ferido desmaiado no sofá.

Quando o superintendente terminou, o sargento se virou para mim e disse:

— Talvez se lembre de mim, senhor. Trabalhamos juntos no caso Hoxton.

— Lembro-me bem do senhor — respondi, estendendo a mão.

O superintendente voltou a falar:

— O senhor entende, sargento, que está no mais completo comando deste caso?

— Em um patamar abaixo do seu, espero, senhor — ele interrompeu.

O outro homem balançou a cabeça e sorriu, dizendo:

— A meu ver, este será um trabalho que tomará todo o tempo e cérebro de um homem. Eu tenho outros trabalhos para fazer; mas tenho o mais sincero interesse e, se puder ajudar de qualquer maneira, o farei com prazer!

— Tudo bem, senhor — respondeu o Sargento Daw, aceitando a responsabilidade com um tipo de continência modificada e, de imediato, começou sua investigação.

Primeiro foi até o doutor e, tendo perguntado seu nome e endereço, pediu que este escrevesse um relatório completo que pudesse usar e que pudesse enviar ao escritório se preciso. O Dr. Winchester curvou-se com seriedade, prometendo cumprir com o que lhe foi pedido. Então, o sargento se aproximou de mim e disse em voz baixa:

— Fui com a cara do seu doutor. Acho que podemos trabalhar juntos! — E, virando-se para a Srta. Trelawny, pediu: — Por favor, conte-me o que puder sobre seu pai; como vivia, seu histórico... na verdade, qualquer coisa de qualquer âmbito que diga respeito a ele ou que poderia preocupá-lo.

Eu estava prestes a interrompê-lo para dizer que ela já havia dito que sabia muito pouco a respeito do pai e de como vivia, mas ela levantou uma mão em minha direção como aviso e respondeu ela mesma:

— Ah, não sei de quase nada. O Superintendente Dolan e o Sr. Ross já sabem de tudo que eu poderia dizer.

— Bem, madame, ficaremos contentes de fazer o que pudermos — ele disse amigavelmente. — Começarei fazendo uma análise detalhada. A senhorita disse que estava do lado de fora da porta quando ouviu o barulho, certo?

— Estava em meu quarto quando ouvi aquele barulho estranho... Na verdade, devo ter acordado pouco depois que ele começou. Saí imediatamente do meu quarto. A porta do quarto de papai estava fechada e eu conseguia ver o patamar e o segundo lance da escadaria por inteiro. Ninguém poderia ter saído por ali sem que eu visse, se é isso que quis dizer!

— Era isso mesmo que eu tinha em mente, senhorita. Se todo mundo que souber algo me contar tudo tão bem assim, não demoraremos a resolver o caso.

Então, ele foi até a cama, analisou-a com cuidado e perguntou:

— Alguém mexeu na cama?

— Não que eu saiba — respondeu a Srta. Trelawny. — Mas perguntarei à Sra. Grant, a governanta — disse, tocando o sino, ao qual a Sra. Grant logo respondeu, aparecendo ali. — Venha, entre. Esses cavaleiros, Sra. Grant, gostariam de saber se alguém mexeu na cama.

— Sei que eu não mexi, madame.

— Então — concluiu a Srta. Trelawny, virando-se para o Sargento Daw — não há mais ninguém que possa ter mexido nela. Ou a Sra. Grant ou eu estávamos aqui o tempo todo, e não creio que nenhum dos empregados que entraram quando chamei por socorro sequer chegaram perto da cama. Veja, papai estava deitado ali, bem debaixo do grande cofre, e todos ficaram ao redor dele. Mas todos foram mandados para fora do quarto em pouquíssimo tempo.

Daw, com um movimento de mão, pediu que todos ficássemos do outro lado do quarto enquanto ele examinava a cama com uma lupa, mexendo cada dobrinha da roupa de cama com bastante cuidado, para depois devolvê-las à sua posição original. Em seguida ele examinou com a lupa o chão embaixo da cama, com atenção especial para onde o sangue havia pingado pela lateral da cama, a qual era de sequoia e belamente esculpida. Milímetro por milímetro, ajoelhado no chão, ele tomou bastante cuidado para não tocar nenhuma das manchas, e as seguiu até o local, perto do grande cofre, onde o corpo havia sido encontrado. Ele examinou tanto aquela área quanto os arredores, em um raio de alguns metros; mas não pareceu encontrar nada que chamasse sua atenção. Depois examinou a parte da frente do cofre; ao redor da fechadura, por baixo e por cima das portas duplas e, em especial, onde elas se encontravam.

Então foi até as janelas, as quais tinham os trincos fechados.

— As cortinas estavam fechadas? — ele perguntou à Srta. Trelawny de um modo casual, como se esperasse uma resposta negativa, a qual recebeu.

Durante todo esse tempo, o Dr. Winchester estava cuidando de seu paciente; naquele momento estava enfaixando as feridas do pulso ou fazendo um exame minucioso da cabeça, da garganta e do peito, sobre o coração. Mais de uma vez, colocou o nariz junto à boca do homem desmaiado e cheirou. A cada vez que o fazia, logo em seguida olhava inconscientemente ao redor do cômodo, procurando por algo.

Ouvimos a grave voz do detetive:

— Até onde percebo, o objetivo era trazer a chave à fechadura do cofre. Parece-me que havia algum tipo de segredo no mecanismo o qual não sou capaz de adivinhar, ainda que tenha trabalhado na Chubb's por um ano antes de me juntar à força. É uma combinação de sete letras; mas parece-me que há algum tipo de tranca mesmo na combinação. É ser desenvolvida pela Chatwood's,[1] vou ligar lá e ver se descubro algo. — E, virando-se para o doutor, como se já tivesse terminado o que tinha para fazer pelo momento, disse: — Há algo que possa me dizer agora, doutor, que não irá interferir com seu relatório completo? Se houver alguma dúvida, posso esperar, sem problemas. Mas quanto antes eu souber algo que já esteja certo, melhor.

O Dr. Winchester logo respondeu:

— De minha parte, não vejo por que esperar. Farei um relatório completo, é claro. Mas, no meio-tempo, contarei ao senhor tudo o que sei, o que receio não ser muito, e tudo que penso, o que já é menos certo. Não há ferida alguma na cabeça que possa ser responsável pelo estupor no qual o paciente ainda se encontra. Devo, portanto, assumir que ele ou foi drogado ou está sob alguma influência hipnótica. Até onde posso dizer, ele não aparenta ter sido drogado, ao menos não por nenhuma droga cujas qualidades eu conheça. Claro, há neste quarto um cheiro tão forte de múmia que é difícil determinar algum aroma mais delicado. Atrevo-me a dizer que os senhores devem ter notado as peculiares essências egípcias: betume, nardo, gomas e especiarias aromáticas, e assim por diante. É bem possível que em algum lugar deste quarto, por entre as regalias e disfarçado pelos aromas mais fortes, esteja algum líquido ou substância que é responsável pelo efeito que estamos

1 Chubb's e Chatwood's foram empresas especializadas em trancas e fechaduras. (N.T.)

presenciando. É possível que o paciente tenha ingerido alguma droga e que, em algum estado sonolento, tenha se machucado. Não acho que seja provável; e as demais circunstâncias, além das que eu mesmo investiguei, podem provar que essa teoria não se sustenta. Contudo, até lá, é possível; e deve, até que seja provado o contrário, ser considerada.

Neste momento, o Sargento Daw interrompeu:

— Pode até ser, mas, neste caso, deveríamos ser capazes de encontrar o instrumento que causou o ferimento no pulso. Haveria marcas de sangue em algum lugar.

— Exatamente! — disse o doutor, arrumando os óculos como quem se prepara para uma discussão. — Mas se o paciente tiver usado alguma droga desconhecida, pode ser que não faça efeito de uma só vez. Como não sabemos do que é capaz, caso a teoria esteja correta, claro, devemos estar preparados para tudo.

A Srta. Trelawny se juntou à conversa:

— Isso estaria correto, no que diz respeito à ação da droga; mas, de acordo com a segunda parte de sua teoria, a ferida teria sido causada por ele mesmo, após a droga fazer efeito.

— De fato! — disseram o detetive e o doutor ao mesmo tempo.

Ela continuou:

— Contudo, doutor, seu palpite não cobre todas as possibilidades. Assim, devemos manter em mente que alguma outra variação com a mesma base pode estar correta. Assumo, portanto, que nossa primeira busca, tendo por base essa hipótese, deve ser pela arma que causou o ferimento no pulso de papai.

— Talvez ele tenha colocado a arma no cofre antes de desmaiar — sugeri, estupidamente dando voz a um pensamento incompleto.

— Não seria possível — logo respondeu o doutor. — Ou, ao menos, acho bastante improvável. — Adicionou, fazendo uma leve reverência. — Veja, a mão esquerda está coberta de sangue; mas não há marca de sangue alguma no cofre.

— É verdade! — eu disse, e seguiu-se uma longa pausa.

O primeiro a quebrar o silêncio foi o doutor:

— Devemos chamar uma enfermeira para cá o quanto antes; e sei exatamente qual chamar. Vou fazê-lo agora mesmo, se for possível. Devo pedir que, até que eu retorne, ao menos um de vocês se mantenha sempre com o paciente. Talvez seja preciso trocá-lo de quarto mais tarde; mas, enquanto isso, é melhor mantê-lo aqui. Srta. Trelawny, posso assumir que ou a senhorita ou a Sra. Grant irá permanecer aqui, não apenas no quarto, mas perto do paciente e o observando até que eu retorne?

Ela assentiu em resposta e sentou-se ao lado do sofá. O doutor lhe passou algumas instruções acerca de como prosseguir caso seu pai acordasse antes que ele estivesse de volta.

O próximo a se mexer foi o Superintendente Dolan, que se aproximou do Sargento Daw e disse:

— É melhor eu voltar para a delegacia agora. A menos, é claro, que o senhor queira que eu fique aqui mais um pouco.

— Johnny Wright ainda está em sua divisão? — ele perguntou em resposta.

— Está! O senhor gostaria que ele o acompanhasse? — perguntou, recebendo um aceno de cabeça positivo em resposta. — Então o mandarei para cá assim que possível. Ele deverá ficar com o senhor por quanto tempo o senhor quiser. Vou orientá-lo a receber ordens apenas do senhor.

O sargento o acompanhou até a porta, dizendo enquanto andava:

— Muito obrigado, senhor. O senhor sempre foi atencioso aos homens que trabalham em sua companhia. É um prazer que estejamos trabalhando juntos novamente. Devo voltar à Scotland Yard e relatar tudo a meu capitão. Então, ligarei para Chatwood's e voltarei para cá o mais cedo possível. Suponho que não haja problemas, senhorita, se eu ficar por aqui por um dia ou dois, se for preciso? Minha presença pode lhe prover auxílio ou conforto enquanto desvendamos este mistério.

— Eu ficaria muito grata, senhor.

Ele a observou atentamente antes de voltar a falar:

— Antes de ir, será que eu poderia examinar a penteadeira e a escrivaninha de seu pai? Talvez haja algo lá que possa nos dar uma dica ou nos levar à solução.

A resposta da moça foi tão franca e certa que quase o surpreendeu:

— O senhor tem a mais ampla permissão para fazer qualquer coisa que possa nos ajudar com este problema horroroso. Seja para descobrir o que há de errado com papai ou algo que possa protegê-lo no futuro!

Logo em seguida, ele começou uma busca sistemática pela penteadeira e, então, pela escrivaninha do quarto. Em uma das gavetas, encontrou uma carta fechada que levou para o outro lado do cômodo, entregando-a para a Srta. Trelawny.

— Uma carta... endereçada a mim... na caligrafia de papai! — ela disse, abrindo-a ansiosamente.

Eu observei suas feições enquanto lia; mas, ao notar que o Sargento Daw mantinha seu olhar atento no rosto dela, observando sem piscar a mais discreta das expressões, optei por manter o meu olhar no dele. Quando a Srta. Trelawny terminou de ler a carta, eu havia chegado a uma conclusão, que, contudo, mantive cativa em meu coração. Dentre as suspeitas na mente do detetive, havia uma que se punha, de modo mais possível do que definitivo, sobre a própria Srta. Trelawny.

Durante vários minutos, a Srta. Trelawny segurou a carta enquanto mantinha os olhos baixos, pensativa. Então, leu-a mais uma vez, com cuidado, desta vez com mais intensidade em suas variadas expressões, as quais eu conseguia acompanhar com facilidade agora. Ao terminar a segunda leitura, ela fez uma nova pausa. Em seguida, ainda que com certa relutância, ela devolveu a carta ao detetive. Ele a leu vorazmente, mas com uma expressão imutável. Leu por uma segunda vez e a devolveu com uma reverência. A moça relutou mais uma vez e entregou a carta para mim. Ao fazê-lo, encarou-me nos olhos com interesse pelo mais breve momento, um fugaz rubor espalhando-se por suas bochechas pálidas e por sua testa.

Com sentimentos mistos, aceitei a oferta, mas, apesar de tudo, fiquei feliz. Ela não se mostrou perturbada por entregar a carta ao detetive – talvez não se mostrasse assim a mais ninguém. Mas a mim... Temi seguir tal linha de pensamento e optei por seguir com a leitura, ciente de que tanto os olhos da Srta. Trelawny quanto os do detetive estavam fixados em mim.

"MINHA QUERIDA FILHA,

Quero que fique com esta carta como uma instrução – inquestionável e imperativa, que não aceita mudança alguma – para o caso de que algo enfadonho ou inesperado por você ou por outros aconteça a mim. Caso eu seja atacado súbita e misteriosamente, seja por uma doença, por acidente ou por um ataque, você deve seguir estas instruções por completo. Se eu já não estiver em meu quarto quando você tomar ciência de meu estado, devo ser levado para lá o mais rápido possível. Mesmo se eu estiver morto, meu corpo deve ser levado para lá. A partir disso, até que eu esteja consciente e capaz de lhe instruir eu mesmo ou que esteja enterrado, não devo ser deixado a sós por um instante sequer. Do cair da noite ao amanhecer, ao menos duas pessoas devem permanecer no quarto. Será melhor que uma enfermeira profissional venha ao quarto de quando em quando e verifique se há algum sintoma, seja permanente ou passageiro, que lhe chame a atenção. Meus procuradores, Marvin & Jewkes, da 27B na Lincoln's Inn, têm instruções completas para o caso de minha morte. E o próprio Sr. Marvin me garantiu que se certificaria que meus desejos seriam cumpridos. Devo aconselhá-la, querida filha, visto que você não tem nenhum parente que possa apoiá-la, a chamar alguma pessoa que seja sua amiga e na qual possa confiar para que fique com você na casa, e com quem você possa se comunicar em um instante ou que possa lhe ajudar na observação noturna ou, no mínimo, ficar por perto. Tal pessoa pode ser tanto homem quanto mulher; mas, seja qual for o caso, deve haver ao menos mais uma pessoa a vigiar ou cuidar de mim do sexo oposto. Entenda, é fundamental ao meu desejo que haja tanto uma mente feminina quanto uma masculina atentas e cuidando de meus propósitos. Mais uma vez, querida Margaret, devo ressaltar a necessidade de constante vigilância e do raciocínio para chegar a conclusões, por mais estranhas que pareçam.

Caso eu fique doente ou ferido, tal fato não será de natureza corriqueira; e é meu desejo lhe avisar disso, para que você possa se proteger.

"Nada em meu quarto – refiro-me aqui às minhas regalias – deve ser removido ou trocado de lugar de maneira alguma, por motivo nenhum. Tenho meus motivos e propósitos para tê-las colocado onde estão; destarte, movê-las frustraria meus planos.

"Caso precise de dinheiro ou aconselhamento de qualquer tipo, o Sr. Marvin a ajudará. Para tanto, ele recebeu instruções minhas.

Abel Trelawny."

Li a carta uma segunda vez antes de falar qualquer coisa, pois senti que eu iria me trair. A escolha de um amigo poderia ser uma ocasião da qual eu poderia tirar proveito. Eu já tinha esperanças por ela ter pedido a minha ajuda nas primeiras agonias de seu problema; mas o amor tem suas próprias dúvidas, e eu temia. Meus pensamentos voavam por todos os lados e, em poucos segundos, toda uma nova lógica se formou em minha mente. Eu não deveria me voluntariar para ser o amigo aconselhado por seu pai para ajudá-la na vigília; contudo, o olhar que ela havia me dirigido tinha um significado que eu não podia ignorar. Além disso, quando ela precisou de ajuda, não fora a mim que mandara buscar, um completo estranho, senão pelo encontro em um baile naquela breve tarde de companheirismo no lago? Não seria humilhante para ela ter que pedir duas vezes? Humilhante! Não! Era uma dor da qual eu poderia poupá-la, visto que não seria humilhante negar. Assim, ao devolvê-la a carta, disse:

— Perdoe-me pela presunção, Srta. Trelawny, mas eu ficaria deveras orgulhoso de poder ajudá-la na vigília de seu pai. Ainda que a ocasião seja triste, ficarei alegre se me for dado tal privilégio.

Apesar do esforço dolorosamente claro que ela fez para manter a compostura, o rubor vermelho subiu por seu pescoço e sua face. Até mesmo seus olhos pareceram ficar avermelhados e ficaram em forte contraste com suas bochechas pálidas quando o rubor passou. Ela me respondeu baixinho:

— Ficarei muito grata por sua ajuda! — E, logo em seguida, acrescentou: — Mas não permita que eu seja assim tão egoísta em minhas necessidades! Sei que o senhor deve ter muitas tarefas às quais precisa atender; sua ajuda será de grande estima para mim, muito mesmo, mas não seria justo que eu monopolizasse o seu tempo.

— Quanto a isso — respondi sem hesitar —, meu tempo é seu. Posso organizar meu trabalho sem dificuldades, de forma que eu possa voltar para cá durante a tarde e ficar até de manhã. Após isso, caso ainda se faça necessário, posso organizar meu trabalho de forma a ter ainda mais tempo ao meu dispor.

Ela ficou bastante emocionada. Pude ver que seus olhos lacrimejaram, e ela virou a cabeça. O detetive, então, disse:

— Fico aliviado em saber que o senhor ficará aqui, Sr. Ross. Eu mesmo deverei ficar na casa, se assim a Srta. Trelawny e meus companheiros da Scotland Yard permitirem. A carta joga uma perspectiva nova sobre tudo; ainda que torne o mistério ainda maior. Se puderem esperar aqui por uma hora ou duas, voltarei à central e, então, irei aos fabricantes de cofres. Depois, retornarei para cá; e o senhor poderá ficar mais tranquilo em sair da casa, pois eu estarei aqui.

Tendo ele partido, nós, eu e a Srta. Trelawny, permanecemos em silêncio. Por fim, ela levantou os olhos e me encarou por um momento; depois disso, eu não trocaria de lugar nem com um rei. Por um tempo, ela se ocupou com a mesa de cabeceira improvisada de seu pai. Então, pedindo que eu garantisse não tirar os olhos dele até que ela retornasse, saiu do quarto, apressada.

Voltou em alguns minutos, com a Sra. Grant, outras duas empregadas e dois homens, que traziam toda a estrutura de uma pequena cama de ferro, a qual logo montaram. Quando terminaram e foram embora, a Srta. Trelawny me disse:

— É melhor que já estejamos prontos quando o doutor retornar. Decerto ele quererá colocar papai na cama, e uma cama de verdade será melhor para ele do que o sofá.

Então ela puxou uma cadeira para perto do pai e sentou-se, observando-o. Andei pelo quarto, fazendo notas mentais de tudo o que via. E, de fato, havia coisas o bastante no quarto para evocar a curiosidade de qualquer homem, ainda que as circunstâncias atuais fossem menos estranhas. Todo aquele cômodo, com exceção dos móveis necessários para tornar qualquer quarto completo, era repleto de regalias curiosas, na sua maioria egípcias. Como o quarto era imenso, havia oportunidade para expor vários objetos, mesmo que, como era o caso, fossem enormes.

Enquanto eu ainda investigava o cômodo, ouvi o som de rodas contra o cascalho no exterior da casa. Alguém tocou a campainha e, alguns minutos depois, bateu na porta do quarto. Respondendo ao pedido de que entrasse, assim o fez o Dr. Winchester, seguido por uma moça trajando o escuro uniforme de uma enfermeira.

— Tive sorte! — ele anunciou ao entrar. — Encontrei-a logo e não estava ocupada! Srta. Trelawny, esta é a Enfermeira Kennedy!

CAPÍTULO III

A Vigília

Surpreendeu-me o modo como as duas jovens se encararam. Suponho que fiquei tão preso ao hábito de julgar mentalmente as personalidades das testemunhas e os julgamentos formados a partir de suas ações inconscientes e de como se portavam, que ele se estendeu para além de minha vida no tribunal. Neste momento da minha vida, tudo que era do interesse da Srta. Trelawny era do meu também; e, como ela se surpreendera com a mulher que acabara de chegar, eu, por instinto, também a analisei. Comparando as duas, pareceu-me que descobri algo novo acerca da Srta. Trelawny. Decerto as duas moças contrastavam bastante entre si. A Srta. Trelawny tinha uma silhueta delgada; morena e sem muitas curvas. Seus olhos eram belíssimos; grandes, arregalados, tão pretos e delicados quanto veludo, com misteriosa profundidade. Encará-los era como olhar para um espelho negro, como o que era usado pelo Dr. Dee em seus ritos mágicos. Certa vez, durante um piquenique, ouvi um velho senhor, um grande viajante oriental, descrever o efeito dos olhos dela como "olhar noite adentro para as distantes luzes de uma mesquita através de suas portas abertas". As sobrancelhas eram típicas. Finas, arqueadas e ricas em pelos longos e ondulados, eram o ambiente arquitetônico ideal para seus esplêndidos e profundos olhos. Seu cabelo também era preto, mas fino como seda. No geral, cabelos pretos tendem a ter uma força animalesca, parecendo ser uma forte expressão das forças da natureza; mas não era este o caso. Eles eram refinados e nobres; e, ainda que não houvesse sugestão alguma de fraqueza, qualquer senso de poder que houvesse era mais espiritual do que animal. Toda a harmonia de seu ser era completa. A presença, a silhueta, os cabelos, os olhos; sua boca bem-preenchida, cujos lábios escarlates e dentes brancos pareciam iluminar a parte inferior de seu rosto, tal qual os olhos a superior; a larga curva de seu maxilar, do queixo às orelhas; os longos, finos dedos; a mão que parecia se mover a partir do pulso como se tivesse vida própria. Todas essas perfeições construíam uma personalidade dominante, fosse por sua graça, sua doçura, sua beleza ou seu charme.

A Enfermeira Kennedy, por outro lado, estava logo abaixo da estatura média para uma mulher. Ela era firme e encorpada, com membros densos e mãos largas, fortes e competentes. Sua cor produzia o mesmo efeito de uma folha no outono. O cabelo louro-acastanhado era grosso e longo, e os olhos marrom--dourados brilhavam no rosto queimado de sol e pintado de sardas. Suas bochechas rosadas davam a impressão de um rico bronzeado. Os lábios vermelhos e dentes brancos não alteravam o esquema de cores, contudo, enfatizavam-no. Tinha um nariz arrebitado, disso não havia dúvidas, mas, como é característico de tais narizes, ele demonstrava uma natureza generosa, incansável e cheia de boas intenções. Sua larga e pálida testa, a qual fora poupada até mesmo das sardas, era cheia de pensamentos e argumentos decididos.

Enquanto voltavam do hospital, o Dr. Winchester a informou dos detalhes necessários e, sem uma única palavra, ela assumiu o controle do paciente e se pôs a trabalhar. Tendo examinado a cama recém-feita e arrumado os travesseiros, ela falou com o doutor, que lhe passou instruções; então, nós quatro, nos movendo juntos, levantamos o homem inconsciente do sofá.

No começo da tarde, quando o Sargento Daw já havia retornado, liguei para minha residência na Jermyn Street e pedi que mandassem as roupas, os livros e os papéis dos quais eu provavelmente precisaria nos próximos dias. Então prossegui com minhas tarefas legais.

A Corte operou até tarde naquele dia, visto que um caso importante estava sendo finalizado. Já batiam seis horas quando eu entrei pelo portão da Kensington Palace Road. Encontrei-me em um grande cômodo próximo ao quarto do doente.

Naquela noite, ainda não havíamos organizado uma rotina de vigilância, então a primeira parte da noite teve uma guarda irregular. A Enfermeira Kennedy, que trabalhou o dia inteiro, estava descansando, visto que havia combinado de voltar à meia-noite. O Dr. Winchester, que jantaria na casa, permaneceu no quarto até que o chamassem para jantar, voltando assim que terminou de comer. Durante o jantar, a Sra. Grant ficou no quarto e, acompanhando-a, o Sargento Daw, que queria terminar o minucioso exame do quarto e seus arredores que começara mais cedo. Às nove horas, a Srta. Trelawny e eu fomos liberar o doutor. Ela havia dormido por algumas horas durante a tarde, em prol de estar descansada para seu trabalho de noite. Ela me disse que estava determinada a, por pelo menos essa noite, ficar acordada e vigilante. Não tentei dissuadi-la, pois sabia que ela estava decidida. Naquele momento, tomei a decisão de manter guarda com ela – a menos que, é claro, eu percebesse que isso não era da sua vontade. Não disse nada acerca de minhas intenções. Entramos no quarto andando na ponta dos pés, em tamanho silêncio que o doutor, curvado por sobre a cama, não nos ouviu, assustando-se um pouco ao nos ver. Senti que o mistério da coisa toda o estava afetando, tal qual já havia afetado alguns de nós. Ele ficou, achei, um pouco irritado consigo mesmo por ter se assustado tanto, e logo começou a tagarelar, como se quisesse que nos esquecêssemos do susto que tomara:

— Eu de fato não consigo pensar em absolutamente nada mais que possa ter causado esse estupor. Repeti os exames mais precisos que conheço e afirmo com certeza que não há dano nenhum ao cérebro ou, ao menos, nenhum dano externo. O fato é que todos os órgãos vitais dele parecem estar intactos. Como sabem, eu o alimentei várias vezes, e está claro que isso lhe fez bem. Sua respiração está firme e regular, e seu pulso está mais devagar e mais forte do que estava hoje pela manhã. Não achei evidência alguma de nenhuma droga conhecida, e sua inconsciência não lembra nenhum dos muitos casos de sono hipnótico que cheguei a ver no Hospital Charcot em Paris. Quanto às feridas aqui — disse ele colocando um dedo gentilmente no pulso enfaixado que não estava coberto —, não sei o que pensar delas. Pode ser que tenham sido feitas por uma cardadora. Mas não tenho evidências. Está dentro do escopo das possibilidades também que possam ter sido feitas por algum animal selvagem, se este tiver garras afiadas. Isso também é, assumo, impossível. Por sinal, a senhorita mantém algum animal incomum na casa? Qualquer coisa mais excepcional, como um gato-do-mato ou algo do tipo?

A Srta. Trelawny lhe ofereceu um triste sorriso, que me deu um aperto no peito, enquanto respondia:

— Ah, não. Papai não gosta de animais na casa, a menos que estejam mortos ou mumificados. — Isso foi dito com um tom de amargura, ou de inveja, eu não sabia dizer qual. — Até mesmo meu pobre gatinho era meramente tolerado dentro de casa. E, por mais que seja o gato mais querido e bem-comportado do mundo, está em uma espécie de condicional agora, e não lhe é permitido entrar neste quarto.

No que ela disse isso, pôde-se ouvir um leve balançar da maçaneta. No mesmo instante, a face da Srta. Trelawny se iluminou. Ela se levantou de um pulo e foi até a porta, dizendo:

— Ali está ele! É o meu Silvio! Ele fica nas patinhas traseiras e balança a maçaneta quando quer entrar no quarto. — Ela abriu a porta, falando com o gato como se ele fosse um bebê: — Queria ficar com mamãe, meu amor? Vem, vem. Mas tem que ficar comigo! — Ela pegou o gato no colo e voltou com ele nos braços.

Ele era um animal magnífico. Era um gato persa de pelagem cinza tigrada, longa e aveludada. Tinha um porte nobre e arrogante, apesar de sua docilidade, e grandes patas, as quais esticou, apoiando-as no chão. Enquanto a Srta. Trelawny fazia carinho nele, de repente se remexeu todo, como uma enguia, e fugiu de seu colo, correndo para o outro lado do quarto e ali ficando, em frente a uma mesa de canto na qual havia um animal mumificado, e se pôs a miar e chiar. A senhorita logo correu atrás dele, pegando-o novamente no colo, enquanto ele chutava e lutava e se remexia para tentar fugir – mas não a mordia ou arranhava, pois era claro que amava sua dona. Ele parou de fazer barulho assim que se viu nos braços dela de fato, e ela lhe deu uma bronca sussurrada:

— Ah, Silvio, seu malcriado! Você descumpriu a condição que mamãe lhe propôs. Agora, dê boa noite aos senhores e vamos para o quarto de mamãe! — Enquanto falava, ela estendeu a pata do gato para que eu apertasse. No que o fiz, não pude deixar de admirar o tamanho e a beleza de tal pata.

— Ora — comentei —, a pata dele parece uma luva de boxe com garras.

— Mas é claro — ela respondeu, sorrindo. — Meu Silvio tem sete dedinhos, não reparou? — Ela apertou a pata, esticando os dedos e, como dito, havia sete garras diferentes, cada uma embainhada em um revestimento delicado, fino, semelhante a uma concha.

Eu fiz um carinho delicado no pé de Silvio e, nisso, uma das garras emergiu e, por acidente – pois não havia raiva, e o gato ronronava –, perfurou minha mão. Instintivamente, afastei-me e disse:

— Essas garras são como navalhas!

O Dr. Winchester havia se aproximado de nós e estava encurvado agora, analisando as patas do gato. Quando o gato me arranhou, ele exalou, de um jeito rápido e cortante:

— Eh!

E puxou o ar em uma rápida golfada. Enquanto eu fazia carinho no gato (que estava calmo agora), o doutor foi até a mesa e arrancou um pedaço de papel mata-borrão de seu bloco de anotações e voltou até nós. Ele colocou o papel sobre sua palma e, com um simples "Com licença!" dito à Srta. Trelawny, colocou a pata do gato por cima do papel, usando sua mão livre para pressioná-la. O gato, agitado, pareceu ressentir-se de tal familiaridade e tentou puxar a pata para si. Isso parecia ser exatamente o que o doutor queria, pois fez com que o bichano esticasse suas garras, deixando várias marcas no papel delicado. Então, a Srta. Trelawny levou seu gato embora, voltando após alguns minutos e dizendo:

— Muito estranha aquela múmia! Quando Silvio entrou no quarto pela primeira vez, pois peguei-o filhotinho para mostrar a papai, ele reagiu do mesmo jeito. Pulou na mesa e tentou arranhar e morder a múmia. Foi isso que deixou papai tão bravo que o fez banir o pobrezinho do Silvio daqui. Apenas a condicional, que eu consegui negociar com papai, foi o que o manteve na casa.

No meio-tempo que ela estava fora, o Dr. Winchester havia tirado a bandagem do pulso de seu pai. A ferida estava mais clara agora, com os cortes separados bastante visíveis em violentas linhas vermelhas. O doutor dobrou o papel mata-borrão por cima da linha dos furos causados pelas garras do gato e o segurou perto da ferida. Ao fazê-lo, olhou para cima triunfante e pediu que nos aproximássemos.

Os cortes no papel correspondiam às feridas no pulso! Não foram precisas mais explicações, e ele disse:

— Teria sido melhor se o Sr. Silvio não tivesse descumprido sua condicional.

Todos ficamos em silêncio por alguns momentos. Então, de repente, a Srta. Trelawny disse:

— Mas Silvio não estava aqui ontem à noite!

— Tem certeza? A senhorita teria como provar, se fosse preciso?

Ela hesitou antes de responder:

— Tenho certeza; mas temo que seria difícil comprovar. Silvio dorme em um cestinho no meu quarto. Estou certa de que o coloquei para dormir ontem à noite. Tenho a distinta memória de cobri-lo com o cobertorzinho dele e de ajeitá-lo para dormir. Hoje de manhã, eu mesma o tirei do cesto. Eu com certeza não o vi aqui. Ainda que, para ser honesta, isso não queira dizer muita coisa, uma vez que eu estava preocupada e ocupada demais com papai para notar Silvio.

O doutor balançou a cabeça e, com certa tristeza, disse:

— Bem, de qualquer modo, não adianta querermos provar qualquer coisa no momento. Qualquer gato do mundo teria limpado manchas de sangue, caso existissem, de suas patas em um milésimo do tempo que se passou.

Ficamos, mais uma vez, em silêncio; e, mais uma vez, o silêncio foi quebrado pela Srta. Trelawny:

— Mas agora, pensando nisso, não tem como ter sido o pobrezinho do Silvio que feriu papai. Minha porta estava fechada quando escutei o barulho pela primeira vez; e a porta do quarto de papai estava fechada enquanto eu ouvia os sons lá de dentro. Quando entrei, a ferida já havia sido feita; então Silvio só poderia ter entrado antes.

Este argumento se sustentava bem, em especial para um advogado como eu, pois era prova o bastante para deixar um júri satisfeito. Deu-me um distinto prazer saber que Silvio havia sido absolvido do crime, possivelmente por ele ser o gato da Srta. Trelawny, e por ela o amar. Que gato feliz! A dona de Silvio ficou bastante satisfeita quando eu disse:

— Veredicto: inocente!

Após uma pausa, o Dr. Winchester fez a seguinte observação:

— Peço perdão ao Sr. Silvio por isso; mas ainda estou curioso sobre o porquê de ele estar tão ouriçado com a múmia. Ele age assim com as demais múmias da casa? Deve haver, suponho eu, muitas delas. Vi três no hall assim que entrei.

— Sim, tem muitas delas — ela respondeu. — Por vezes não sei se estou em minha casa particular ou no Museu Britânico. Mas Silvio não se importa muito com nenhuma delas, exceto com aquela em particular. Suponho que seja por ser a múmia de um animal, em vez da de um homem ou mulher.

— Talvez seja de um gato! — sugeriu o doutor, levantando-se de um pulo e indo para o outro lado do cômodo para examinar a múmia mais de perto. — Sim, é a múmia de um gato; e uma muito bem-feita, por sinal. Se não fosse o favorito em especial de alguém muito importante, jamais teria recebido tal honra. Olhe aqui! Um sarcófago pintado e olhos de obsidiana, tal qual uma múmia humana. É extraordinário esse reconhecimento entre um e outro indivíduo. Jaz aqui um gato morto, só isso. Talvez tenha quatro ou cinco mil anos... E outro gato, de outra raça, que vive no que praticamente é outro mundo, está pronto para começar uma briga com ele, como se estivesse vivo. Vou fazer alguns experimentos com seu gato, se não se importar, Srta. Trelawny.

Ela hesitou antes de responder:

— Claro, faça o que o senhor considerar sábio ou necessário. Porém espero que não seja nada que machuque ou estresse meu pobre Silvio.

O doutor sorriu.

— Ah, Silvio vai ficar bem. É com o outro que me preocupo.

— Como assim?

— O Sr. Silvio fará toda a ofensiva, enquanto o outro sofrerá os danos.

— Sofrer? — ela perguntou, um quê de dor em sua voz.

O sorriso do doutor se alargou.

— Ah, peço que não se preocupe com isso. O outro não sofrerá do mesmo jeito que compreendemos o sofrimento. Exceto, talvez, em relação a danos a sua estrutura e vestes.

— Mas como assim, doutor?

— É simples, minha querida: o antagonista será um gato mumificado tal qual este. Suponho que haja muitos desses na Museum Street. Vou arranjar um e colocar aqui, no lugar deste... uma troca temporária não iria contra as instruções de seu pai, iria? Então iremos descobrir se Silvio tem algo contra todos os gatos mumificados ou apenas contra este em particular.

— Não sei... — ela disse, incerta. — As instruções de papai parecem bastante inflexíveis. — E, após uma pausa, acrescentou: — Mas, claro, sob as atuais circunstâncias, qualquer coisa que tenha por fim o bem de papai deve ser feita. Suponho que não haja nada de muito específico acerca da múmia de fato.

A isso, Dr. Winchester nada respondeu. Ele se sentou bastante ereto, com uma expressão de tal seriedade que me contagiou; e nesta esclarecedora perturbação, dei-me conta, mais do que já o fizera antes, da estranheza do caso no qual agora eu estava profundamente envolvido. Quando este pensamento se iniciou, foi impossível interrompê-lo. Na verdade, ele cresceu, floresceu, reproduziu-se de mil e uma maneiras diferentes. O quarto e tudo que havia nele justificaram estranhos pensamentos. Havia tantas relíquias antigas que, de forma inconsciente, viajava-se para o passado, para terras estranhas e tempos estranhos. Havia tantas múmias e objetos mumificados, nos quais estava impregnado um odor penetrante de betume, e especiarias, e gomas – "Os odores balsâmicos de Nardo e Circássia" –, que era impossível se esquecer do passado. Claro, havia pouca luz no quarto, e as cortinas foram colocadas com cuidado de modo a não permitir a passagem de sequer um raio de sol por lugar algum. Nada dessa luz direta que pode se manifestar como um poder ou uma entidade e, assim, tornar-se uma companheira. O cômodo era grande, e sua imponência correspondia ao seu tamanho. Em sua vastidão, havia espaço para uma profusão de coisas que, no geral, não eram encontradas em um quarto de dormir. Nos cantos mais distantes, formavam-se sombras de formatos inquietantes. Mais de uma vez enquanto eu pensava, a numerosa presença dos mortos e do passado fez tamanha pressão sobre mim que me peguei olhando ao redor com medo, como se alguma estranha personalidade ou influência estivesse presente. Mesmo as companhias evidentes do Dr. Winchester e da Srta. Trelawny não conseguiam me acalmar de todo ou me satisfazer em tais momentos. Foi com uma distinta sensação de alívio que vi a nova pessoa no cômodo, no formato da Enfermeira Kennedy. Não havia dúvida de que aquela jovem trabalhadora, independente e competente, adicionava uma camada de segurança a imaginações soltas como a minha. Ela tinha uma qualidade de senso comum que parecia contaminar tudo ao seu redor, como algum tipo de emanação. Até aquele momento, eu inventara fantasias acerca do homem doente; por fim, tudo sobre ele, incluindo eu mesmo, foi envolvido por elas, ou enredado, saturado ou... Mas agora que ela havia chegado, o homem voltou à sua perspectiva correta de paciente. Aquele quarto era o de alguém doente, e as sombras perderam suas qualidades assustadoras. A única coisa que eu não perdi por completo de vista foi aquele estranho cheiro egípcio. Pode-se pôr uma múmia em um sarcófago de vidro e selar hermeticamente para que nenhum ar corrosivo entre; mas continuará exalando cheiros. É de se pensar que quatro ou cinco mil anos esgotariam as qualidades olfativas de qualquer coisa; mas a experiência nos diz que esses odores permanecem e que seus segredos nos são desconhecidos. Continuam sendo tão misteriosos hoje quanto no dia em que os embalsamadores colocaram o corpo no banho de natrão...

De uma só vez, levantei-me para uma posição sentada. Eu havia me perdido em devaneios. O cheiro egípcio aparentemente afetara meus nervos, minha memória, minha própria força de vontade.

Naquele momento, tive um pensamento que era tal qual uma inspiração. Se eu estava sendo influenciado de tal jeito pelos aromas, não seria possível que o homem doente, que vivera pelo menos metade de sua vida em tal atmosfera, tivesse, de modo gradual, em um processo lento mas certo, absorvido em seu sistema algo que o permeou em tal grau que um novo poder derivou da quantidade, ou força, ou...

Eu estava me perdendo em devaneios outra vez. Isso não daria certo. Eu deveria tomar precauções de modo a permanecer acordado ou, ao menos, livre de tais pensamentos arrebatadores. Eu mal havia dormido durante a metade de uma noite na madrugada anterior e, nesta noite, deveria permanecer acordado. Sem dizer em voz alta minhas intenções, pois temia que isso pudesse perturbar e inquietar a Srta. Trelawny, desci as escadas e saí da casa. Logo me encontrei defronte uma farmácia e, de lá, voltei com uma máscara. Quando retornei à casa, já eram dez horas da noite e o doutor estava indo embora. A enfermeira o acompanhou até a porta do quarto do paciente, recebendo as últimas instruções. A Srta. Trelawny ainda estava sentada do lado da cama. O Sargento Daw, que entrou tão logo o doutor saiu, mantinha certa distância.

Quando a Enfermeira Kennedy se juntou a nós, combinamos que ela ficaria acordada até às duas horas, que seria quando a Srta. Trelawny tomaria seu posto. Assim, de acordo com as instruções do Sr. Trelawny, sempre haveria um homem e uma mulher no quarto; e cada um de nós se sobreporia ao outro, de forma que nunca haveria um grupo completamente novo de vigilantes a postos sem que houvesse alguém para contar o que havia acontecido, se fosse o caso. Eu me deitei no sofá de meu próprio quarto, tendo combinado que um dos empregados deveria me acordar pouco antes da meia-noite. Em poucos momentos, adormeci.

Quando fui acordado, demorei vários segundos para voltar de meus pensamentos, até que reconhecesse minha própria identidade e o ambiente ao meu redor. A curta soneca, contudo, me fez bem, e eu conseguia observar as coisas ao meu redor sob uma perspectiva mais prática do que mais cedo naquela noite. Lavei o rosto e, descansado, fui ao quarto do paciente. Andei em silêncio. A enfermeira estava sentada ao lado da cama, quieta e alerta; o detetive estava sentado em uma poltrona do outro lado do quarto, envolto em sombras. Ele não se moveu quando cruzei o cômodo, até que cheguei perto dele, e ele me dirigiu um sussurro entediado:

— Está tudo bem, não caí no sono!

Uma coisa desnecessária de se dizer, pensei. Sempre é, a menos que seja mentira. Quando lhe disse que sua vigília havia acabado e que ele poderia ir para a cama até que eu o chamasse de novo às seis horas, ele me pareceu aliviado e prontamente saiu do quarto. Já à porta, ele se virou e, voltando-se para mim, sussurrou:

— Tenho sono leve e dormirei com minhas pistolas. Não ficarei com a mente tão turva quando me afastar desse cheiro de múmia.

Então ele também compartilhou da minha sensação de sonolência!

Perguntei à enfermeira se ela queria algo. Notei que ela tinha um frasco de sais de banho no colo. Sem dúvidas ela também fora influenciada pela mesma sensação que eu. Ela disse que tinha tudo do que precisava, mas que pediria caso necessitasse de algo. Eu queria evitar que ela notasse minha máscara, então fui para a poltrona às sombras que estava atrás dela. Ali, silenciosamente coloquei a máscara e fiquei à vontade.

Pelo que me pareceu um longo tempo, fiquei ali, sentado, e pensei, e pensei. Era um conjunto selvagem de pensamentos, como era de se esperar após as experiências do dia e da noite anteriores. Mais uma vez me peguei pensando no odor egípcio; lembro-me de sentir uma satisfação deliciosa por ele não ter o mesmo efeito sobre mim do que antes. A máscara estava funcionando.

É possível que a ausência de tal pensamento perturbador tenha dado lugar ao repouso da mente, que logo leva ao repouso do corpo, pois, ainda que eu não consiga de fato me lembrar de ter caído no sono ou sequer de acordar, vi algo – tive um sonho, do qual pouquíssimo sei.

Eu ainda estava no quarto, sentado na poltrona. Usava minha máscara e sabia que podia respirar com liberdade. A enfermeira estava em sua cadeira, de costas para mim. Ela estava bastante imóvel. O doente estava deitado ali, como um cadáver. Era mais como uma pintura do que como a realidade; tudo estava imóvel e silencioso; e a imobilidade e o silêncio eram contínuos. No exterior, à distância, eu conseguia ouvir os sons da cidade: o ocasional girar das rodas, os gritos de um folião, o eco distante dos apitos e dos estrondos dos trens. A luz estava muito, muito tênue; o reflexo sob o abajur verde era um alívio opaco para aquela escuridão, em vez da luz. A cúpula verde do abajur tinha a cor de uma esmeralda vista na luz do luar. O quarto, apesar de toda a escuridão, estava envolto em sombras. Minha mente girava, e todas as coisas reais pareciam ter se tornado sombras – sombras que se moviam, pois passaram do contorno escuro das altas janelas. Sombras que eram conscientes. Até pensei ter ouvido algo, um som distante, como o miado de um gato – cortinas se movendo, um som como o de metal chocando-se com metal. Fiquei sentado ali como uma pessoa em transe. Por fim, senti, como em um pesadelo, que estava dormindo e que, ao adormecer, minha força de vontade havia se esvaído.

De uma só vez, meus sentidos despertaram por completo. Um grito chegou aos meus ouvidos. O quarto se encheu de repente com luzes brilhantes. Ouvi tiros de pistola – um, dois; e o rastro de fumaça branca no quarto. Quando meus olhos despertantes recuperaram suas funções, o que vi à minha frente seria o suficiente para que eu gritasse de horror.

CAPÍTULO IV

A Segunda Tentativa

A visão à minha frente tinha o horror de um sonho dentro de um sonho, somado à certeza da realidade. O quarto estava tal qual eu o vira da última vez; exceto pelo aspecto sombrio que havia desaparecido ante o brilho de muitas luzes, sob as quais cada artigo se destacava com uma sólida concretude.

Ao lado da cama vazia estava sentada a Enfermeira Kennedy, exatamente como eu a vira anteriormente. Ela estava sentada ereta, alerta, na poltrona perto da cama, com um travesseiro atrás de si, de modo a manter suas costas retas; mas seu pescoço estava fixo como se em um transe cataléptico. Para todos os efeitos, ela havia se tornado uma estátua. Não havia nenhuma expressão em especial em seu rosto – sem medo, sem horror; nada do que se esperaria diante tal situação; seus olhos abertos não mostravam nem deslumbre nem interesse. Ela era apenas uma existência negativa, quente, respirando, plácida; mas completamente inconsciente do mundo ao seu redor. As roupas de cama estavam bagunçadas, como se o paciente tivesse sido retirado dali sem as colocar novamente em seu lugar. O canto do lençol de cima estava jogado no chão. Próximo dele, uma das bandagens com a qual o doutor enfaixara o pulso ferido. Havia ainda outra e outra pelo chão, como pistas de onde o paciente poderia estar agora – o que formava quase o mesmo exato cenário da noite anterior, debaixo do grande cofre. Mais uma vez, o braço esquerdo esticado em direção ao cofre. Mas havia um novo ultraje: fora feita uma tentativa de decepar o braço perto do bracelete com a chavinha. A pesada faca "kukri" – uma das facas em formato de folha que os Gurkhas e outras tribos de colinas da Índia usam para tal efeito – havia sido tirada de seu lugar na parede e usada para o ataque. Era claro que, bem no momento do golpe, este fora interrompido, pois apenas a ponta da faca, e não a borda da lâmina, havia rasgado a pele. Assim, a parte de fora do braço havia sido cortada até o osso e jorrava sangue. Além disso, a ferida anterior na frente do braço havia sido rasgada ou aberta de um jeito horrível, e um dos cortes jorrava sangue como que com cada batida do coração. Ao lado de seu pai, estava ajoelhada a Srta. Trelawny, sua camisola branca manchada pelo sangue sobre o qual ela se ajoelhava. No meio do quarto, o Sargento Daw, trajando camiseta, calça e meias, colocava cartuchos novos em seu revólver, de um modo mecânico e atordoado. Ele tinha olhos vermelhos e cansados, e parecia estar apenas parcialmente acordado e não muito consciente de seus arredores. Diversos empregados, com luzes de todos os tipos em mãos, estavam amontoados no batente da porta.

Enquanto levantava de minha cadeira e dava alguns passos à frente, a Srta. Trelawny levantou os olhos em minha direção. Quando me viu, ela gritou e levantou-se de um pulo, apontando para mim. Nunca me esquecerei da estranha imagem que ela compunha, com suas vestes brancas manchadas de sangue, o qual, enquanto ela se levantava da poça, escorria até seus pés. Eu acredito que apenas caíra no sono; que, fosse qual fosse a influência que afetara o Sr. Trelawny e a Enfermeira Kennedy – e, em menor grau, o Sargento Daw –, ela não agira sobre mim. A máscara havia funcionado, ainda que não tivesse impedido a tragédia cujas terríveis evidências estavam à minha frente. Eu entendo agora – e entendia naquele momento – o medo, adicionado ao que se passara ali, que minha aparência deve ter evocado. Eu ainda estava de máscara, a qual cobria minha boca e meu nariz; meu cabelo havia se bagunçado enquanto eu dormia. Surgindo de repente, embrulhado e desgrenhado, perante a multidão horrorizada, eu, no mínimo, naquela estranha mistura de luzes, deveria estar com uma aparência extraordinária e aterrorizante. Para minha sorte, reconheci isso a tempo de impedir uma nova catástrofe; pois o meio adormecido detetive que agia mecanicamente colocara os cartuchos e apontava o revólver para mim quando eu consegui arrancar a máscara e gritar para ele que não atirasse. Nesta situação, ele também agiu de forma automática; os olhos vermelhos e meio adormecidos não tinham neles sequer a intenção de ação consciente. O perigo, contudo, havia sido evitado. O alívio da situação, por mais estranho que pareça, surgiu de um jeito simples. A Sra. Grant, ao ver que sua jovem patroa usava apenas a camisola, foi buscar um roupão, o qual agora jogava sobre seus ombros. Aquele simples ato trouxe todos nós de volta ao fato atual. Com uma longa inspiração, todos parecemos nos dedicar ao assunto mais urgente, que era estancar o sangue jorrando do braço do homem ferido. Mesmo pensando em fazer aquilo, fiquei feliz; pois o sangramento era prova de que o Sr. Trelawny ainda estava vivo.

A lição da noite anterior não havia sido esquecida. Mais de uma das pessoas ali sabia o que fazer em uma emergência como aquela e, dentro de poucos segundos, hábeis mãos trabalhavam em um torniquete. Um homem foi logo mandado para buscar o médico, e vários dos empregados desapareceram por respeito. Colocamos o Sr. Trelawny no mesmo sofá da noite passada e, tendo feito tudo que podíamos por ele, mudamos nosso foco para a enfermeira. No meio de toda aquela confusão, ela não havia se movido um centímetro. Como antes, ela ainda estava sentada ali, ereta e rígida, com a respiração leve e natural, e um sorriso plácido. Como não aparentava ser de qualquer serventia tentar fazer algo com ela até que o doutor chegasse, começamos a pensar na situação geral.

Neste ponto, a Sra. Grant já havia levado sua patroa para outro cômodo e trocado suas roupas; agora, a Srta. Trelawny já estava de volta, trajando um roupão e chinelos, e sem manchas de sangue em suas mãos. Ela estava muito mais calma, ainda que tremesse tristemente e tivesse o rosto bastante pálido. Quando ela olhou para o pulso do pai, enquanto eu apertava o torniquete, redirecionou os olhos para o resto do quarto, descansando-os de quando em quando em cada um dos presentes, mas parecendo não encontrar conforto algum naquilo. Estava claro para mim que ela não sabia por onde começar ou em quem confiar para acalmá-la. Por isso, eu disse:

— Estou bem agora. Eu apenas caí no sono.

Sua voz estava contida quando ela disse baixinho:

— No sono! Oras! E meu pai em perigo! Achei que o senhor estivesse vigilante!

Senti uma pontada de moralidade em sua bronca; mas eu queria mesmo ajudá-la e, assim, respondi:

— Apenas caí no sono. É bastante ruim, eu sei; mas há algo maior do que isso ao nosso redor. Se eu não tivesse me precavido, talvez tivesse acabado como a enfermeira ali.

Ela virou os olhos para a estranha figura, sentada sombria e ereta, como uma estátua pintada; e então, as feições da Srta. Trelawny ficaram mais calmas. Com a ação da cortesia habitual, ela disse:

— Perdão! Não tive a intenção de ser rude. Mas estou tão perturbada e com tanto medo, que mal sei o que estou dizendo. Ah, é terrível! Temo que aconteçam novos problemas e horrores e mistérios a cada momento!

Isso fez doer meu peito e, do fundo do meu coração, eu disse:

— Não se preocupe comigo! Não sou merecedor de tanto. Eu estava vigiando e, mesmo assim, dormi. Tudo que tenho em minha defesa é que não foi de propósito e tentei evitar; mas aconteceu antes que eu pudesse me dar conta. De qualquer modo, agora já foi, e não há como ser desfeito. Talvez algum dia entendamos tudo isso; contudo, por agora, vamos focar em tentar ter uma ideia geral do que aconteceu. Conte-me do que se lembra!

O esforço para se lembrar pareceu animá-la, pois ela estava mais calma ao responder:

— Eu estava dormindo e acordei de súbito, com o mesmo sentimento horrível de que papai estava em grande e imediato perigo. Levantei-me em um pulo e corri, do jeito que estava, até aqui. Estava tudo muito escuro, mas, assim que abri a porta, havia luz o suficiente para ver o pijama de papai e notar que ele estava no chão, debaixo do cofre, assim como naquela primeira e terrível noite. Então, acho que enlouqueci por um momento... — Ela interrompeu o que dizia e estremeceu.

Levantei os olhos para o Sargento Daw, que ainda mexia em seu revólver, sem mirar em nada em específico. Focando em meu trabalho com o torniquete, perguntei calmamente:

— Conte-nos, sargento, no que o senhor atirou?

O policial pareceu se recompor com o hábito da obediência. Olhando ao seu redor para os empregados que ainda estavam no quarto, ele disse, com um ar de importância que, suponho, é atitude de regra para um oficial da lei perante estranhos:

— Senhor, não acha que podemos permitir aos empregados que saiam daqui? Assim poderemos nos aprofundar mais no assunto.

Assenti em concordância, e os empregados, ainda que de má vontade, saíram do cômodo, o último fechando a porta atrás de si. Então, o detetive continuou:

— Acho melhor que eu lhe conte minhas impressões, senhor, do que lhe reconte minhas ações. Digo, até o ponto que me lembro, pelo menos. — Havia um respeito envergonhado em sua postura, que provavelmente advinha da posição estranha na qual ele se encontrava. — Fui dormir seminu... tal qual me encontro agora... com um revólver debaixo do travesseiro. É a última coisa que lembro de ter pensado. Não sei por quanto tempo dormi. Eu havia apagado a luz e estava bastante escuro. Achei ter ouvido um grito, mas não tenho certeza, pois senti minha cabeça pesada, como é normal ao ser convocado tão cedo após um longo período de trabalho. Não que esse fosse o caso agora. De qualquer modo, meus pensamentos voaram para a pistola. Eu a puxei e logo fui para o corredor. Então, ouvi um tipo de grito, ou melhor, um pedido de ajuda, e corri para este quarto. Ele estava escuro, já que o abajur ao lado da enfermeira estava desligado e a única luz vinha do corredor, passando pela porta aberta. A Srta. Trelawny estava ajoelhada no chão, ao lado do pai, gritando. Achei ter visto algo se movendo entre mim e a janela; então, sem nem pensar, e estando meio dormindo, meio acordado, atirei. A coisa foi um pouco mais para a direita, entre as janelas, e eu atirei de novo. Em seguida, o senhor se levantou da poltrona com tudo isso na cara. Para mim, estando, como eu disse, meio dormindo, meio acordado, parecia que... sei que o senhor vai levar isso em consideração... parecia como se a coisa fosse o senhor, já que estava na mesma direção em que foi a criatura que atirei. E eu estava prestes a atirar de novo quando o senhor retirou a máscara.

Neste ponto, perguntei a ele (eu estava averiguando as informações agora e me sentia mais confortável):

— O senhor disse que achou que eu fosse a coisa na qual atirou. Que coisa?

O homem coçou a cabeça, mas não respondeu.

— Vamos, senhor — pedi. — Que coisa? Como ela era?

A resposta veio em voz baixa:

— Não sei, senhor. Achei que havia algo ali; mas o que era, ou como era, não tenho a mais vaga noção. Suponho que seja porque eu estava pensando na pistola antes de ir dormir e porque, quando entrei aqui e estava meio dormindo e só meio acordado... coisa da qual eu espero que o senhor jamais se esqueça, senhor. — Ele se apegou àquela fórmula de desculpa como se fosse sua âncora.

Eu não tinha desejo algum de antagonizá-lo; ao contrário, queria tê-lo do nosso lado. Além disso, eu naquele momento não era senão uma sombra de mim mesmo. Assim, disse do jeito mais gentil que pude:

— Sem problemas, sargento! Seu impulso estava correto; apesar de que, claro, na condição meio sonolenta na qual o senhor se encontrava, e talvez parcialmente afetado pela mesma influência, seja qual for, que me fez cair no sono e colocou a enfermeira neste transe cataléptico, não seria esperado que o senhor parasse para analisar a situação. Porém, no momento, enquanto está tudo fresco na mente, deixe-me ver exatamente onde o senhor estava e onde eu estava sentado. Deste modo, conseguiremos traçar o caminho de suas balas.

A perspectiva de alguma ação e do exercício de sua sabedoria habitual pareceram tomá-lo de uma só vez; ele tinha outro aspecto quando se pôs a trabalhar. Pedi à Sra. Grant que segurasse o torniquete e me posicionei onde ele antes estava, olhando para o lugar, na escuridão, para o qual ele havia apontado. Não pude evitar notar a exatidão mecânica de sua mente quando ele me mostrou onde estava e de onde puxou o revólver de seu coldre, apontando. A poltrona da qual eu havia levantado ainda estava no mesmo lugar. Então, pedi que ele apontasse tão somente com a mão, já que queria ficar fora da sua linha de tiro.

Logo atrás de minha poltrona havia um alto armário, cuja porta de vidro estava estilhaçada. Perguntei:

— Essa foi a direção do seu primeiro tiro ou do segundo?

A resposta veio logo em seguida:

— Do segundo. O primeiro foi ali!

Ele se virou um pouco para a esquerda, mais em direção à parede onde ficava o grande cofre, e apontou. Segui na direção que ele apontava e cheguei a uma mesa de canto, na qual havia, além de outras regalias, a múmia de gato que atiçava a ira de Silvio. Peguei uma vela e achei sem dificuldades a marca da bala. Ela havia quebrado um vasinho de vidro e um cálice de basalto preto, lindamente gravado com hieróglifos, sendo que as linhas eram preenchidas com algum tipo de apagado cimento verde, e o objeto como um todo fora polido até que todos os detalhes ficassem no mesmo nível. A bala, amassada contra a parede, estava na mesa.

Em seguida fui até o armário quebrado. Estava claro que ele era usado para guardar as regalias mais valiosas, pois nele havia grandes escaravelhos de ouro, ágata, jaspe verde, ametista, lápis-lazúli, opala, granito e porcelana azul-esverdeada. Por sorte, nada havia sido atingido. A bala passou através do fundo do armário; mas nenhum outro dano, salvo o vidro estilhaçado, foi causado. Não pude deixar de notar o modo estranho com o qual as regalias estavam organizadas nas prateleiras. Todos os escaravelhos, anéis, amuletos e demais objetos estavam dispostos em uma forma oval e irregular ao redor de uma miniatura belamente esculpida em ouro de um deus com cabeça de falcão e coroado com um disco e plumas. Não fixei meu olhar ali por muito tempo, pois assuntos mais urgentes exigiam minha atenção; mas decidi examinar com mais afinco quando tivesse tempo. Era evidente que parte do estranho cheiro egípcio estava impregnado nestas velhas regalias; o vidro quebrado deixava emanar um cheiro de especiarias, goma e betume, quase tão estranho quanto aquele que eu já havia notado vindo de outras partes no quarto.

Tudo isso levou poucos minutos. Eu fiquei surpreso quando meus olhos encontraram, através das fendas nas persianas escuras das janelas, a luz brilhante do amanhecer. Quando voltei ao sofá e retomei o torniquete das mãos da Sra. Grant, ela foi até lá e abriu as cortinas.

Seria difícil imaginar algo mais sinistro do que a aparência do quarto com a tênue luz acinzentada da manhã iluminando-o. Dado que as janelas davam para o norte, a luz que entrava era de um cinza fixo, sem o menor resquício da arroxeada luz da manhã que vem do canto leste do céu. A luz elétrica parecia sombria e, ao mesmo tempo, clara demais; e toda sombra era bastante intensa. Não havia nada do frescor da manhã; nada da calma da noite. Tudo era duro e frio e inexpressivamente horrível. O rosto do homem desmaiado no sofá tinha a tez de um terrível amarelo; e a face da enfermeira tinha agora um pouco de verde devido às sombras do abajur perto dela. Apenas o rosto da Srta. Trelawny estava pálido; mas era de uma palidez tamanha que fazia meu peito apertar. Era como se nada na Terra jamais pudesse lhe devolver a cor da vida e felicidade.

Foi um alívio para todos nós quando o Dr. Winchester entrou, ofegante de tanto correr. Ele perguntou apenas uma coisa:

— Alguém pode me dizer algo acerca de como essa ferida foi feita?

Vendo que negávamos com a cabeça, ele não disse mais nada, apenas focou em seu trabalho cirúrgico. Por um instante, olhou para a enfermeira, que estava imóvel; mas logo voltou à sua tarefa, sua testa franzida em concentração. Somente quando as artérias já estavam costuradas e as feridas devidamente enfaixadas ele falou de novo – exceto, claro, pelos momentos no quais pediu que lhe passassem algum instrumento ou o ajudassem com algo. Quando as feridas do Sr. Trelawny já haviam recebido a devida atenção, o doutor disse à Srta. Trelawny:

— E quanto à Enfermeira Kennedy?

Ao que ela respondeu de imediato:

— Não sei. Encontrei-a quando entrei no quarto às duas e meia, sentada exatamente do mesmo jeito que está agora. Não a movemos nem mudamos sua posição. Ela não acordou desde então. Nem mesmo os tiros de pistola do Sargento Daw a perturbaram.

— Tiros de pistola? Então descobriram alguma causa para este novo ataque?

Como todos ficaram em silêncio, respondi:

— Não descobrimos nada. Eu estava no quarto, vigiando junto à enfermeira. Mais cedo, nesta mesma noite, achei que os cheiros de múmia estavam me deixando sonolento e, por isso, saí para comprar uma máscara. Eu a usei durante a vigília; contudo, ela não me impediu de cair no sono. Acordei em uma sala cheia de gente; digo, vi a Srta. Trelawny e o Sargento Daw, que estava ainda meio dormindo e meio acordado e que, ainda estupefato pela mesma essência ou influência que afetou o resto de nós, achou ter visto algo se movendo pela escuridão sombria do quarto e disparou dois tiros. Quando me levantei de minha poltrona, com o rosto escondido pela máscara, ele supôs que fosse eu a causa do problema. Naturalmente, estava prestes a dar outro tiro, contudo, por sorte, consegui revelar minha identidade a tempo. O Sr. Trelawny estava no chão, ao lado do cofre, tal qual foi encontrado na noite passada; e ele sangrava muito pela nova ferida em seu pulso. O levamos até o sofá e fizemos um torniquete. Isso é, literal e absolutamente, tudo que nós sabemos até agora. Não tocamos na faca, que está ali ao lado da poça de sangue. Veja! — exclamei, indo até a faca e a levantando. — A ponta está vermelha com o sangue que secou.

O Dr. Winchester ficou em silêncio por alguns minutos antes de dizer:

— Então os acontecimentos desta noite são tão misteriosos quanto os de ontem?

— Exato! — respondi.

Ele nada me disse, porém, virando-se para a Srta. Trelawny, pediu:

— É melhor levarmos a Enfermeira Kennedy para outro cômodo. Suponho que não haja empecilho para tanto?

— Nenhum! Por favor, Sra. Grant, prepare o quarto da Enfermeira Kennedy e peça que dois homens venham aqui para carregá-la até lá.

A Sra. Grant saiu de imediato e, em poucos minutos, voltou, dizendo:

— O quarto está pronto, e os homens estão aqui.

Sob seus comandos, dois homens entraram no quarto e, levantando o rígido corpo da Enfermeira Kennedy, sob a supervisão do doutor, carregaram-na para fora do quarto. A Srta. Trelawny permaneceu comigo ali e a Sra. Grant acompanhou o doutor até o quarto da enfermeira.

Uma vez sozinhos, a Srta. Trelawny veio até mim e, pegando ambas minhas mãos nas dela, disse:

— Espero que não se lembre do que eu disse. Não tive intenção, estava perturbada.

Não respondi. Em vez disso, apertei as mãos dela e as beijei. Há diferentes modos de se beijar as mãos de uma moça. Neste caso, a intenção era de reverência e respeito; e assim foi aceito de um jeito decoroso e digno, que se mostrou na postura e em cada movimento da Srta. Trelawny. Fui até o sofá e olhei para o homem desmaiado. O amanhecer se aproximara muito mais nos últimos minutos e havia um quê da claridade do dia na luz. Olhei para o rosto sério, gélido e imóvel, agora tão branco quanto uma estátua de mármore sob a luz acinzentada, e não pude deixar de sentir que havia algum grande mistério por trás de tudo que ocorrera nas últimas vinte e seis horas. A face carrancuda transpassava um propósito massivo; a testa alta e larga carregava traços de quem pensava muito, reforçados pelo amplo queixo e pela grande mandíbula. Enquanto eu olhava e me perdia em pensamentos, comecei a ser tomado por aquela fase de mente vagante que, na noite anterior, antecedeu a chegada do sono. Resisti e me prendi com firmeza ao presente. Isso ficou mais fácil quando a Srta. Trelawny se aproximou de mim e, apoiando a testa em meu ombro, começou a chorar baixinho. Toda a masculinidade em mim acendeu, em prol de ser usada naquele momento. Tentar falar não serviria para nada; palavras seriam inadequadas. Mas nos entendíamos; ela não se afastou quando coloquei meu braço por sobre seus ombros de maneira protetora, tal qual eu costumava fazer com minha irmãzinha, muito tempo atrás, quando, em meio a seus problemas infantis, ela corria para os braços de seu irmão mais velho buscando ser confortada. Tal ato ou atitude de proteção me fez mais resoluto em meu propósito e pareceu limpar minha mente de pensamentos vagos e inúteis. Com um instinto de proteção maior, no entanto, tirei meu braço dali tão logo ouvi os passos do doutor no corredor.

Quando o Dr. Winchester entrou, olhou com bastante seriedade para o paciente antes de falar. Sua testa estava franzida e seus lábios, pressionados. Ele disse:

— Há muito em comum entre o sono de seu pai e o da Enfermeira Kennedy. Seja o que for que o tenha causado, decerto foi o mesmo em ambos os casos. No de Kennedy, o coma é menos marcado. Não posso deixar de sentir, contudo, que com ela talvez possamos fazer mais coisas e mais rápido do que com este paciente, visto que nossas mãos não estão atadas. Já a mediquei, e ela já está mostrando alguns sinais, por mais tênues que sejam, de inconsciência ordinária. A rigidez de seus membros diminuiu e sua pele parece mais sensível... ou, melhor dizendo, menos insensível à dor.

— Como é possível, então — perguntei —, que o Sr. Trelawny ainda esteja neste estado e que, até onde sabemos, o corpo dele não tenha demonstrado uma rigidez assim?

— Não tenho resposta para isso. Este problema pode se resolver em algumas horas ou alguns dias. Mas será uma útil lição em diagnósticos para todos nós e, talvez, para muitos dos que virão depois. Quem sabe!? — concluiu, com uma genuína chama de entusiasmo.

A manhã passou e, durante ela, o doutor se alternou perpetuamente entre os dois quartos, observando com ansiedade seus pacientes. Ele pediu à Sra. Grant para ficar com a enfermeira, mas ou a Srta. Trelawny ou eu (no geral, nós dois) ficávamos com o homem ferido. Nós conseguimos, contudo, tomar um banho e trocar de roupa; o doutor e a Sra. Grant ficaram com o Sr. Trelawny enquanto tomávamos café da manhã.

O Sargento Daw foi reportar à Scotland Yard o progresso daquela noite; depois foi para a estação local em prol de organizar a chegada de seu camarada, Wright, conforme combinado com o Superintendente Dolan. Quando ele retornou, não pude deixar de pensar que recebeu advertências e gritos por ter atirado no quarto do doente; ou, talvez, por ter atirado sem uma causa certa e válida. O comentário que ele fez acerca do assunto me fez entender melhor:

— Um bom caráter tem seu valor, senhor, apesar do que dizem por aí. Veja! Ainda tenho licença para carregar meu revólver.

Aquele dia foi longo e cheio de ansiedade. Próximo ao anoitecer, o estado da Enfermeira Kennedy havia melhorado bastante, a rigidez de seus membros havia desaparecido por completo. Sua respiração ainda estava baixa e regular; mas a expressão fixa em seu rosto, ainda que calma, deu lugar a pálpebras fechadas e ao aspecto negativo do sono. Dr. Winchester trouxe no começo da noite mais duas enfermeiras, uma com a função de ficar com a Enfermeira Kennedy e a outra com a de dividir a vigília com a Srta. Trelawny, que insistiu em ficar acordada. Com o objetivo de se preparar para sua missão, ela havia dormido por várias horas durante a tarde. Todos fizemos uma reunião e decidimos pela vigília no quarto do Sr. Trelawny. A Sra. Grant deveria ficar ao lado do paciente até a meia-noite, quando a Srta. Trelawny viria trocar de lugar com ela. A nova enfermeira deveria ficar no quarto da Srta. Trelawny e ir ao cômodo do doente a cada quinze minutos. O doutor ficaria na vigília até a meia-noite, quando eu trocaria de lugar com ele. Um ou outro dos detetives deveria permanecer nos arredores do quarto durante toda a noite, além de realizar visitas periódicas para se certificar de que estava tudo bem. Assim, os vigilantes seriam vigiados; e a possibilidade de eventos semelhantes ao da noite passada, quando ambos os vigilantes foram subjugados, seria evitada.

Quando o sol se pôs, uma estranha e séria ansiedade surgiu em nós; e, cada um a seu modo, preparamo-nos para a vigília. O Dr. Winchester claramente ponderou acerca de minha máscara, pois me disse que sairia para comprar uma. De fato, ele aceitou tanto aquela a ideia que consegui persuadir a Srta. Trelawny a também usar uma quando fosse ficar a postos.

E, deste modo, a noite seguiu.

CAPÍTULO V

Mais Instruções Estranhas

Quando saí de meu quarto às onze e meia, verifiquei que não havia problemas no cômodo do doente. A enfermeira nova, empertigada, bem-arrumada e vigilante, estava sentada em uma cadeira ao lado da cama, onde ontem estivera a Enfermeira Kennedy. Um pouco para o lado, entre a cama e o cofre, estava sentado o Dr. Winchester, alerta e acordado, mas parecendo estranho e quase cômico com a máscara cobrindo a boca e o nariz. Enquanto eu estava à porta, observando-os, ouvi algo; virei-me e vi o novo detetive, que balançou a cabeça para mim, levantou um dedo em frente aos lábios, pedindo silêncio, e foi embora sem mais som algum. Até aquele momento, nenhum dos vigilantes fora tomado pelo sono.

Peguei uma cadeira e sentei-me do lado de fora do quarto. Não havia necessidade de que eu arriscasse ser subjugado pela mesma substância sutil da noite anterior. Naturalmente, meus pensamentos revolviam ao redor dos principais acontecimentos do dia e da noite anteriores, e eu logo me vi chegando a estranhas conclusões, dúvidas, conjecturas; mas não me perdi, como na noite anterior, em pensamentos. A sensação do presente estava sempre comigo, e eu me sentia como um sentinela a postos. Pensar não era um processo demorado; e, quando feito com atenção, o tempo pode passar rápido. De fato, senti que havia passado muito pouco tempo quando a porta, que no geral ficava entreaberta, foi puxada pelo Dr. Winchester, que saiu do quarto, tirando sua máscara. Tal ato era demonstrativo de sua atenção. Ele virou a máscara, com o lado de fora de frente para ele, e cheirou com cuidado.

— Vou embora agora — ele disse. — Devo voltar logo de manhã cedo. A menos, é claro, que precisem de mim antes. Mas tudo parece estar bem esta noite.

O próximo a aparecer foi o Sargento Daw, que entrou no quarto em silêncio e sentou-se no lugar antes ocupado pelo Dr. Winchester. Eu permaneci do lado de fora, porém, de tempos em tempos, olhava para dentro do quarto.

Isso era mais uma formalidade do que realmente útil, de fato, pois o cômodo estava tão escuro que mesmo sob a luz tênue do corredor era difícil distinguir qualquer coisa.

Um pouco antes da meia-noite, a Srta. Trelawny veio de seu quarto. Antes de entrar no cômodo em que estava seu pai, ela seguiu para o ocupado pela Enfermeira Kennedy. Passados alguns minutos, ela saiu com um aspecto que me pareceu um tanto mais alegre. Ela trazia a máscara em mãos, mas, antes de colocá-la, perguntou-me se algo de especial havia acontecido desde que ela fora se deitar. Respondi em um sussurro, já que não se devia falar alto na casa naquela noite, que estava tudo bem, em segurança. Então, colocamos nossas máscaras e entramos no quarto. O detetive e a enfermeira se levantaram, e nós tomamos seus lugares. O Sargento Daw foi o último a sair, fechando a porta atrás de si.

Por alguns instantes, fiquei sentado em silêncio, sentindo as batidas de meu coração. O lugar era de uma escuridão amedrontadora. A única luz era tênue, proveniente do topo do abajur, que projetava um círculo branco no teto alto, além dos reflexos verdes de sua cúpula na parte de baixo. Essa luz parecia apenas enfatizar a escuridão das sombras, as quais, tal qual na noite passada, pareciam ter uma consciência própria. Não me sentia nem um pouco sonolento; e, sempre que ia até o paciente, o que fazia a cada dez minutos, podia notar que a Srta. Trelawny estava bastante alerta. A cada quinze minutos, um dos policiais olhava através da porta entreaberta, e a cada vez que isso acontecia eu e a Srta. Trelawny dizíamos, com a voz abafada pela máscara, que estava tudo bem, e a porta era fechada mais uma vez.

O tempo passou, e o silêncio e a escuridão pareceram aumentar. O círculo de luz no teto ainda estava lá, mas parecia menos brilhante do que antes. O reflexo verde tomou um tom mais de pedra verde Maori do que de esmeralda. Os sons da noite no exterior da casa, junto à luz das estrelas, que espalhava pálidas linhas pelas bordas das janelas fechadas, tornavam aquela mortalha de escuridão ainda mais solene e misteriosa.

Ouvimos o relógio no corredor batendo os quartos de hora com seu sino de prata até às duas da manhã; então, uma sensação estranha me dominou.

Pude ver, pelo jeito que a Srta. Trelawny olhou ao redor, que ela também havia sido tomada por uma sensação nova. O detetive novo havia acabado de checar o quarto; nós dois ficaríamos sozinhos com o paciente inconsciente por outros quinze minutos.

Meu coração disparou e fui tomado por medo. Não por mim, meu medo era impessoal. Era como se uma nova pessoa tivesse entrado no quarto e uma forte inteligência estivesse desperta e próxima de mim. Algo encostou na minha perna. Bruscamente, baixei minha mão e toquei o torso peludo de Silvio. Com um som muito abafado e distante de um rosnado, ele se virou e me arranhou. Senti o sangue em minha mão. Levantei-me devagar e fui até a cama. A Srta. Trelawny também havia se levantado e estava olhando para trás, como se houvesse algo perto dela. Ela tinha os olhos arregalados, e seu peito subia e descia como se lutasse para respirar. Quando a toquei, ela não pareceu sentir; ela mexia as mãos na frente do corpo, como se afastasse algo.

Não havia um segundo a perder. Prendi-a em meus braços e corri para a porta, abrindo-a de supetão e indo ao corredor, gritando:

— Socorro! Socorro!

Em um instante, os dois detetives, a Sra. Grant e a enfermeira apareceram. Logo atrás vinham diversos empregados, tanto homens quanto mulheres. Tão logo a Sra. Grant chegou perto o bastante, coloquei a Srta. Trelawny em seus braços e corri de volta para o quarto, ligando a luz elétrica o mais rápido possível. O Sargento Daw e a enfermeira me seguiram.

Chegamos bem a tempo. Debaixo do cofre, onde nas duas noites anteriores ele fora encontrado, estava o Sr. Trelawny, com o braço esquerdo despido, exceto pelas bandagens, e esticado. Ao seu lado estava a faca egípcia com formato de folha que antes estivera entre as regalias na estante do armário quebrado. A ponta estava presa no piso de tacos, de onde fora removido o tapete manchado de sangue.

Mas não havia mais sinais de problemas em nenhum outro lugar; nem sinal de alguém ou algo fora do usual. O policial e eu investigamos o quarto com minúcia, enquanto a enfermeira e dois empregados levantavam o homem ferido e o devolviam para a cama; mas não achamos pista alguma. Pouquíssimo tempo depois, a Srta. Trelawny retornou ao quarto. Ela estava pálida, mas recomposta. Quando chegou perto de mim, ela disse:

— Senti que ia desmaiar. Não sei por que, mas estava com medo!

O único outro choque que tive foi quando a Srta. Trelawny gritou para mim, quando coloquei minha mão na cama para me apoiar e analisar cuidadosamente o pai dela.

— O senhor está ferido! Veja, veja! Sua mão está sangrando e tem sangue nos lençóis!

Em meio à comoção, eu havia me esquecido do arranhão de Silvio. Quando olhei para a ferida, a lembrança voltou; mas antes que eu pudesse dizer algo, a Srta. Trelawny pegou minha mão e a levantou. Quando ela viu as linhas paralelas dos cortes, gritou:

— É a mesma ferida de papai!

Então, ela soltou minha mão de um modo rápido porém gentil e disse para mim e para o Sargento Daw:

— Venham ao meu quarto! Silvio está lá, em seu cesto!

A seguimos e encontramos Silvio sentado em seu cesto, acordado. Ele lambia as patas. O detetive disse:

— Que ele está aqui, isso é claro; mas por que está lambendo as patas?

Margaret – Srta. Trelawny – queixou-se enquanto se abaixava para pegar uma das patinhas da frente em suas mãos; mas o gato pareceu ressentir-se disso e chiou. Neste momento, a Sra. Grant entrou no quarto. Quando ela viu que olhávamos para o gato, disse:

— A enfermeira me disse que Silvio estava dormindo na cama da Enfermeira Kennedy, desde que você foi para o quarto de seu pai até pouco tempo atrás. Ele veio para cá logo depois de você ter ido para o quarto do patrão. A enfermeira disse que Kennedy está gemendo e murmurando enquanto dorme, como se estivesse tendo um pesadelo. Acho que devemos chamar o Dr. Winchester.

— Faça-o logo, por favor! — pediu a Srta. Trelawny, e voltamos ao quarto.

Por um tempo, a Srta. Trelawny ficou olhando para seu pai, com a testa franzida. Então, virando-se para mim, como se tivesse tomado uma decisão, disse:

— Não acha que devemos pedir uma segunda opinião quanto ao estado de papai? Claro que tenho toda a confiança do mundo no Dr. Winchester; ele parece um jovem muito inteligente. Mas é um jovem; e deve haver homens que se especializaram neste ramo da ciência. Tal homem há de ter mais sabedoria e mais experiência; e sua sabedoria e experiência podem nos ajudar a entender o caso de papai. Do jeito que está, Dr. Winchester parece não saber o que fazer. Ah! Eu também não sei. É tudo tão terrível! — Ela chorou um pouquinho e eu tentei reconfortá-la.

O Dr. Winchester chegou rapidamente. Sua primeira preocupação foi o paciente; mas quando viu que não havia novas feridas nele, foi ao leito da Enfermeira Kennedy. Ao vê-la, sua expressão se tornou esperançosa. Pegando uma toalha, ele molhou a ponta em água gelada e respingou no rosto dela. A pele ganhou cor e ela se mexeu um pouco. Ele disse à nova enfermeira, Irmã Doris:

— Ela está bem. Acordará em algumas horas no máximo. Pode ser que esteja com tontura e desorientada em um primeiro momento, talvez até histérica. Se for o caso, você saberá como tratá-la.

— Sim, senhor! — respondeu Irmã Doris de forma reservada.

Voltamos ao quarto do Sr. Trelawny e, tão logo entramos, a Sra. Grant e a enfermeira saíram, de modo que apenas o Dr. Winchester, a Srta. Trelawny e eu permanecemos no cômodo. Quando a porta foi fechada, o Dr. Winchester me questionou quanto ao que havia ocorrido. Contei-lhe tudo, provendo com exatidão todos os detalhes dos quais me lembrava. Contudo, no decorrer de minha narrativa, a qual não foi muito longa, ele me fez diversas perguntas acerca de quem estava presente e a ordem na qual cada um entrou no quarto. Perguntou-me outras coisas também, mas nada de relevante; foram essas que chamaram minha atenção ou permaneceram em minha memória. Quando nossa conversa terminou, ele disse de um modo muito decidido à Srta. Trelawny:

— Acho, Srta. Trelawny, que é melhor termos uma segunda opinião quanto a este caso.

Ela respondeu de imediato, o que pareceu surpreendê-lo um pouco:

— Que bom que disse isso! Concordo plenamente. Quem o senhor sugere?

— A senhorita tem alguém em mente? — ele perguntou. — Alguém que seu pai conheça? Ele já passou em consulta com alguém?

— Não que eu saiba. Mas espero que o senhor escolha quem considerar melhor. Meu caro papai deve ter toda a ajuda possível; e eu ficarei profundamente agradecida por sua escolha. Quem seria o melhor homem em Londres, ou em qualquer outro lugar, para um caso assim?

— Há muitos homens competentes, mas estão espalhados pelo mundo. De algum modo, quem é especialista no cérebro o é de nascença, não por mero esforço; contudo, é preciso bastante trabalho duro para torná-lo completo e adequado ao trabalho. Ele não vem de nenhum país específico. O mais audaz estudioso até hoje é Chiuni, do Japão; mas ele é mais um cientista cirúrgico do que médico praticante. Depois temos Zammerfest, de Upsália, e Fenelon, da Universidade de Paris, e Morfessi, de Nápoles. Além, é claro, de nossos próprios homens, como Morrison, de Aberdeen, e Richardson, de Birmingham. Mas acima de todos eles, prefiro Frere, de King's College. De todos que nomeei, ele é o que melhor une teoria e prática. Ele não tem hobbies, até onde se sabe; e sua experiência é imensa. É a tristeza de todos que o admiramos que o nervo tão firme e a mão com tanta destreza devam se render ao tempo. De minha parte, daria a vida de qualquer um pela de Frere.

— Então — disse a Srta. Trelawny, decidida —, devemos chamar o Dr. Frere (por sinal, é "Doutor" ou "Senhor"?) o mais cedo possível, logo pela manhã!

Um peso pareceu ser retirado dos ombros do doutor, e ele respondeu com mais tranquilidade e genialidade do que demonstrara até então:

— Ele é Sir James Frere. Vou eu mesmo encontrá-lo o quanto antes, e pedirei que venha até aqui. — Virando-se para mim, ele acrescentou: — É melhor que o senhor me permita enfaixar sua mão.

— Não é nada — respondi.

— Mesmo assim. Um arranhão de qualquer animal pode se mostrar perigoso; e não há nada como estar seguro.

Rendi-me, e ele se pôs a enfaixar minha mão. Ele examinou com uma lupa os diversos cortes paralelos e os comparou com a folha de papel mata-borrão que estava marcada com as garras de Silvio, a qual tirou de seu caderno de bolso. Depois guardou o papel, comentando apenas:

— É uma pena que Silvio se esgueire para dentro e para fora dos quartos bem quando não deveria.

A manhã passou com lentidão. Até as dez horas, a Enfermeira Kennedy já se recuperara a ponto de conseguir se sentar e falar claramente. Mas ainda tinha os pensamentos enevoados e não se lembrava de nada que havia ocorrido na noite anterior depois de ter tomado seu lugar ao lado da cama do doente. Até o momento, ela não parecia nem saber, nem se importar com o que havia ocorrido.

Eram quase onze horas quando o Dr. Winchester retornou com Sir James Frere. Por algum motivo, senti meu peito doer ao, do topo da escada, vê-lo no hall abaixo; eu sabia que a Srta. Trelawny teria que passar pela dor de contar para outro estranho da ignorância que tinha acerca da vida de seu pai.

Sir James Frere era um homem que demandava atenção seguida de respeito. Ele sabia tão bem o que queria para si, que colocou de lado todos os desejos e ideias de pessoas menos definidas; uma mera olhadela de seus olhos penetrantes, ou o apertar de sua boca resoluta, ou o abaixar de suas grandes sobrancelhas pareciam compelir a imediata e propensa obediência a seus desejos. De algum modo, quando fomos todos apresentados e ele já estava entre nós, toda a sensação de mistério pareceu sumir. Foi com os ânimos esperançosos que o vi seguir até o quarto do paciente com o Dr. Winchester.

Eles permaneceram no quarto por um longo tempo; uma vez, mandaram chamar a enfermeira, a nova, Irmã Doris, mas ela não ficou lá por muito tempo. Em outra, foram os dois para o quarto da Enfermeira Kennedy, e ele pediu à enfermeira assistente que saísse. Dr. Winchester me contou depois que a Enfermeira Kennedy, por mais que não soubesse dos acontecimentos mais recentes, deu respostas completas e satisfatórias a todos os questionamentos do Dr. Frere em relação ao paciente dela até o momento em que ficou inconsciente. Eles, então, foram ao escritório, onde ficaram por bastante tempo, e suas vozes se elevaram em uma discussão acalorada, que tinha um tom muito forte de oposição, de modo que comecei a me sentir inquieto. Quanto à Srta. Trelawny, ela estava quase tendo um colapso nervoso antes de eles se juntarem a nós. Pobre moça! Ela havia passado por momentos de muita ansiedade, e sua força nervosa havia quase ruído.

Por fim, saíram do escritório, primeiro Sir James, com seu rosto sério transmitindo tão pouca emoção quanto o de uma esfinge. O Dr. Winchester saiu logo atrás; ele tinha a face pálida, mas do tipo que parecia advir de uma reação. Isso me deu a impressão de que seu rosto estivera vermelho há não muito tempo. Sir James pediu para que a Srta. Trelawny fosse ao escritório e sugeriu que eu fosse também. Quando entramos, Sir James se virou para mim e disse:

— Entendo, pelo que o Dr. Winchester me disse, que o senhor é um amigo da Srta. Trelawny e tem um conhecimento considerável acerca deste caso. Talvez seja para o bem que o senhor esteja conosco. Já o conheço como um advogado perspicaz, Sr. Ross, ainda que não tenha tido o prazer de conhecê-lo em pessoa. Como o Dr. Winchester me contou, há alguns assuntos estranhos alheios a este caso que ele não consegue compreender, e outras pessoas também não. Assuntos nos quais ele considera que o senhor pode ter um interesse em especial e, portanto, seria melhor se soubesse de todas as fases do caso. Por mim, não levo em muita consideração tais mistérios, exceto aqueles relativos à ciência; e, como parece se supor ter havido uma tentativa de assassinato ou de roubo, tudo que tenho a dizer é que, caso houvesse assassinos agindo, eles deveriam estudar um pouco sobre anatomia básica antes de agirem novamente, uma vez que parecem ser deveras ignorantes. Se o objetivo deles fosse o roubo, então parecem ter agido com perfeita ineficácia. Isso, contudo, não me diz respeito. — Ele pegou uma grande pitada de tabaco. Virando-se para a Srta. Trelawny, prosseguiu: — Agora, quanto ao paciente. Ignorando a causa de sua doença, tudo que podemos dizer no momento é que ele aparenta estar sofrendo de um ataque acentuado de catalepsia. Presentemente, não há nada que possa ser feito, exceto preservar suas forças. O tratamento provido por meu amigo, Dr. Winchester, é um que eu aprovo; e estou confiante de que, caso surja a menor das mudanças, ele será capaz de lidar com ela de modo satisfatório. É um caso interessante, muito interessante. E, se alguma situação nova ou anormal ocorrer, será meu prazer vir a qualquer momento. Há apenas uma coisa que eu gostaria de ressaltar; e a digo para a senhorita, Srta. Trelawny, diretamente, visto que é sua responsabilidade. O Dr. Winchester me informou que a senhorita não tem liberdade para lidar com a situação, mas sim que está presa a instruções dadas por seu pai para caso uma situação como a de agora ocorresse. Eu fortemente recomendo que o paciente seja transferido a outro quarto; ou, como alternativa, que as múmias e os demais objetos sejam removidos de lá. Oras, é o bastante para deixar qualquer homem em situações anormais ter tal coleção de horrores ao seu redor e respirar aquela atmosfera que ela exala. Já há evidências de como esses odores mefíticos podem agir. Aquela enfermeira (Kennedy, acredito que seja o que disse, doutor) ainda não saiu do estado de catalepsia; e o senhor, Sr. Ross, pelo que me disseram, tem experienciado efeitos semelhantes. Sei apenas que — enquanto falava, ele franziu as sobrancelhas mais do que nunca, e também a boca —, se eu estivesse no comando aqui, insistiria em uma atmosfera diferente para o paciente; ou desistiria do caso. O Dr. Winchester já sabe que eu só posso ser consultado novamente se essa condição for cumprida. Contudo, confio que a senhorita preferirá, como qualquer boa filha deveria fazer, a meu ver, cuidar da saúde e da sanidade de seu pai, em vez de cumprir qualquer capricho dele, independentemente do medo presente ou de qualquer quantidade de mistérios baratos. Fico feliz em apontar que ainda há de chegar o dia em que o Museu Britânico e o Hospital St. Thomas trocarão suas funções. Tenha um bom dia, Srta. Trelawny. Desejo do fundo de meu coração que eu possa, em breve, ver seu pai com a saúde restaurada. Não se esqueça, tendo cumprido a condição básica que exigi, estarei a seus serviços dia ou noite. Um bom dia, Sr. Ross. Espero que possa me trazer novidades em breve, Dr. Winchester.

Quando ele foi embora, ficamos ali em silêncio, até que o som das rodas de sua carruagem sumisse. O primeiro a falar foi o Dr. Winchester:

— Considero importante dizer que, até onde vejo, puramente do ponto de vista médico, ele está certo. Senti-me como se pudesse tê-lo agredido quando impôs a condição para não desistir do caso; contudo, ele está certo quanto ao tratamento. Ele não entende que há algo de estranho neste caso especial; e ele não percebe o nó que nos prende às instruções do Sr. Trelawny. É claro que...

Ele foi interrompido pela Srta. Trelawny:

— Dr. Winchester, o senhor também deseja desistir do caso? Ou está disposto a continuar, tendo em vista o quadro que já conhece?

— Desistir!? Agora menos do que nunca. Srta. Trelawny, eu jamais desistirei enquanto houver vida nele ou em qualquer um de nós!

Ela não disse nada, mas estendeu uma das mãos, que ele segurou calorosamente.

— Agora — ela disse —, se o Sir James Frere é um exemplo do culto de Especialistas, não quero mais saber deles. Para começar, ele não parece saber nada além da condição de papai do que o senhor já sabe; e, se tivesse um centésimo do interesse que o senhor tem, não ficaria preso a tantas formalidades. Claro, eu estou apenas preocupada demais com meu pobre pai; e, se houver algum jeito de cumprir qualquer uma das condições que o Sir James Frere propôs, assim o farei. Pedirei ao Sr. Marvin que venha aqui hoje e me aconselhe quanto aos limites dos desejos de papai. Se ele considerar que sou livre para agir como quiser sob minha própria responsabilidade, não hesitarei em fazê-lo.

Após isso, Dr. Winchester foi embora.

A Srta. Trelawny se sentou para escrever uma carta ao Sr. Marvin, contando a ele o estado das coisas e pedindo para que ele viesse vê-la e trouxesse quaisquer papéis que pudessem esclarecer o assunto. Ela mandou a carta com um carro para trazer o procurador de volta; esperamos com toda a paciência que tínhamos pela vinda dele.

Não era uma viagem muito longa de Kensington Palace Gardens a Lincoln's Inn Fields; mas parecia eterna quando se esperava que outra pessoa a fizesse. Contudo, todas as coisas são submissas ao Tempo e, em menos de uma hora, o Sr. Marvin estava conosco.

Ele percebeu a impaciência da Srta. Trelawny e, quando soube o suficiente sobre doença de seu pai, disse a ela:

— Assim que a senhorita estiver pronta, podemos discutir os detalhes dos desejos de seu pai.

— Quando quiser — ela respondeu, com uma ignorância clara de o que o homem queria dizer. — Por que não agora?

Ele olhou para mim, como para um colega do ramo, e gaguejou:

— Não estamos a sós.

— Eu trouxe o Sr. Ross para cá de propósito — ela disse. — Ele já sabe tanto, que quero que saiba mais.

O procurador ficou um tanto desconcertado, algo que aqueles que o conheciam apenas da corte dificilmente acreditariam que pudesse ocorrer. Ele respondeu, contudo, com certa hesitação:

— Mas, minha querida... os desejos de seu pai!... confidência entre pai e filha...

Ela o interrompeu, no que um leve rubor surgiu em suas bochechas pálidas.

— O senhor realmente acredita que isso se aplica às circunstâncias atuais, Sr. Marvin? Meu pai nunca me contou nada do que fazia; e apenas agora, neste triste e extremo cenário, fiquei sabendo de seus desejos, por meio de um senhor que me é um estranho e do qual nunca ouvi falar até receber a carta de papai, escrita com o intuito de me ser mostrada apenas em cenários extremos. O Sr. Ross é um amigo novo, mas tem toda a minha confiança e eu gostaria que ele estivesse presente. A menos, é claro — ela adicionou —, que tal coisa seja proibida por papai. Ah, perdoe-me, Sr. Marvin, se pareço rude. Porém, eu estive em uma situação tão horrível e sob tanta ansiedade nos últimos dias, que me restou controle sobre mim mesma. — Ela cobriu os olhos com as mãos por alguns segundos; nós, os homens, trocamos olhares e esperamos, tentando aparentar estarmos impassíveis. Ela continuou com mais firmeza, tendo se recuperado.

— Por favor, por favor, não pense que sou ingrata ao senhor por sua gentileza em ter vindo para cá, e tão rapidamente! Sou muito grata; e confio por completo em seu julgamento. Se o senhor desejar ou achar melhor, podemos ficar a sós.

Eu me levantei, mas o Sr. Marvin fez um gesto dissidente. Era claro que ele havia gostado da atitude da Srta. Trelawny. Havia genialidade e educação em sua voz quando ele falou:

— Imagine, imagine! Não há restrições da parte de seu pai; e, quanto a mim, não há empecilhos nisso. Na verdade, levando tudo em consideração, talvez seja até melhor. Pelo que a senhorita me disse da doença do Sr. Trelawny e dos outros assuntos... ahn... acidentais... é bom que no caso de qualquer eventualidade mais séria fique entendido desde já que as circunstâncias foram pautadas nas próprias instruções imperativas de seu pai. Elas são tão inflexíveis que ele me concedeu a procuração, sob a qual estou agindo, que autoriza que eu me certifique de que os seus desejos sejam cumpridos. Por gentileza, acredite quando eu digo que ele tinha total intenção em cada palavra escrita na carta à senhorita! Enquanto ele estiver vivo, deve ser mantido no próprio quarto; e nenhum de seus objetos deve ser retirado de lá, sob justificativa alguma. Ele, inclusive, deu-me um inventário dos itens que não devem ser movidos.

A Srta. Trelawny permaneceu em silêncio. Ela parecia perturbada; então, acreditando ter entendido o assunto em voga, perguntei:

— Podemos ver a lista?

O rosto da Srta. Trelawny se iluminou, mas se fechou de novo quando o advogado respondeu prontamente (era claro que ele estava preparado para tal pergunta):

— Não, a menos que a situação me obrigue a agir conforme a procuração. Trouxe comigo o documento. O senhor reconhecerá, Sr. Ross — ele disse isso com uma convicção profissional que eu já havia notado em seu trabalho, e entregou-me o documento —, o quanto as palavras são sólidas aqui, e como o autor fez de seus desejos claros, de modo a não haver brechas. Está nas palavras dele, exceto por algumas formalidades legais; e lhe garanto, é raro que eu me depare com um documento tão sólido. Eu mesmo não tenho o poder de tomar as instruções de forma mais relaxada sem que isso configure quebra de confiança. E isso, não é nem necessário dizer, é impossível.

Ficou claro que ele adicionara as últimas palavras de modo a prevenir qualquer apelo às suas considerações pessoais. Ele não pareceu gostar da severidade de suas palavras, contudo, pois acrescentou:

— Espero, Srta. Trelawny, que entenda que estou disposto, de um modo franco e sem dúvida alguma, a fazer tudo que estiver ao meu alcance, dentro dos limites de meu poder, para diminuir sua angústia. Mas seu pai tinha, em todos os seus feitos, algum objetivo próprio que não me revelou. Até onde vejo, não há uma única palavra em suas instruções na qual ele não tenha pensado muito. Seja qual for a ideia que ele tinha em mente, era a ideia de uma vida; ele a estudou em cada cenário possível e estava preparado para defendê-la por todos os lados.

"Estou sob a impressão de que a angustiei ainda mais, e, por isso, sinto muito; vejo que a senhorita já tem muito, demais até, para se preocupar. Mas não tenho alternativas. Se quiser me procurar a qualquer momento, para perguntar qualquer coisa, prometo que virei para cá sem delongas, a qualquer hora do dia ou da noite. Este é meu endereço pessoal e, logo abaixo, o endereço de meu clube, onde normalmente posso ser achado durante o começo da noite."

Ele escreveu em seu caderno de bolso e arrancou uma página, entregando-a à Srta. Trelawny. Ela agradeceu, ele apertou a mão dela e a minha, e foi embora.

Tão logo a porta do hall se fechou atrás dele, a Sra. Grant bateu na porta e entrou. Havia uma expressão de tanta aflição em seu rosto que a Srta. Trelawny se levantou de um pulo, com uma palidez mortal, e lhe perguntou:

— O que foi, Sra. Grant? O que foi? Algum problema novo?

— Sinto em lhe dizer, senhorita, que todos os empregados, exceto dois, pediram demissão e dizem que querem sair da casa hoje. Conversaram sobre o assunto entre eles; o mordomo falou por todos. Ele diz que estão dispostos a não receber o salário, e até a pagar suas obrigações legais em vez de cumprir o aviso prévio; mas que devem ir embora hoje.

— Qual motivo deram?

— Nenhum, senhorita. Dizem que sentem muito, mas que não têm nada a dizer. Perguntei à Jane, a empregada-chefe, senhorita, que não está com os demais e vai ficar aqui; e ela me confidenciou que eles colocaram na cabeça a ideia boba de que a casa está assombrada!

Deveríamos ter rido, mas não o fizemos. Eu não conseguia olhar na cara da Srta. Trelawny e rir. A dor e o horror que pairavam ali não demonstravam nenhum acesso de medo; havia uma noção fixa que era confirmada por isso. Quanto a mim, era como se meu cérebro tivesse achado uma voz. Mas essa voz não era completa; havia algum outro pensamento, mais sombrio e profundo, logo por trás dela, que ainda não se fizera ouvir.

CAPÍTULO VI

Suspeitas

A primeira pessoa a voltar a se recompor foi a Srta. Trelawny. Havia uma dignidade orgulhosa em seu porte quando ela disse:

— Muito bem, Sra. Grant. Deixe-os ir! Pague-os por hoje e mais um mês de salário. Eles foram empregados muito bons até o momento; e a ocasião para a saída deles não é ordinária. Não devemos esperar muita lealdade de quem está tomado por medo. Aqueles que permanecerem terão o salário dobrado a partir de agora; e, por favor, traga-os até mim quando eu lhe pedir.

A Sra. Grant se irritou com uma indignação disfarçada; toda a parte dela que era responsável por manter uma casa estava ultrajada por empregados que haviam combinado de se demitirem juntos receberem um tratamento tão generoso.

— Eles não merecem, senhorita; irem embora, assim, depois do modo como foram tratados aqui. Nunca na vida vi empregados serem tão bem tratados ou alguém ser tão bondoso e gracioso com eles como a senhorita. Era como se estivessem no lar de um rei! E agora, quando surgem problemas, eles agem assim. É abominável, isso sim!

A Srta. Trelawny foi muito gentil com ela, acabando com sua dignidade irritada; de modo que, ao ir embora, a Sra. Grant tinha, à sua maneira, um grau menor de hostilidade para com os indignos. Ela retornou em um estado de espírito bastante diferente para perguntar se sua patroa gostaria que ela juntasse uma equipe completamente nova de funcionários, ou ao menos que tentasse.

— Pois, sabe, madame — ela disse —, uma vez que o medo foi estabelecido entre os empregados, é praticamente impossível se livrar dele. Funcionários novos podem vir, mas irão embora tão rápido quanto vieram. Não há como mantê-los aqui, não vão ficar. Ou, se ficarem e cumprirem o mês de aviso, vão fazer com que a senhorita deseje a cada hora de todos os dias não os ter mantido. As mulheres já são ruins, com suas imoralidades. Mas os homens são piores!

Não havia nem preocupação nem indignação na voz da Srta. Trelawny quando ela respondeu:

— Eu acho, Sra. Grant, que é melhor ficarmos com os que já temos. Enquanto meu querido papai estiver doente, não receberemos visitas e, assim, haverá apenas três pessoas na casa para serem atendidas. Se os empregados que estiverem dispostos a ficar não forem em número suficiente, contratarei apenas o bastante para ajudá-los no trabalho. Considero que não será difícil encontrar algumas empregadas; talvez alguém que a senhora já conheça. E por favor, mantenha em mente que, quem a senhora for contratar, quem for adequado ao serviço e estiver disposto a ficar, deverá ter o mesmo salário dos que forem ficar. É claro, Sra. Grant, a senhora entende bem que, apesar de eu não considerar que a senhora esteja no mesmo patamar dos empregados, a regra do salário dobrado aplica-se à senhora também.

Enquanto falava, ela estendeu sua longa e delgada mão, que a outra mulher pegou e, levantando-a aos lábios, beijou-a de modo impressionante, com a liberdade de uma mulher mais velha em relação a uma mais nova. Não pude deixar de admirar a generosidade do tratamento que a senhorita dispensava aos empregados. Em minha mente, endossei o comentário que a Sra. Grant fez ao sair do cômodo:

— Não é surpresa alguma que esta casa seja tal qual a de um rei, haja vista que a patroa é uma princesa!

— Uma princesa! — Era isso. A ideia pareceu satisfazer minha mente e trazer de volta, em um relampejo, o momento no qual primeiro pus os olhos nela, no baile da Belgrave Square. Uma figura majestosa! Alta e esbelta, dobrando-se, dançando, ondulando como o lírio ou a flor de lótus. Trajando um vestido solto, feito de um material transparente e preto com detalhes dourados. Como enfeite em seus cabelos, usava uma antiga joia egípcia, um pequenino disco de cristal, preso entre altas plumas esculpidas em lápis-lazúli. Em seu pulso havia um largo bracelete – uma antiguidade! – formando um par de asas abertas banhadas em ouro, com as penas feitas de gemas coloridas. Devido a seu porte tão gracioso, quando a dona da festa nos apresentou, senti medo dela. Foi apenas mais tarde que, no piquenique no rio, percebi que ela era doce e gentil, e meu assombro se transformou em outra coisa.

Por alguns momentos, ela ficou ali, sentada, tomando notas e escrevendo memorandos. Então, colocando tudo de lado, chamou os empregados leais. Achei que seria melhor que ela fizesse essa entrevista a sós, e, assim, saí do quarto. Quando voltei, havia sinais de lágrimas em seus olhos.

A próxima fase na qual desempenhei um papel foi ainda mais perturbadora e infinitamente mais dolorosa. Ao final da tarde, o Sargento Daw entrou no escritório onde eu estava. Após fechar a porta com cuidado e olhar ao redor do cômodo para se certificar de que estávamos sozinhos, ele se aproximou de mim.

— O que foi? — perguntei. — Vejo que deseja falar comigo a sós.

— Exatamente, senhor. Podemos conversar na mais absoluta confidência?

— Mas é claro. Tudo que pode ser bom à Srta. Trelawny e, claro, ao Sr. Trelawny, pode ser contado a mim com franqueza. Suponho que nós dois queiramos ajudar do melhor modo possível.

Ele hesitou antes de responder:

— Claro, o senhor sabe que tenho mais obrigações a cumprir; e acho que o senhor me conhece bem o bastante para saber que irei cumpri-las. Sou um policial, um detetive; e é minha obrigação descobrir os fatos de qualquer caso que me seja designado, sem medo e sem favorecer ninguém. Julguei ser melhor falar com o senhor a sós, em confidência, se possível, sem referência a obrigação nenhuma de ninguém para com ninguém, exceto a minha à Scotland Yard.

— Mas é claro, é claro! — respondi mecanicamente, meu peito apertando, ainda que não soubesse por quê. — Pode ser franco, garanto-lhe sigilo da minha parte.

— Agradeço, senhor. O que eu vou dizer não deve chegar aos ouvidos de mais ninguém, exceto os seus. Nem mesmo aos da Srta. Trelawny, ou aos do Sr. Trelawny quando ele se recuperar.

— Com certeza, se o senhor faz tanta questão — eu disse, um pouco mais sério.

O homem reconheceu a mudança em minha voz e postura, e desculpou-se:

— Peço perdão, senhor, mas estou ultrapassando minhas obrigações ao tocar no assunto com o senhor. Conheço-o há bastante tempo, no entanto, e julgo que posso confiar no senhor. Não em sua palavra, senhor, nessa já sei que posso; mas em sua discrição!

Assenti e lhe disse que continuasse.

E ele logo começou:

— Analisei o caso, senhor, até a exaustão de minhas faculdades mentais; mas não achei nenhuma solução comum. No momento de cada um dos fatos ocorridos, aparentemente ninguém tentou entrar na casa e, decerto, ninguém saiu. O que o senhor infere disso?

— Que o alguém, ou algo, já estava na casa — respondi, sorrindo sem nem perceber.

— Foi isso mesmo que pensei — ele disse, com um suspiro aliviado. — Muito bem! E quem poderia ser esse alguém?

— Alguém ou algo, foi o que eu disse.

— Pensemos em "alguém", Sr. Ross. O gato, por mais que possa ter arranhado ou mordido, jamais teria puxado o homem da cama ou tentado arrancar o bracelete com a chave de seu braço. Tais coisas funcionam bem em livros com detetives amadores que já conhecem os fatos antes de eles terem ocorrido e conseguem encaixá-los em suas teorias; mas na Scotland Yard, onde os homens não são todos idiotas, descobrimos que, quando há uma tentativa de crime ou um crime de fato, são pessoas, não coisas, que são culpadas.

— Então falemos de "pessoas", claro, sargento.

— Falávamos de "alguém", senhor.

— Isso. "Alguém", que seja.

— Já lhe ocorreu, senhor, que em cada uma das três ocasiões em que o absurdo foi cometido ou em que houve a tentativa de fazê-lo, foi sempre a mesma pessoa a chegar primeiro e alertar a todos?

— Deixe-me ver! A Srta. Trelawny, creio eu, foi quem deu esse alerta na primeira ocasião. Eu estava presente, ainda que adormecido, na segunda; assim como a Enfermeira Kennedy. Quando acordei, havia várias pessoas no quarto, entre elas, o senhor. Entendo que, nesta ocasião, a Srta. Trelawny também foi a primeira a chegar. Na última tentativa que presenciei, a Srta. Trelawny desmaiou. Eu a carreguei para fora e voltei para o quarto. Ao retornar, fui o primeiro; o senhor, acredito, veio logo atrás.

O Sargento Daw pensou por um momento antes de responder:

— Ela estava presente no quarto, ou foi a primeira a chegar lá, em todas as ocasiões; e houve dano apenas na primeira e na segunda!

A inferência era uma que eu, enquanto advogado, não conseguia ignorar. Pensei que o melhor que se podia fazer era chegar a um acordo. Em minha experiência, a melhor solução ao se deparar com uma inferência era buscar transformá-la em uma certeza.

— O senhor quer dizer — falei — que, como a Srta. Trelawny esteve presente apenas nas ocasiões em que houve dano de fato, isso é prova de que ela é culpada? Ou que ela está, de algum modo, ligada à tentativa, bem como à descoberta?

— Não me atrevi a colocar isso tão claramente; mas é nesta direção que minha dúvida está orientada.

O Sargento Daw era um homem corajoso. Era evidente que ele não havia se acovardado perante a conclusão de sua versão dos fatos.

Nós dois ficamos em silêncio por um tempo. Medos começaram a aparecer em minha mente. Não dúvidas quanto à Srta. Trelawny ou a qualquer ato que ela pudesse ter cometido; mas medos de que tais atos pudessem ser entendidos erroneamente. Estava claro que havia um mistério em algum lugar; e, caso nenhuma solução fosse encontrada, a dúvida seria posta sobre alguém. Em tais casos, o palpite da maioria das pessoas seguiria o sentido no qual encontrasse menor resistência; e, se fosse provado que a morte do Sr. Trelawny traria ganhos pessoais a alguém caso ocorresse, talvez se mostrasse uma tarefa difícil provar inocência frente a tais fatos suspeitos. Logo, encontrei-me instintivamente seguindo aquele curso deferente, o qual, até que o plano de batalha da acusação se desdobrasse, era a atitude mais segura para a defesa. Jamais bastaria para mim, neste ponto, combater quaisquer teorias que um detetive pudesse sugerir. Seria de mais ajuda à Srta. Trelawny que eu ouvisse e entendesse tudo. Quando chegasse a hora de dissipar e obliterar tais teorias, eu estaria mais do que disposto a usar meu ardor militar e todas as armas a meu dispor.

— O senhor seguirá com sua obrigação, claro — eu disse —, e sem temer. Qual caminho pretende seguir?

— Não sei ainda, senhor. Veja, até agora isso não configura sequer uma suspeita. Se alguém me dissesse que aquela doce senhorita está envolvida em tal caso, acharia que essa pessoa é louca; mas devo seguir minhas próprias conclusões. Sei bem que já se provou antes que pessoas tão inesperadas quanto ela eram culpadas, mesmo quando a corte inteira, com exceção da acusação, que sabia de todos os fatos, e do juiz, que ensinou a própria mente a esperar, podia jurar que eram inocentes. Nada no mundo me faria injustiçar uma moça tão jovem; em especial quando ela tem um peso tão cruel para carregar. E o senhor pode ter certeza de que eu não direi uma palavra sequer que faça outra pessoa chegar a tal acusação. É por isso que estou falando com o senhor em confidência, de homem para homem. O senhor tem proficiência com provas, é esta sua profissão. A minha só vai até as suspeitas e o que podemos chamar de nossas próprias provas, que não são nada senão evidências unilaterais. O senhor conhece a Srta. Trelawny melhor do que eu; e, ainda que eu vigie o quarto do doente e me desloque livremente pela casa e seus arredores, não tive as mesmas oportunidades que o senhor de conhecer a moça e sua vida ou oportunidades; ou qualquer outra coisa que possa me dar uma pista quanto às ações dela. Se eu fosse tentar descobrir a partir dela própria, ela logo suspeitaria. E então, fosse ela culpada, qualquer possibilidade de prova irrefutável desapareceria, pois ela acharia com facilidade um meio para impedir a descoberta. Mas, fosse ela inocente, como eu espero que seja, seria uma crueldade acusá-la. Pensei bastante no assunto, sob a luz do que sei, antes de falar com o senhor. E, se passei dos limites, senhor, peço mil perdões.

— Não cruzou limite algum, Daw — respondi calorosamente, pois a coragem, honestidade e consideração daquele homem compeliam respeito. — Fico feliz que tenha falado comigo com tamanha franqueza. Nós dois queremos descobrir a verdade; e há tantas coisas neste caso que são estranhas (estranhas a ponto de ir além de todas as experiências) que mirar na verdade é nossa única chance de esclarecer qualquer coisa no fim das contas, independentemente de quais sejam nossas visões ou de qual objetivo almejamos alcançar!

O sargento me olhou com satisfação, e continuou a falar:

— Pensei que, caso o senhor tivesse outra pessoa em mente que pudesse ser culpada, faria qualquer coisa para conseguir provas; ou, de qualquer forma, ideias que pudessem convencê-lo, seja contra ou a favor. Então chegaríamos a alguma conclusão, ou, no mínimo, eliminaríamos todas as possibilidades, de modo que o suspeito mais provável restaria como a coisa mais próxima de uma prova, ou de forte suspeita, que poderíamos conseguir. Depois disso, deveríamos...

Bem neste momento, a porta se abriu e a Srta. Trelawny entrou. Assim que nos viu, ela deu um passo para trás, dizendo:

— Ah, perdoem-me! Não sabia que os senhores estavam aqui, discutindo ainda por cima.

Quando me levantei, ela já estava pronta para sair do escritório.

— Por favor, entre — pedi. — O Sargento Daw e eu estávamos apenas conversando.

Enquanto ela hesitava, a Sra. Grant apareceu, dizendo, ao entrar no cômodo:

— Dr. Winchester está aqui, senhorita, e pediu para vê-la.

Obedeci o olhar da Srta. Trelawny e a segui.

Quando o doutor fez seu exame, contou-nos que não havia mudança visível. Acrescentou que, mesmo assim, gostaria de ficar na casa aquela noite, se pudesse. A Srta. Trelawny pareceu ficar feliz com aquilo, e pediu para que avisassem à Sra. Grant que um quarto deveria ser preparado para o doutor. Mais tarde naquele dia, quando nós dois ficamos a sós, ele disse de súbito:

— Dei um jeito de passar a noite aqui pois desejo falar com o senhor. E, como desejo que tal conversa seja privada, supus que levantaria menos suspeitas se fôssemos sair para fumar um charuto juntos tarde da noite, quando a Srta. Trelawny estiver com o pai.

Ainda mantínhamos nosso arranjo de que ou a filha do homem doente ou eu deveríamos ficar em vigília durante toda a noite. Deveríamos dividir a tarefa nas primeiras horas da manhã. Aquilo me deixou ansioso, pois sabia por nossa conversa que o detetive estaria observando em segredo, e estaria particularmente alerta por volta daquele horário.

O dia passou sem eventos marcantes. A Srta. Trelawny dormiu durante a tarde e, após o jantar, foi trocar de lugar com a enfermeira. A Sra. Grant ficou com ela, sendo que o Sargento Daw estava a postos no corredor. Dr. Winchester e eu levamos nossas xícaras de café para a biblioteca. Quando acendemos os charutos, ele disse baixinho:

— Agora que estamos a sós, gostaria de ter uma conversa confidencial. O senhor está a par, imagino, dos eventos?

— Claro! — respondi, meu peito apertando enquanto lembrava da conversa que tivera com o Sargento Daw pela manhã, e dos medos perturbadores e lancinantes que ela havia deixado em minha mente.

Ele continuou:

— Este caso é suficiente para testar a sanidade de todos os que estão envolvidos com ele. Quanto mais penso nele, mais louco pareço ficar; e as duas linhas, cada uma ficando cada vez mais forte, parecem puxar com mais força em direções opostas.

— Que duas linhas?

Ele me encarou atentamente antes de responder. Os olhares do Dr. Winchester em momentos como aquele poderiam ser desconcertantes. E teriam tido esse efeito em mim se eu tivesse algum envolvimento pessoal, além do meu interesse pela Srta. Trelawny, naqueles acontecimentos. Não sendo esse o caso, contudo, permaneci sereno. Eu era agora um advogado no caso; um *amicus curiae*[2] de certa forma, ao mesmo tempo que integrava a defesa. O mero fato de que havia, na mente deste homem sagaz, duas linhas de raciocínio igual-

2 Expressão em latim que significa "amigo da corte". No caso em questão, seria uma pessoa que auxilia a acusação. O narrador, por ser um advogado, utiliza alguns termos em latim do âmbito legal. (N.E.)

mente fortes e opostas era em si um consolo, que neutralizava minha ansiedade quanto a ocorrência de um novo ataque. Quando o doutor voltou a falar, seu rosto trazia um sorriso inescrutável; este, no entanto, deu lugar a uma seriedade austera, e ele continuou:

— Duas linhas: fato e... invenção! A primeira envolve todos as possibilidades: ataques, tentativas de roubo e de assassinato; soporíferos; catalepsias organizadas que apontam ou para hipnoses criminais e sugestões de pensamento, ou para uma simples forma de envenenamento que ainda não foi classificada em nossa toxicologia. Na outra, há alguma influência sobre nós que ainda não foi classificada em livro algum que eu conheça, exceto nas páginas de romances. Nunca em minha vida senti com tanta força as palavras de Hamlet:

"Há mais coisas entre o céu e a terra do que sonha sua vã filosofia."

"Vamos considerar primeiro o lado do fato. Temos um homem nesta casa; ele está em sua própria casa; há muitos empregados de diferentes classes na casa, o que descarta a possibilidade de uma tentativa organizada vinda dos trabalhadores. Ele é rico, estudado, inteligente. Podemos deduzir por sua fisionomia que trata-se de um homem com vontade de ferro e objetivos determinados. Sua filha, única descendente, suponho, é uma jovem inteligente e sagaz, e está dormindo no quarto ao lado do dele. Não parece haver motivo plausível que justifique a suspeita de qualquer tipo de ataque ou perturbação; e não há oportunidade razoável para que qualquer um de fora o faça. E, ainda assim, houve um ataque; um ataque brutal e sem remorsos, feito no meio da noite. Foi descoberto rapidamente, com uma rapidez que, em casos criminais, raramente é acidental, mas tende a ser premeditada. O atacante, ou atacantes, é interrompido antes de completar o trabalho, seja lá qual fosse seu objetivo final. E, ainda assim, não há sinal de sua fuga; nenhuma pista, nada perturbado; nenhuma janela ou porta aberta; nenhum som. Nada que indique a identidade do responsável ou sequer que algo foi feito; exceto pela vítima e por seus arredores alterados pelo acontecimento!

"Na noite seguinte, uma tentativa semelhante é feita, ainda que a casa esteja repleta de pessoas acordadas; e ainda que o quarto e os arredores estejam sendo vigiados por um detetive, uma enfermeira treinada, um amigo querido e a própria filha do homem. A enfermeira cai em catalepsia, e o amigo vigilante, embora protegido por uma máscara, cai em sono profundo. Até mesmo o detetive é tomado por uma fase de estupor, de modo a disparar a pistola no quarto do doente sem nem saber no que estava atirando. Essa máscara do senhor é a única coisa que parece ter algum peso no lado dos fatos da situação toda. Que o senhor não tenha ficado enlouquecido como os demais – sendo esse efeito no caso em questão proporcional à quantidade de tempo que cada um ficou no cômodo –, aponta para a probabilidade de que o meio estupefante não foi hipnótico, seja lá o que mais possa ser. Contudo, mais uma vez, há um fato contraditório. A Srta. Trelawny, que esteve no quarto mais vezes do que qualquer um de vocês, pois ela entrava e saía o tempo todo e não dividia sua parcela permanente da vigília, não parece ter sido nem um pouco afetada. Isso demonstraria que a influência, seja qual for, não afeta a todos... a menos, é claro, que ela esteja acostumada a isso de algum modo. Se descobrirmos se tratar de alguma exalação das regalias egípcias, isso pode explicar a situação; apesar de que, então, teríamos de lidar com o fato de que o Sr. Trelawny, que foi quem mais ficou no quarto e, na verdade, passou mais da metade da vida lá, teria sido o mais afetado. Que tipo de influência poderia ser essa que causaria todos esses efeitos diferentes e contraditórios! Não, quanto mais penso nesta forma de dilema, mais confuso fico! Ora, mesmo se o ataque, o ataque físico, contra o Sr. Trelawny tivesse sido feito por alguém que reside na casa e não está em nossa esfera de suspeita, a estranheza dos desmaios permaneceria um mistério. Não é fácil tornar alguém cataléptico. Na verdade, até onde se sabe hoje na ciência, não há como atingir tal objetivo de propósito. O ponto em comum do assunto todo é a Srta. Trelawny, que parece não ser atingida de modo algum pela influência ou por suas possíveis variantes. Ela permanece intocada, exceto por aquele semidesmaio. É deveras estranho!"

Escutei tudo aquilo com uma dor no coração; pois, apesar de seu jeito não ser indicativo de desconfiança, o argumento que fazia era perturbador. Ainda que não fosse uma suspeita tão direta quanto a do detetive, parecia destacar a

Srta. Trelawny enquanto alguém diferente dos demais envolvidos; e, em um mistério, ser destaque é ser suspeito, senão de imediato, no fim. Achei melhor não dizer nada. Em casos assim, o silêncio vale ouro; e, se eu não dissesse nada agora, talvez tivesse menos para defender, explicar ou retirar do que disse mais tarde. Assim, eu estava secretamente feliz por a forma com a qual ele expusera seu argumento não exigisse resposta de minha parte, pelo menos por enquanto, em todo caso. O Dr. Winchester não parecia esperar resposta alguma, fato que não sei por que, me alegrou quando reconheci. Ele parou de falar por alguns instantes, sentado com o queixo apoiado na mão, seus olhos encarando o nada e com as sobrancelhas franzidas. Seu charuto estava solto entre os dedos; ele aparentava tê-lo esquecido. Em uma voz nivelada, como se recomeçasse exatamente de onde havia parado, voltou a sua argumentação:

— A outra linha do dilema é um caso completamente diferente; e, entrando nela, devemos deixar para trás tudo que sabemos de ciência e experiências. Confesso que me fascina, ainda que, a cada pensamento novo, eu me encontre romantizando a situação de um modo que me faz acordar de repente e encarar os fatos frente a frente. De vez em quando me pergunto se a influência ou emanação do quarto do doente me afeta como aos outros... o detetive, por exemplo. É claro que, se for algo químico, como uma droga, por exemplo, em forma de vapor, os efeitos podem ser cumulativos. Mas então o que poderia causar tal efeito? O quarto é tomado por cheiro de múmias, disso eu sei. E isso não me surpreende, havendo tantas relíquias de tumbas nele, isso sem falar da múmia de fato, de um animal, que Silvio atacou. Por sinal, irei testá-lo amanhã. Estive buscando uma múmia de gato e conseguirei uma pela manhã. Quando eu a trouxer aqui, vamos descobrir se o instinto da espécie pode sobreviver mesmo depois de alguns milhares de anos no túmulo. Contudo, voltando ao assunto. Esses mesmos cheiros de múmia advêm da presença de substâncias e de combinações de substâncias, que os sacerdotes egípcios, homens estudados e cientistas de seus tempos, descobriram, após séculos de experiências, e que seriam fortes o suficiente para impedir as forças naturais da decomposição. Devem haver agentes poderosos agindo para causar efeitos assim; e é possível que tenhamos em mãos alguma substância ou combinação rara cujas qualidades e poderes não são compreendidos nesta era tardia e mais prosaica. Pergunto-me se o Sr. Trelawny sabe, ou ao menos desconfia, de algo assim... Eu tenho certeza apenas de que não seria possível imaginar uma atmosfera pior do que a daquele quarto; admiro a coragem de Sir James Frere em se recusar a ter qualquer relação com o caso sob tais condições. E essas instruções que o Sr. Trelawny deixou para a filha, sobre as quais você me contou, o cuidado com o qual ele protegeu os próprios desejos por meio do procurador, isso mostra que, em algum nível, ele suspeitava de algo. De fato, é quase como se ele esperasse que algo fosse acontecer... Pergunto-me se seria possível descobrir algo sobre isso! Decerto os documentos dele devem mostrar ou sugerir algo... é um assunto difícil de se tocar; mas há de ser feito. A presente condição que ele impôs não pode permanecer assim para sempre; e, se algo acontecer, deve haver um inquérito. Em tal caso, uma investigação completa teria que ser feita... No pé que estamos, a evidência policial mostra um ataque assassino repetido mais de uma vez. Como não há nenhuma pista aparente, seria necessário procurar por uma contida em um motivo para o crime.

Ele ficou em silêncio. As últimas palavras pareceram chegar até mim em um tom cada vez mais baixo à medida que ele continuava. Tinham o efeito da desesperança. Veio a mim a convicção de que agora era minha oportunidade de descobrir se ele tinha alguma suspeita concreta; e, como se obedecendo a algum comando, perguntei:

— O senhor suspeita de alguém?

Ele pareceu mais assustado do que surpreso ao virar o rosto para me olhar.

— Suspeitar de alguém? De algo, o senhor quer dizer. Com certeza suspeito que haja alguma influência; mas, no momento, minha suspeita alcança só um certo limite. Mais tarde, se houver alguma conclusão definitiva para meu raciocínio ou para meu pensamento, já que não há dados o suficiente para raciocinar propriamente, então talvez eu suspeite. No momento, contudo...

Ele parou de falar de súbito e olhou para a porta. Ressoou baixinho o barulho da maçaneta sendo girada. Meu próprio coração pareceu parar de bater. Havia sobre mim uma sombria e vasta apreensão. A interrupção daquela manhã, quando eu falava com o detetive, reapareceu em minha mente como um raio.

A porta se abriu e a Srta. Trelawny entrou no cômodo.

Quando nos viu, deu alguns passos para trás e um forte rubor tomou seu rosto. Por alguns segundos, ficou parada; em momentos como esse, poucos segundos parecem se alongar em progressão geométrica. A tensão sobre mim e, como era facilmente perceptível, sobre o doutor também, diminuiu quando ela disse:

— Ah, perdão. Não sabia que estavam conversando. Eu estava procurando pelo senhor, Dr. Winchester, para perguntar se eu posso ir dormir hoje com segurança, já que o senhor estará aqui. Sinto-me tão cansada e extenuada que temo que não iria aguentar; e, hoje à noite, decerto eu não seria de grande uso.

O Dr. Winchester respondeu carinhosamente:

— Tudo bem! Vá para a cama, não se preocupe, e tenha uma boa noite de sono. Deus sabe como a senhorita precisa disso. Fico mais do que feliz que tenha sido a senhorita a sugeri-lo, pois, quando a vi hoje, temi tê-la como paciente em breve.

Ela soltou um suspiro aliviado e o olhar cansado pareceu sumir de seu rosto. Nunca me esquecerei do olhar profundo e honesto em seus grandes, lindos olhos negros quando ela me disse:

— O senhor vigiará papai hoje à noite, não? Junto com o Dr. Winchester? Fico tão preocupada com ele que cada segundo traz novos medos. Mas estou realmente exausta; e, se eu não dormir um pouco, acho que ficarei louca. Vou trocar de quarto por hoje. Temo que se ficar muito perto do quarto de papai, tornarei cada som em um terror novo. Mas, é claro, peço que me acordem caso haja motivo para tanto. Estarei na pequena suíte perto do boudoir ao lado do hall. Fiquei nesse quarto quando vim morar com papai pela primeira vez, e não tinha preocupações naquela época... será mais fácil descansar lá; e talvez, por algumas horas, eu consiga me esquecer de tudo isso. Ficarei bem pela manhã. Boa noite!

Quando fechei a porta atrás dela e voltei à mesinha à qual estávamos sentados, o Dr. Winchester disse:

— A pobre moça está terrivelmente extenuada. Agrada-me ver que ela vai descansar um pouco. Fará muito bem a ela; e, pela manhã, ela estará bem. O sistema nervoso dela está à beira de um colapso. O senhor notou o quão perturbada pelo medo ela estava e o quanto ficou ruborizada quando entrou e nos viu conversando? Uma coisa comum como essas, na sua própria casa, com seus próprios convidados, não a perturbaria em circunstâncias comuns!

Eu estava prestes a lhe dizer, como uma explicação em defesa dela, como aquela entrada fora igual a de quando ela encontrou a mim e ao detetive sozinhos mais cedo naquele dia. Mas lembrei-me que tal conversa havia sido tão privada que mesmo uma alusão a ela poderia evocar curiosidade. Assim, permaneci em silêncio.

Levantamo-nos e fomos ao quarto do doente; mas, enquanto percorríamos o corredor mal iluminado, não pude deixar de pensar de novo e de novo e de novo – ah! e por muitos outros dias depois – sobre o quão estranho era ela haver me interrompido em duas ocasiões nas quais eu tocava naquele tema.

Era realmente muito peculiar a teia de acontecimentos na qual estávamos envolvidos.

CAPÍTULO VII

A Perda do Viajante

Naquela noite, tudo transcorreu bem. Sabendo que a Srta. Trelawny não estava a postos, Dr. Winchester e eu dobramos nossa vigilância. As enfermeiras e a Sra. Grant também participaram da vigília e os detetives fizeram suas visitas a cada quinze minutos. Durante toda a noite, o paciente se manteve em seu transe. Ele parecia saudável e seu peito subia e descia com a respiração fácil como a de uma criança. Mas ele nunca se mexia; não fosse por sua respiração, ele poderia ser uma estátua. Dr. Winchester e eu usamos nossas máscaras, o que era muito desconfortável naquela noite intoleravelmente quente. Entre meia-noite e três da manhã, senti-me ansioso e, mais de uma vez, tive aquela sensação esquisita à qual já me acostumara nas últimas noites; mas a luz cinzenta do amanhecer, espreitando pelas bordas da cortina, surgiram com um alívio inexplicável, seguido pela calma, e se espalhou por toda a casa. Durante aquela noite quente, meus ouvidos, atentos a cada som, foram dolorosamente incomodados, como se meu cérebro ou meus sentidos estivessem em um contato ansioso com eles. Cada respiração da enfermeira ou farfalhar de seu vestido; cada leve batida de pés calçados dos policiais que faziam sua ronda; cada momento da vida de vigília parecia ser um novo ímpeto à atenção. Uma sensação semelhante deve ter se espalhado pela casa, pois, de quando em quando, eu ouvia no andar de cima o som de passos inquietos, e mais de uma vez ouvi uma janela sendo aberta. Com a chegada do amanhecer, contudo, tudo isso parou, e toda a casa pareceu descansar. O Dr. Winchester foi para casa quando a Irmã Doris chegou para tomar o lugar da Sra. Grant. Ele estava, acho, um pouco decepcionado ou enfadado por nada de natureza excepcional haver acontecido durante sua longa vigília noturna.

Às oito horas, a Srta. Trelawny se juntou a nós, e eu fiquei maravilhado e encantado pelo bem que uma noite de sono lhe fizera. Ela estava radiante; tal qual estava quando eu a vi quando nos conhecemos e no piquenique. Havia até mesmo um leve rubor em suas bochechas, as quais, contudo, ainda pareciam bastante brancas em contraste com suas sobrancelhas negras e lábios escarlates. Com a força restaurada, ela parecia ter também uma ternura ainda maior do que a que primeiro demonstrara a seu pai doente. Não pude evitar me sentir emocionado com a maneira amável com que arrumou os travesseiros ou tirou o cabelo da testa de seu pai.

Eu mesmo estava exausto devido à longa vigília; e agora que ela estava a postos, me retirei para a cama, piscando meus olhos cansados contra a luz forte e sentindo toda a fadiga de uma noite sem sono de uma só vez.

Dormi bem e estava prestes a sair para a Jermyn Street após o almoço quando vi um homem insistente à porta do hall. O empregado a cargo daquela situação era o chamado Morris, outrora o "homem de fora", mas que, devido ao êxodo dos empregados, fora promovido a mordomo temporariamente. O estranho falava muito alto, e não era difícil entender sua queixa. O empregado demonstrava muito respeito, tanto com suas palavras quanto com seu comportamento; porém, ele se posicionou em frente à grande porta dupla de modo a cobri-la e impedir a entrada do outro. As primeiras palavras que ouvi do visitante bastaram para explicar a situação:

— Tudo bem, tudo bem! Mas, entenda, preciso ver o Sr. Trelawny! Do que me adianta o senhor me dizer que não posso, quando estou lhe dizendo que *preciso*! O senhor me manda embora e embora e embora! Vim para cá às nove; e o senhor me disse que ele não estava acordado e que, como não estava bem, não podia ser perturbado. Vim ao meio-dia; e, mais uma vez, o senhor me disse que ele não estava acordado. Pedi para ver qualquer um da casa, mas o senhor me disse que a Srta. Trelawny não estava acordada. Agora volto mais uma vez às três e o senhor me diz que ele continua na cama e ainda não está acordado. Onde está a Srta. Trelawny? "Ocupada e não deve ser perturbada"! Bem, ela deve, sim, ser perturbada! Ou alguém deve! Estou aqui devido a assuntos especiais do Sr. Trelawny; e vim de um lugar no qual os empregados sempre começam dizendo "Não". Pois "Não" não será o bastante para mim desta vez! Aturei três anos disso, esperando do lado de fora de portas e barracas nas quais levava mais tempo para entrar do que nas tumbas; e eram casos que era de se pensar que os homens lá dentro estavam tão mortos quanto as múmias. Para mim, basta! E quando volto para casa, dou de cara com a porta do homem para quem estive trabalhando barrada, do mesmo modo e com as mesmas velhas respostas, e isso não me cai bem! O Sr. Trelawny deixou ordens de que não me veria caso eu viesse?

Ele fez uma pausa e, com ânimos exaltados, secou sua testa. O empregado respondeu com muito respeito:

— Sinto muito, senhor, se, ao cumprir minhas ordens, ofendi-o. Mas as recebi e devo obedecê-las. Se o senhor quiser deixar algum recado, irei passá-lo à Srta. Trelawny; e, se o senhor deixar seu endereço, ela entrará em contato com o senhor caso ela queira.

A resposta veio de tal modo que deixou claro que o falante era um homem justo e de bom coração:

— Meu camarada, não tenho motivos para puxar briga com você em específico; sinto muito se lhe tiver magoado. Devo ser justo, mesmo estando irritado. Mas é o bastante para enfurecer qualquer homem estar na mesma posição que eu. O tempo urge. Não há má hora, um minuto sequer para se perder! E, ainda assim, cá estou, indo e voltando há seis horas; sabendo o tempo todo que seu patrão ficará mil vezes mais bravo do que eu quando souber o tempo que perdeu. Ele preferiria ser acordado de milhares de sonos do que deixar de me ver agora, antes que seja tarde demais. Por Deus! É horrível, depois de tudo que passei, ter meu trabalho arruinado por fim e ser barrado na porta por um lacaio estúpido! Não há ninguém com bom senso na casa; ou com autoridade, mesmo que não tenha bom senso? Posso logo convencê-lo de que seu patrão deve ser acordado; mesmo se estiver dormindo como os Adormecidos de Éfeso...

Não havia como ignorar a sinceridade do homem e a urgência e importância do assunto do qual desejava tratar – de seu ponto de vista, pelo menos. Dei um passo à frente.

— Morris — disse —, é melhor que vá contar à Srta. Trelawny que esse cavalheiro quer vê-la. Se ela estiver ocupada, peça que a Sra. Grant diga isso a ela.

— Com certeza, senhor! — ele respondeu em um tom aliviado, e saiu de lá apressadamente.

Levei o estranho ao pequeno boudoir do outro lado do hall. Enquanto andávamos, ele me perguntou:

— O senhor é o secretário?

— Não! Sou um amigo da Srta. Trelawny. Chamo-me Ross.

— Muito obrigado, Sr. Ross, por sua gentileza! Meu nome é Corbeck. Poderia lhe dar meu cartão, mas não usamos cartões de onde venho. E, se eu tivesse algum de qualquer modo, suponho que eles também teriam sumido ontem à noite...

Ele parou de repente, como se percebesse que havia falado demais. Nós dois permanecemos em silêncio; e, enquanto esperávamos, pude avaliá-lo. Era um homem baixinho, parrudo, moreno como café; possivelmente com tendências para ser gordo, porém agora estava magro demais. As rugas profundas em seu rosto e pescoço não eram apenas do tempo e da exposição; havia aqueles sinais inconfundíveis de carne ou gordura que sumira, deixando a pele flácida. O pescoço era uma superfície intrincada de riscos e rugas, marcada pelo sol escaldante do deserto. O Extremo Oriente, as Estações Tropicais e o Deserto, cada qual tem sua marca de cor. Mas todas as três são bastante diferentes; e quem já as viu uma vez, pode distingui-las com facilidade. A palidez morena do primeiro; o ardente marrom-avermelhado do segundo; e, quanto ao terceiro, as queimaduras escuras e impregnadas, como se tivesse se tornado uma cor permanente. O Sr. Corbeck tinha uma cabeça grande, massiva e cheia, com um desgrenhado cabelo de um escuro marrom-avermelhado, mas calvo nas têmporas. Tinha uma bela testa, alta e larga, com, para usar os termos da fisionomia, o sínus frontal bastante marcado. Seu formato quadrado demonstrava sua racionalidade; e o volume debaixo dos olhos, sua “linguagem”. Ele tinha um nariz curto e largo que marcava sua energia, e o queixo quadrado, marcado apesar da barba cheia e malcuidada, junto com a massiva mandíbula demonstravam grande habilidade de raciocínio.

“Nada mal para o Deserto!”, pensei, observando-o.

A Srta. Trelawny não tardou a chegar. Quando o Sr. Corbeck a viu, pareceu surpreso, de algum modo. Mas sua irritação e seus ânimos exaltados não haviam desaparecido; restava bastante ainda para disfarçar qualquer sentimento secundário e puramente exotérico, tal qual surpresa. Contudo, ele não tirava os olhos da moça enquanto ela falava; e fiz uma anotação mental de que deveria achar logo uma oportunidade de investigar a causa de tal surpresa. Ela começou se desculpando, o que o acalmou.

— Claro, caso papai estivesse bem, não teríamos deixado o senhor esperando. Na verdade, caso eu não estivesse de guarda no quarto quando o senhor chamou pela primeira vez, teria vindo de imediato. Agora, por gentileza, de qual assunto urgente o senhor quer tratar?

Ele olhou para mim e hesitou. A Srta. Trelawny disse:

— O senhor pode dizer na presença do Sr. Ross qualquer coisa que diria na minha. Ele tem minha total confiança e está me ajudando com meus problemas. Acho que o senhor não está entendendo bem quão séria é a situação de papai. Faz três dias que ele não acorda ou dá qualquer sinal de consciência; e estou terrivelmente preocupada com ele. Infelizmente, sou deveras ignorante quanto a papai e a vida que ele levava. Vim viver com ele há apenas um ano; e não sei nada quanto aos assuntos nos quais ele estava envolvido. Não sei quem é o senhor ou que tipo de negócios tem com papai — ela disse isso com um sorrisinho depreciativo, mas tradicional e gracioso ao mesmo tempo; como se quisesse expressar do modo mais genuíno possível sua ignorância absurda.

Ele manteve o olhar firme nela por cerca de trinta segundos; então, falou, indo direto ao assunto, como se tivesse se decidido e estabelecido sua confiança:

— Meu nome é Eugene Corbeck. Sou um Mestre em Artes, Doutor em Leis e Mestre em Cirurgias por Cambridge; Doutor em Letras por Oxford; Doutor em Ciência e em Linguagens pela Universidade de Londres; Doutor em Filosofia por Berlim. Doutor em Línguas Orientais por Paris. Tenho mais alguns diplomas, honorários e de outros tipos, mas não vou ocupar seu tempo com isso. Aqueles que nomeei já lhe mostram que tenho diplomas o suficiente para saber o que fazer mesmo perante um doente. Muito cedo na vida, o que foi bom para meus interesses e prazeres, mas ruim para meu bolso, afeiçoei-me de Egiptologia. Devo ter sido mordido por algum escaravelho radioativo, pois o assunto logo me dominou. Aventurei-me por tumbas e consegui viver disso e aprender algumas coisas que não se encontram em livros. Eu estava em vacas magras quando conheci seu pai, que estava fazendo algumas explorações por conta própria; e, desde então, não passo mais vontade de nada. Ele é um verdadeiro patrono das artes; nenhum louco por Egiptologia poderia pedir por um chefe melhor!

Ele falava com emoção; e eu fiquei feliz de ver a Srta. Trelawny corar de felicidade com tal elogio a seu pai. Não pude deixar de notar, contudo, que o Sr. Corbeck estava, de certo modo, falando como se estivesse correndo contra o tempo. Conclui que ele queria, enquanto falava, estudar a situação; ver o quanto poderia de fato confiar nos dois estranhos à sua frente. À medida que continuava, pude ver que sua confiança aumentava progressivamente. Quando pensei nisso depois e me lembrei do que ele disse, percebi que a quantidade de informações que ele nos fornecia era um indicativo de sua confiança crescente:

— Participei de expedições no Egito diversas vezes com seu pai; e sempre considerei um prazer trabalhar para ele. Muitos dos seus tesouros (e ele tem alguns que são bem raros, acredite), ele encontrou por meu intermédio, seja por meio de minha exploração ou comprando-os de mim ou... ou... de outro jeito. Seu pai, Srta. Trelawny, tem um conhecimento raro. Ele às vezes se decide a achar algo em particular de cuja existência (quando ainda existe) ficou sabendo; e procurará por isso pelo mundo inteiro, até achar. Eu estava em uma busca dessas há pouco.

Ele parou de súbito, como se de repente sua boca tivesse sido fechada com o puxão de uma corda. Esperamos; por fim, ele falou com uma cautela recém-surgida, como se desejasse evitar que fizéssemos perguntas:

— Não tenho a liberdade de mencionar nada quanto à minha missão; para onde íamos, qual o seu propósito, nada. Tais assuntos são confidenciais entre mim e o Sr. Trelawny. Jurei o mais absoluto segredo.

Ele fez uma pausa, e uma expressão constrangida tomou seu rosto. De repente, disse:

— Tem certeza, Srta. Trelawny, de que seu pai não está bem o suficiente para me ver hoje?

O rosto dela foi tomado por uma expressão de espanto, que logo sumiu. Ela se levantou, dizendo, em um tom que mesclava dignidade e graça:

— Venha ver por si só!

Ela andou até o quarto de seu pai e ele a seguiu. Eu fui logo atrás.

O Sr. Corbeck entrou no quarto do doente como se conhecesse o lugar. Havia uma atitude ou postura inconsciente das pessoas ao entrar em ambientes novos que era inconfundível. Mesmo em sua ansiedade para ver o poderoso amigo, ele olhou de soslaio para o quarto como se este lhe fosse familiar. Então, toda a sua atenção se voltou para a cama. Eu o observei de perto, pois tinha a sensação de que muito de nosso entendimento daquele caso estranho no qual estávamos envolvidos dependia daquele homem.

Não que eu duvidasse dele. O homem era de uma honestidade transparente; contudo, era essa mesma qualidade que devíamos temer. Ele era de tal honestidade fixa e corajosa que, se considerasse sua missão manter um segredo, faria isso até o fim. O caso à nossa frente era, para dizer o mínimo, incomum; e assim, seria necessário um reconhecimento mais liberal dos limites da promessa de sigilo do que se teria sob condições normais. Se pudéssemos descobrir qualquer coisa sobre o que ocorrera, talvez pudéssemos ter alguma ideia do que antecedeu o ataque; e talvez pudéssemos achar algum jeito de ajudar na recuperação do paciente. Havia regalias que poderiam ser removidas... Meus pensamentos começaram a vagar mais uma vez; recompus-me bruscamente e observei. Havia um olhar de infinita pena no rosto enrugado e manchado de sol do homem que olhava para seu amigo, que estava deitado de forma tão indefesa. A severidade no rosto do Sr. Trelawny não havia relaxado durante seu sono; mas, de algum modo, ela marcava ainda mais seu estado indefeso. Não seria perturbador ver uma face fraca ou ordinária neste estado; mas este homem cheio de propósito e de maestria, deitado à nossa frente e imerso em um sono impenetrável, tinha todos os sinais de uma grande ruína. A visão não era nova para nós; contudo, pude ver que a Srta. Trelawny, assim como eu, emocionou-se novamente com ela, agora na presença do desconhecido. A expressão do Sr. Corbeck ficou séria. Toda a piedade desapareceu e, com seu sumiço, veio um olhar severo e sombrio que prometia o mal para quem tivesse causado aquela ruína. Este olhar, por sua vez, deu lugar a um novo, cheio de decisão; da energia vulcânica de um homem trabalhando com objetivo definido. Ele olhou ao redor, para nós; e, quando seus olhos pararam na Enfermeira Kennedy, suas sobrancelhas se ergueram um pouquinho. Ela notou e dirigiu um olhar interrogativo para a Srta. Trelawny, que respondeu com outra olhadela. Ela saiu em silêncio do quarto, fechando a porta atrás de si. O Sr. Corbeck olhou primeiro para mim, com o impulso natural de um homem forte de aprender com um homem em vez de com uma mulher; então, olhou para a Srta. Trelawny, lembrando-se de sua obrigação de ser cortês, e disse:

— Conte-me tudo o que aconteceu. Como começou e quando!

A Srta. Trelawny me encarou como quem pede ajuda; e eu contei a ele tudo que sabia. Ele pareceu não se mexer durante todo o tempo; e, sem demonstrar reação, seu rosto bronzeado se tornou de aço. Quando, ao final, contei-lhe da visita do Sr. Marvin e da procuração que ele tinha, os olhos do Sr. Corbeck começaram a brilhar. E quando, vendo o interesse que ele tinha no assunto, entrei em mais detalhes quanto aos termos, ele disse:

— Ótimo! Agora sei como agir.

Ouvi-o com um aperto no peito. Uma frase como aquela em um momento como aquele parecia fechar as portas às minhas esperanças de esclarecimentos.

— Como assim? — perguntei, sentindo que minha questão era débil.

A resposta que veio enfatizou meus medos:

— Trelawny sabe o que faz. Ele tinha algum objetivo muito bem definido em tudo o que fez; e não devemos contrariá-lo. Era evidente que ele esperava que algo fosse acontecer, e protegeu-se de todos os lados.

— Não de todos os lados! — respondi por impulso. — Deve haver algum ponto fraco em algum lugar, senão estaria deitado aí desse jeito!

De algum modo, sua impassividade me surpreendeu. Eu pensei que ele acharia meu ponto válido, mas ele não reagiu, ao menos não do jeito que eu esperava. Algo semelhante a um sorriso brilhou em sua face morena, e ele me respondeu:

— Este não é o fim! Trelawny não se protegeu sem um objetivo. Não há dúvidas de que ele esperava por isso também; ou, em algum nível, pela possibilidade disso.

— O senhor sabe o que ele esperava, ou de que origem? — perguntou a Srta. Trelawny.

A resposta foi imediata:

— Não! Não sei nada disso. Mas acho que... — Ele parou subitamente.

— Acha o quê? — A animação suprimida na voz da moça era parecida com angústia.

O olhar frio voltou ao rosto moreno; mas havia ternura e cortesia tanto em sua voz quanto em sua postura quando ele respondeu:

— Acredite, eu faria tudo que estivesse ao meu alcance para acabar com sua preocupação. Contudo, neste caso, tenho uma obrigação maior.

— Que obrigação?

— Silêncio! — Ao falar aquela palavra, a boca forte se fechou como uma armadilha.

Todos ficamos quietos por alguns minutos. Dada a intensidade de nossos pensamentos, o silêncio era algo positivo; os tênues sons da vida dentro e fora da casa pareciam intrusivos. A primeira pessoa a falar foi a Srta. Trelawny. Eu havia visto uma ideia – uma esperança – brilhar em seus olhos. Mas ela se recompôs antes de dizer:

— E qual era o assunto urgente que o senhor tinha para tratar comigo, visto que papai não estava... disponível? — A pausa revelou a maestria que ela tinha sobre suas ideias.

A mudança instantânea no Sr. Corbeck foi quase ridícula. Seu sobressalto de surpresa, que quase dominou sua impassividade de aço, era como uma transformação digna de teatro. Contudo, toda noção de comédia desapareceu sob a sinceridade trágica com a qual ele se lembrou de seu propósito original.

— Meu Deus! — ele disse, levantando a mão que descansava na parte de trás da cadeira e colocando-a de volta com uma violência que, por si só, já chamaria a atenção. Seu cenho estava franzido quando ele continuou. — Esqueci disso! Que perda! Agora, entre todos os momentos! Justo na hora do sucesso! Ele está ali, imponente, e eu com a língua presa! Sem poder sequer levantar um dedo em minha ignorância de seus desejos!

— O que foi? Ah, por favor, conte-nos! — exclamou a Srta. Trelawny. — A ansiedade que tenho em relação a papai é tanta! É algum problema novo? Ah, espero que não! Já tive tantos problemas e preocupações! Preocupa-me que o senhor fale assim! Conte-me algo que apaziguará essa terrível ansiedade e incerteza!

Ele endireitou sua forma parruda, respondendo:

— Oras! Não posso, não devo lhe contar nada. É segredo dele. — Ele apontou para a cama. — E, ainda assim... ainda assim, vim aqui procurando por conselhos dele, por orientações, ajuda. E ele está ali, impotente... E o tempo voando! Em breve poderá ser tarde demais!

— O quê? O que é? — Srta. Trelawny interrompeu em um surto de ansiedade, seu rosto franzido de dor. — Ah, fale! Diga algo! Esta ansiedade, este horror e mistério estão me matando!

O Sr. Corbeck, com muito esforço, se acalmou.

— Não posso lhe contar detalhes. Mas eu sofri uma grande perda. Minha missão, na qual passei três anos, foi bem-sucedida. Descobri tudo que almejava descobrir e mais. E os trouxe comigo para casa em segurança, tesouros, inestimáveis em si, porém muito mais preciosos para ele, de quem segui os desejos e instruções. Só cheguei a Londres ontem à noite e, quando acordei hoje pela manhã, minha preciosa carga havia sido roubada. E roubada por meios misteriosos. Não havia alma viva em Londres que soubesse que eu estava voltando. Ninguém além de mim sabia o que havia dentro da maleta amarrotada que eu trazia. Meu quarto tinha apenas uma porta, que eu tranquei e passei o cadeado. O quarto era no alto, no quinto andar, então não havia como entrar pela janela. Na verdade, eu mesmo fechei a janela e o trinco, pois desejava a máxima segurança. Hoje de manhã, o trinco estava intocado... E, ainda assim, minha maleta estava vazia! As lamparinas haviam sumido!... Pronto! É isso! Fui ao Egito em busca de um antigo conjunto de lamparinas que o Sr. Trelawny procurava. Com muito trabalho e passando por muitos perigos, consegui-as. Trouxe-as para casa em segurança... e agora! — Ele se virou, bastante emocionado. Até mesmo sua natureza de ferro estava ruindo sob o sentimento de perda.

A Srta. Trelawny foi até ele e colocou a mão em seu braço. Olhei para ela maravilhado. Todo o sofrimento e a dor que a afligiam pareciam ter tomado a forma de decisão. Sua postura estava ereta e seus olhos brilhavam; ela manifestava energia em cada poro e fibra de seu ser. Até mesmo sua voz estava cheia de poder quando ela falou. Era aparente que ela era uma mulher maravilhosamente forte, e que sua força era capaz de aparecer quando necessário.

— Precisamos agir já! Os desejos de papai devem ser cumpridos, se for possível que o façamos. Sr. Ross, o senhor é um advogado. E temos na casa um homem que o senhor considera ser um dos melhores detetives de Londres. Com certeza podemos fazer alguma coisa. Devemos começar já!

O Sr. Corbeck animou-se novamente perante o entusiasmo dela.

— Ótimo! A senhorita é mesmo filha de seu pai! — foi tudo que ele disse. Contudo, a admiração que ele tinha por ela se manifestou no jeito impulsivo com o qual segurou a mão dela.

Movi-me na direção da porta. Eu ia buscar o Sargento Daw; e, pelo olhar de aprovação dela, soube que Margaret (Srta. Trelawny) aprovava. Eu já estava à porta quando o Sr. Corbeck pediu que eu voltasse.

— Esperemos um momento — ele disse — antes de trazer um estranho para cá. Devemos ter em mente que ele não deverá saber o que vocês sabem agora, que as lamparinas foram resultado de uma longa, difícil e perigosa busca. Tudo que posso dizer para ele, e tudo que ele deve saber de qualquer um, é que alguma propriedade minha foi roubada. Devo descrever algumas das lamparinas, uma em especial, pois é de ouro; e temo que o ladrão, ignorante de seu valor histórico, possa, em prol de ocultar seu crime, derretê-la. Eu pagaria com prazer dez, vinte, cem, mil vezes mais do que o valor intrínseco que ela tem para evitar que fosse destruída. Contarei a ele apenas o que for necessário. Por isso, peço a gentileza de me deixarem responder às perguntas que ele talvez faça; a menos, é claro, que eu pergunte a vocês ou peça para responderem algo.

Nós dois assentimos em consentimento. Então ocorreu-me algo, e sugeri:

— Por sinal, se for necessário manter esse assunto em segredo, será melhor, se possível, que este seja um trabalho privado para o detetive. Se a Scotland Yard ficar sabendo, estará fora de nossas mãos manter tudo em silêncio, e o sigilo será impossível. Avisarei o Sargento Daw antes de ele vir para cá. Se eu não disser nada, será porque ele aceitou a tarefa e irá lidar com ela confidencialmente.

O Sr. Corbeck respondeu de imediato:

— Sigilo é de máxima importância. A única coisa que temo é que as lamparinas, ou algumas delas, sejam destruídas em pouco tempo.

Para meu completo assombro, a Srta. Trelawny afirmou, em uma voz baixa, porém decidida:

— Elas não serão destruídas. Nenhuma delas!

O Sr. Corbeck deu um sorriso de surpresa.

— Como a senhorita poderia saber?

A resposta que ela deu foi ainda mais incompreensível:

— Não sei como sei. Mas sei que sei. Sinto em meu corpo, como se fosse uma certeza que esteve comigo durante toda a minha vida!

CAPÍTULO VIII

Encontrando as Lamparinas

Em um primeiro momento, o Sargento Daw fez algumas objeções; mas, por fim, concordou em servir de conselheiro na questão mantendo discrição quanto ao assunto que lhe seria apresentado. Ele acrescentou que eu não deveria me esquecer de que ele concordara apenas em aconselhar; se fosse necessário agir de fato, poderia ser necessário remeter o caso aos seus superiores. Isso dito, deixei-o no escritório e levei a Srta. Trelawny e o Sr. Corbeck até ele. A Enfermeira Kennedy retomou seu posto ao lado da cama quando deixamos o quarto.

Não pude deixar de admirar a precisão cautelosa e calma com a qual o viajante relatou seu caso. Ele não parecia estar escondendo nada e, ainda assim, deu a descrição mais sucinta possível dos objetos desaparecidos. Ele não aumentou o mistério do caso; deu a entender que se tratava de um roubo comum a um quarto de hotel. Dado o fato, conhecido por mim, que o único objetivo dele era recuperar os itens antes que fossem obliterados, consegui ver a rara habilidade intelectual com a qual ele forneceu as informações necessárias e omitiu todo o resto, apesar de não parecer fazê-lo. "Realmente", pensei, "este homem aprendeu a lição dos bazares orientais; e, com o intelecto ocidental, superou seus mestres!" Ele pareceu conseguir transmitir seu recado ao detetive, que, após pensar no caso por alguns momentos, falou:

— Caldeirão ou balança? Eis a questão.

— O que isso quer dizer? — perguntou o outro, atento.

— É uma antiga frase dos ladrões de Birmingham. Achei que, nesta era das gírias, todos a conhecessem. Antigamente, em Brum, que tinha muitas pequenas metalúrgicas, os ferreiros de ouro e prata costumavam comprar metal de quase qualquer um que aparecesse. E, como pequenas quantidades de metal podiam ser bem baratas quando não se perguntava de onde vinham, tornou-se um costume perguntar apenas uma coisa: se o cliente queria os bens derretidos, e neste caso o comprador daria o preço, sendo que o caldeirão para os derreter estava sempre no fogo; ou se queria preservá-los como estavam, caso o qual os bens iam para a balança e era cobrado o preço padrão para metal velho.

"Isso é feito com frequência ainda, e não só em Brum. Quando estamos procurando por relógios roubados, não é incomum que nos deparemos com esses trabalhos, e não é possível identificar engrenagens e molas em massas derretidas; mas não é sempre que nos deparamos com casos valiosos. Agora, o caso em mãos dependerá muito de se o ladrão é um bom homem... é assim que chamam os homens que sabem fazer seu trabalho. Um golpista de primeira saberá se o objeto vale mais do que o metal do qual é feito; e, em uma situação assim, ele deixaria o objeto com alguém que pudesse expô-lo depois... nos Estados Unidos ou na França, talvez. Por sinal, alguém além do senhor poderia identificar tais lamparinas?"

— Ninguém além de mim!

— E há outras como elas?

— Não que eu saiba — Sr. Corbeck respondeu. — Apesar de que podem haver outras que se pareçam com elas em diversos aspectos.

O detetive fez uma pausa antes de perguntar:

— Alguma outra pessoa do ramo (no Museu Britânico, por exemplo, ou um revendedor, ou ainda um colecionador como o Sr. Trelawny) saberia qual é o valor, o artístico, no caso, dessas lamparinas?

— Com certeza! Qualquer um com dois neurônios saberia que são valiosas só de olhar para elas.

O rosto do detetive se iluminou.

— Então tem uma chance. Se sua porta estava trancada e a janela fechada, então os bens não foram roubados por uma empregada ou um ladrãozinho qualquer. Seja lá quem tenha feito isso, sabia o que estava fazendo; e essa pessoa não vai se separar de seu prêmio sem receber bem por isso. Um caso assim há de estar no radar dos penhoristas. O ponto positivo, de qualquer modo, é que o caso não precisará ir a público. Não precisaremos falar nada à Scotland Yard, a menos que o senhor queira; podemos fazer esse trabalho internamente. Se deseja manter tudo em segredo, como o senhor me disse em um primeiro momento, então esta é nossa chance.

O Sr. Corbeck, após um momento, respondeu baixinho:

— Suponho que o senhor não possa arriscar um palpite de como o roubo foi realizado, não?

O policial abriu um sorriso de sabedoria e experiência.

— De um modo muito simples, não tenho dúvidas, senhor. É assim que todos aqueles crimes misteriosos acontecem, no fim das contas. Os criminosos sabem o que estão fazendo e sabem todos os truques; e estão sempre de olho nas oportunidades que podem ser aproveitadas. Além disso, sabem, por experiência própria, quais oportunidades têm mais chances de se apresentar, e como elas costumam surgir. A vítima é tão somente cuidadosa; ela não sabe todos os truques e armadilhas que podem ser armadas para ela e, por um descuido ou outro, acaba caindo na armadilha. Quando soubermos tudo sobre este caso, o senhor se perguntará como não viu o método todo desde o começo!

Isso pareceu incomodar um pouco o Sr. Corbeck. Foi com uma irritação decidida que ele respondeu:

— Veja, camarada, não tem nada de simples neste caso, exceto pelo fato de que os bens foram roubados. A janela estava fechada; a lareira estava bloqueada. Havia apenas uma porta que dava acesso ao quarto, e eu mesmo a tranquei e passei o cadeado. Não havia janela acima da porta; ouvi falar de vários assaltos a hotéis através dessa janela em cima da porta. Não deixei meu quarto durante a noite por um momento sequer. Vi os objetos antes de dormir e os vi novamente ao acordar. Se o senhor pode resumir estes fatos a um simples roubo, então o senhor é muito inteligente. Digo apenas isso; inteligente o bastante para ir agora mesmo recuperar meus bens.

A Srta. Trelawny colocou a mão em cima do braço dele, acalmando-o, e sussurrou:

— Não fique irritado assim sem motivo. Garanto-lhe que vão aparecer.

O Sargento Daw se virou para ela com tamanha rapidez que não pude evitar a lembrança vívida das suspeitas que ele nutria contra ela, e disse:

— Se me permite a pergunta, no que a senhorita baseia tal opinião?

Receei ouvir a resposta àquilo, que seria dada a ouvidos que já tendiam à suspeita; contudo, mesmo assim, senti uma nova dor ou choque.

— Não posso lhe dizer isso. Mas tenho certeza!

O detetive a encarou em silêncio por alguns segundos e, depois, me dirigiu uma rápida olhadela.

Em seguida, ele conversou mais um pouco com o Sr. Corbeck acerca de suas movimentações, os detalhes do hotel e do quarto, e os meios para se identificar os bens. Então partiu para começar sua investigação, sendo que o Sr. Corbeck reforçou a necessidade de segredo, para que não ocorresse de o ladrão ouvir falar do perigo que corria e destruir as lamparinas. O Sr. Corbeck prometeu, ao partir para cuidar de diversos assuntos que diziam respeito a ele mesmo, que voltaria no final da tarde e ficaria na casa.

Durante todo aquele dia, a Srta. Trelawny ficou em um estado de espírito melhor do que nunca, e parecia mais forte, apesar do choque e irritação com o roubo, que haveria de trazer bastante tristeza a seu pai.

Passamos a maior parte do dia analisando os tesouros do Sr. Trelawny. A partir do que eu ouvira do Sr. Corbeck, comecei a ter alguma ideia da vastidão de seus negócios no mundo da pesquisa egípcia; e, sob essa luz, tudo ao meu redor passou a me interessar mais. Quanto mais eu analisava os objetos, mais interessado ficava; e quaisquer dúvidas que pudesse ter se transformavam em maravilhamento e admiração. A casa parecia um verdadeiro armazém de antiguidades artísticas. Além dos objetos de regalia, grandes e pequenos, no próprio quarto do Sr. Trelawny – do grande sarcófago aos escaravelhos de todos os tipos nos armários –, no hall de entrada, nos patamares das escadas, no escritório, até mesmo no boudoir, toda a casa estava repleta de antiguidades que deixariam qualquer colecionador com água na boca.

A Srta. Trelawny me acompanhou desde o princípio, e olhava para tudo com crescente interesse. Após examinar alguns armários com belíssimos amuletos, ela me disse, de modo bastante ingênuo:

— O senhor mal acreditaria se eu lhe dissesse que, nos últimos tempos, mal olhei para nenhuma dessas coisas. É que desde que papai ficou doente, não senti a mínima curiosidade em relação a elas. Mas agora estou ficando cada vez mais apegadas a elas, não consigo tirar os olhos. Pergunto-me se é o sangue de colecionador em minhas veias que está começando a se manifestar. Se for o caso, considero estranho que nunca tenha sentido esse chamado antes. Claro que conheço a maior parte dos objetos maiores, e já examinei todos em algum grau; mas, de verdade, acho que nunca lhes dei valor, era como se eles sempre estivessem estado ali. Percebi a mesma coisa com as fotos de família, como elas não são valorizadas pela própria família. Se o senhor permitir que examinemos esses objetos juntos, ficarei muito feliz.

Foi muito agradável para mim ouvi-la falando daquele jeito; e a sugestão que fizera me deixou animado. Juntos, exploramos os vários cômodos e corredores, examinando e admirando as magníficas regalias. Havia uma quantidade e variedade tão desconcertante de objetos, que podíamos apenas dedicar olhares rápidos a eles; contudo, à medida que avançamos, combinamos que os analisaríamos no modelo *seriatim,*[3] dia após dia, para estudá-los mais de perto. No hall, havia uma grande estrutura de aço galvanizado, que Margaret disse que seu pai usava para levantar as pesadas tampas de pedra dos sarcófagos. Não era pesada e podia ser movimentada com facilidade. Fazendo uso desta, levantamos as tampas uma por uma e observamos as intermináveis séries de hieróglifos esculpidas na maior parte delas. Apesar de ter dito ser ignorante no assunto, Margaret sabia bastante coisa; o ano que havia passado com o pai tinha sido, inconscientemente, uma lição diária e constante. Ela era bastante inteligente, com a mente aguçada e uma memória prodigiosa; de modo que seu armazenamento de sabedoria, acumulado pouco a pouco sem que percebesse, havia crescido de tal forma que poderia causar inveja a muitos estudiosos.

E, ainda assim, ela era tão ingênua e inconsciente; tão infantil e simples. Suas visões e ideias eram tão frescas, e ela pensava tão pouco em si mesma que, em

3 Do latim, consecutivamente, ou em série. Termo bastante usado no meio legal, não necessariamente no mesmo contexto. (N.E.)

sua companhia, eu me esquecia por um momento de todos os problemas e mistérios contidos naquela casa; e eu me sentia como se fosse novamente um jovem...

Os mais interessantes dos sarcófagos eram sem dúvida os três que ficavam no quarto do Sr. Trelawny. Destes, dois eram de pedra escura; um de pórfiro e o outro de algum tipo de pedra-ferro. Eles estavam tomados por hieróglifos. Mas o terceiro era muito diferente. Era feito de algum tipo de substância amarelo-amarronzada, com o mesmo efeito de cor dominante do ônix mexicano, com o qual se parecia em muitos pontos, exceto por seu padrão natural marcado por sinuosidades ser menos marcado. Aqui e ali havia pedaços quase transparentes – decerto translúcidos. Todo aquele baú, inclusive a tampa, estava tomado por centenas, talvez milhares de hieróglifos minúsculos, que pareciam ser intermináveis. Na parte de trás, da frente, nas laterais, embaixo, as figuras delicadas estavam por toda a parte, seu azul escuro parecia fresco e destacado contra a pedra amarelada. Era bastante longo, quase três metros; com talvez um metro de largura. As laterais eram onduladas, de modo que não havia linhas retas. Até mesmo os cantos tinham curvas tão excelentes que agradavam aos olhos.

— Honestamente — eu disse —, isso deve ter sido feito para um gigante!

— Ou *uma* gigante! — sugeriu Margaret.

Este sarcófago ficava perto de uma das janelas. De certo modo, era diferente dos demais na casa. Todos os outros, independentemente do material – granito, pórfiro, pedra-ferro, basalto, ardósia ou madeira –, eram bastante simples por dentro. Alguns deles não tinham regalia interior nenhuma; outros eram marcados, por inteiro ou apenas em algumas partes, com hieróglifos. Porém, nenhum deles tinha protuberâncias ou superfícies desiguais em nenhuma parte. É possível que tenham sido usados para banhos; e, de fato, pareciam-se muito com banheiras romanas de pedra ou mármore que eu vira antes. Por dentro deste sarcófago, contudo, havia um espaço ressaltado, com o contorno de uma figura humana. Perguntei a Margaret se ela sabia a explicação para aquilo, e ela me respondeu:

— Papai nunca quis falar disso. Chamou minha atenção logo da primeira vez que vi; no entanto, quando o questionei, ele disse: "Algum dia te contarei, minha querida. Se eu viver! Mas ainda não! A história não está escrita ainda do modo que eu planejo lhe contar! Algum dia, talvez em breve, eu lhe contarei tudo que sei; e então estudaremos tudo isso juntos. E você encontrará uma história deveras interessante, do começo ao fim!" Depois disso, eu disse uma vez, de uma maneira bem leve: "Já está escrita a história do sarcófago, papai?" E ele negou com cabeça, encarou-me com seriedade e disse: "Ainda não, minha querida; mas será... se eu viver... se eu viver!" O jeito que ele repetia essa frase de estar vivo me assustou bastante; nunca mais me aventurei a questioná-lo sobre isso.

De algum modo, isso me animou. Eu não sabia dizer exatamente como ou por quê; mas parecia uma luz no fim do túnel. Existem, suponho, momentos em que a mente aceita algo como sendo verdadeiro; ainda que eu não possa explicar nem o curso do pensamento, nem, se houver mais de um, a conexão entre eles. Até então, havíamos estado tão no escuro em relação ao Sr. Trelawny e a estranha aparição que o atacara, que qualquer coisa que se parecesse com uma pista, por mais tênue e sombria que fosse, tinha, a princípio, a iluminada satisfação de se tratar de uma certeza. Havia duas luzes sobre nosso enigma. A primeira era que o Sr. Trelawny associava essa regalia em específico com uma dúvida quanto a permanecer vivo. A segunda é que ele tinha algum objetivo ou expectativa quanto a ela, que não estava disposto a revelar nem mesmo para sua filha até que se realizasse. Mais uma vez, era importante manter em mente que este sarcófago tinha um interior diferente dos demais. O que significava aquele estranho ressalto? Eu não disse nada à Srta. Trelawny, pois temia que isso a assustasse ou que a munisse de esperanças futuras; contudo, decidi-me a investigar mais o assunto na primeira oportunidade que tivesse.

Ao lado do sarcófago havia uma mesinha de centro, feita de pedra verde com veias vermelhas, parecida com uma pedra heliotrópio. Os pés foram feitos de modo a se assemelharem às patas de um chacal, e em cada perna arredondada estava entrelaçada uma cobra com a garganta lindamente banhada em ouro. Na mesa, havia uma belíssima arca ou baú de pedra, que tinha um formato peculiar. Era como um pequeno caixão, exceto pelas laterais, que eram maiores, e, em vez de ter a borda quadrada, a parte superior se estendia um pouco. Assim, era um heptaedro irregular, sendo que havia duas superfícies em cada um dos dois lados, uma ponta, um topo e um fundo. A pedra, forjada a partir de uma única peça maior, era como eu nunca tinha visto antes. Na base, era totalmente verde, cor de esmeralda – sem, é claro, o brilho da joia. Mas não era opaca; pelo contrário, fosse em cor ou substância, tinha uma infinita dureza e fineza de textura. A superfície era quase como a de uma joia. A cor ficava mais clara à medida que subia, com um gradiente tão delicado que era quase imperceptível, indo até um amarelo muito claro, quase da cor de pele. Eu nunca havia visto algo assim antes, e não se parecia com nenhuma pedra preciosa que eu conhecia. Supus que a pedra mãe devia ser única, ou deveria vir de alguma gema. Havia hieróglifos delicados por toda parte, exceto em poucos pontos; eram muito bem-feitos e coloridos com o mesmo cimento ou pigmento azul-esverdeado que aparecia no sarcófago. Tinha pouco mais de meio metro de comprimento; metade disso de largura e quase trinta centímetros de altura. Os espaços vagos estavam distribuídos de forma irregular no topo, indo até a ponta. Esses espaços pareciam menos opacos do que o resto da pedra. Eu tentei levantar a tampa, de modo que pudesse ver se eram translúcidos; mas estava muito bem presa. Ela se encaixava tão perfeitamente ali, que toda a arca parecia ser um único pedaço de pedra misteriosamente oco por dentro. Nas laterais e cantos havia algumas protuberâncias estranhas, cobertas de hieróglifos tão delicados quanto o restante da peça, que aparentava ter sido esculpida com maestria em um corte preciso. Havia buracos esquisitos, diferentes entre si; e, como o rosto, estavam também cobertos de hieróglifos, tendo sido cuidadosamente cortados e preenchidos com o mesmo cimento azul-esverdeado.

Do outro lado do grande sarcófago havia outra mesinha de alabastro, lindamente preenchida com figuras simbólicas de deuses e com signos do zodíaco. Nesta mesa, havia uma maleta quadrada de cerca de trinta centímetros, feita de blocos de cristal presos a um esqueleto de fitas de cobre decoradas com lindos hieróglifos e coloridas em um verde-azulado, quase no mesmo tom das figuras no sarcófago e na arca. Todo o trabalho era bastante moderno.

Mas, se a maleta era bastante moderna, assim não era seu conteúdo. Dentro, havia uma almofada feita de um fio de ouro tão fino quanto seda, com a suavidade peculiar de ouro antigo. Sobre esta almofada, repousava uma mão mumificada, tão perfeita que chegava a ser assustadora. Era a mão de uma mulher, delicada e longa, com dedos lânguidos e afunilados, e quase tão perfeita quanto no momento em que havia sido dada ao embalsamador, milhares de anos antes. No embalsamamento, não havia perdido um único detalhe de sua bela forma; até mesmo o pulso parecia manter sua flexibilidade, a julgar pela curva suave apoiada na almofada. A pele tinha um rico tom cremoso, ou de marfim envelhecido; era uma pele morena clara que sugeria calor, mas como se um calor na sombra. A peculiaridade maior, sendo uma mão, era que tinha, no total, sete dedos, sendo dois dedos do meio e dois indicadores. A extremidade superior do pulso estava denteada, como se tivesse sido arrancada, e manchada em um tom marrom-avermelhado. Na almofada, ao lado da mão, havia um pequeno escaravelho, lindamente forjado em esmeralda.

— É outro dos mistérios de papai. Quando perguntei a ele sobre isso, ele disse que esta era, possivelmente, a coisa mais valiosa que possuía, exceto por uma. Quando perguntei qual seria essa uma, ele se recusou a me dizer e me proibiu de fazer mais perguntas relativas a esse assunto. "Eu lhe contarei", ele me disse, "conto tudo, quando for a hora certa... se eu viver!"

Novamente a frase "Se eu viver!". Aqueles três itens agrupados, o sarcófago, a arca e a mão, pareciam formar uma trilogia do mistério!

Neste momento, a Srta. Trelawny foi chamada para tratar de algum assunto doméstico. Eu olhei para as outras regalias no cômodo; mas elas não pareciam ter o mesmo charme aos meus olhos, agora que Margaret não estava mais lá. Mais tarde, naquele mesmo dia, fui chamado ao boudoir, onde ela estava conversando com a Sra. Grant sobre o alojamento do Sr. Corbeck. Elas não conseguiam se decidir sobre se ele deveria ficar em um quarto próximo ao do Sr. Trelawny ou bastante longe, e acharam melhor pedir minha opinião a respeito. Cheguei à conclusão de que seria melhor que não fosse muito próximo; se necessário, ele poderia ser realocado para mais perto. Quando a Sra. Grant saiu, perguntei à Srta. Trelawny como era possível que os móveis daquele cômodo, o boudoir onde estávamos, fossem tão diferentes do restante da casa.

— Papai que pensou nisso. Quando vim para cá, ele achou, e estava certo, que eu talvez pudesse me assustar com tantos registros de morte e de tumbas por todo canto. Então ele separou este cômodo e a pequena suíte (aquela porta que dá para a sala de estar), onde eu dormi ontem à noite, e os decorou com coisas belas. Veja, é tudo muito bonito. Aquele armário pertenceu ao grande Napoleão.

— Quer dizer que não há nada egípcio neste quarto? — perguntei, mais para mostrar interesse no que ela havia dito do que qualquer outra coisa, pois a decoração do quarto era óbvia. — É um armário lindo! Posso olhá-lo?

— Claro! Com o maior prazer! — ela respondeu, sorrindo. — Está finalizado tanto do lado de dentro quanto do de fora, papai me disse que está absolutamente completo.

Eu fui até lá e olhei de perto. Era feito com madeira de pau-rosa, ornado com padrões e banhado em ouro. Eu abri uma das gavetas; ela era bastante profunda e me permitia ver bem o trabalho. No que eu puxei, pude ouvir um barulho, como se estivesse rolando; havia uma batida como a de metal contra metal.

— Ora, ora! — eu disse. — Tem algo aqui. Talvez seja melhor que eu não abra.

— Não era para ter nada aí — ela respondeu. — Alguma das empregadas pode ter usado para colocar algo por um tempo e ter se esquecido. Pode abrir, sem problemas.

Abri a gaveta; e, no que o fiz, tanto eu quanto a Srta. Trelawny demos alguns passos para trás, assustados.

Ali, defronte nossos olhos, estavam várias antigas lamparinas egípcias, de vários tamanhos e em formatos estranhamente variados.

Inclinamo-nos ali para olhar mais de perto. Meu coração batia forte como um martelo; e eu podia ver, pelo movimento do peito de Margaret, que ela estava estranhamente animada.

Enquanto olhávamos, com medo de tocá-las e quase com medo de pensar, alguém tocou a campainha da porta da frente; logo em seguida o Sr. Corbeck, seguido pelo Sargento Daw, veio do hall. A porta do boudoir estava aberta e, quando eles nos viram, o Sr. Corbeck correu para dentro, enquanto o detetive o seguia com passos mais lentos. Havia uma espécie de felicidade moderada em seu rosto e em sua postura quando ele disse impulsivamente:

— Comemore comigo, minha querida Srta. Trelawny, minha bagagem chegou e todas as minhas coisas estão intactas! — Então, sua expressão se fechou quando ele acrescentou: — Exceto pelas lamparinas. As lamparinas que valiam mil vezes mais do que o resto...

Ele parou, impactado pela estranha palidez do rosto dela. Então, seu olhar seguiu o meu e o de Margaret e brilhou ao ver o amontoado de lamparinas na gaveta. Ele soltou uma espécie de grito de surpresa e alegria, indo em direção a elas e as tocando:

— Minhas lamparinas! Minhas lamparinas! Elas estão bem... bem... bem!... Mas como, em nome de Deus... de todos os deuses... como vieram parar aqui?

Todos permanecemos em silêncio. O detetive puxou o ar, fazendo barulho. Olhei para ele, que, quando percebeu meu olhar, virou os próprios olhos para a Srta. Trelawny, que estava de costas para ele.

Ele tinha a mesma expressão de suspeita de quando falara comigo acerca de ela ser a primeira a encontrar o pai na ocasião dos ataques.

CAPÍTULO IX

A Necessidade de Conhecimento

O Sr. Corbeck ficou enlouquecido ao recuperar suas lamparinas. Ele as pegou uma por uma e as olhou com carinho, como se as amasse. Em sua felicidade e animação, ele tinha a respiração tão pesada que parecia um gato ronronando. O Sargento Daw disse baixinho, com sua voz quebrando o silêncio como uma nota errada em uma melodia:

— O senhor tem certeza de que essas eram as lamparinas que o senhor tinha e que foram roubadas?

A resposta veio em um tom indignado:

— Certeza!? Claro que tenho certeza! Não há outro conjunto de lamparinas assim no mundo todo!

— Até onde o senhor sabe. — As palavras do detetive foram bastante tranquilas, mas seu jeito tinha tanta irritação que eu sabia que ele não falara à toa; por isso, aguardei em silêncio. Ele prosseguiu: — Claro, pode haver algumas assim no Museu Britânico; ou já podiam ser do Sr. Trelawny antes. Nada se cria, sabe, Sr. Corbeck; nem mesmo no Egito. Essas podem ser as originais, e as do senhor, cópias. Tem algum aspecto que o senhor possa usar para identificá-las como suas?

O Sr. Corbeck ficou enfurecido com isso. Ele deixou sua restrição de lado e, indignado, despejou várias frases quase incoerentes, incompletas, mas esclarecedoras:

— Identificá-las! Cópias! Museu Britânico! Besteira! Talvez mantenham uma cópia na Scotland Yard para ensinar Egiptologia a policiais idiotas! Se eu as reconheço? Quando as carreguei junto ao meu corpo no deserto por três meses; e fiquei acordado noite após noite para vigiá-las! Quando as analisei com uma lupa, hora após hora, até meus olhos arderem; até cada manchinha, ranhura, marquinha se tornar tão familiar para mim quanto um mapa é para um capitão; tão familiar como sem dúvida são para cada ladrão da área dentro dos limites da mortalidade. Olhe aqui, jovenzinho, olhe isso aqui! — Ele colocou as lamparinas lado a lado em cima do armário. — O senhor já viu um conjunto de lamparinas deste formato, de qualquer um destes formatos? Olhe para as figuras principais nelas! O senhor já viu um conjunto tão completo, mesmo na Scotland Yard, mesmo na Bow Street? Olhe! Uma em cada, as sete formas de Hathor. Olhe para a imagem do Ka[4] da Princesa dos Dois Egitos, ali entre Rá e Osíris no Barco dos Mortos, com o Olho do Sono de pé, fazendo uma reverência a ela; e Harmochis surgindo ao norte. O senhor achará isso no Museu Britânico ou na Bow Street? Ou talvez seus estudos no Museu Egípcio, ou em Fitzwilliam, Paris, Leyden ou Berlim tenham lhe mostrado que esse episódio é comum em hieróglifos e que isso é tão somente uma cópia. Talvez o senhor possa me dizer o significado da figura de Ptah-Seker-Ausar segurando Tet enrolado em um cetro de papiro? Já viu isso antes? Mesmo no Museu Britânico, ou no Egípcio ou na Scotland Yard?

Ele parou de súbito; e, em seguida, prosseguiu em um tom deveras diferente:

— Olhe aqui! Parece-me que o idiota burro sou eu mesmo. Peço perdão, camarada, por ter sido rude. Perdi a cabeça com a sugestão de que eu poderia não conhecer essas lamparinas. O senhor não se importa, não?

O detetive respondeu amigavelmente:

— Não, senhor, não. Gosto de ver as pessoas bravas quando lido com elas, estejam do meu lado ou não. É quando as pessoas estão bravas que aprendemos a verdade sobre elas. Eu fico calmo, este é o meu truque. Sabe, o senhor me contou mais dessas lamparinas nos últimos dois minutos do que quando me contou dos detalhes para que pudéssemos identificá-las.

O Sr. Corbeck murmurou; ele não estava feliz com o fato de que acabara se entregando. De uma só vez, ele se virou para mim e disse, agora em um tom de voz normal:

---

4 Trata-se, na mitologia do Egito Antigo, da essência, força de vida ou espírito de cada pessoa ou divindade, que acompanharia o indivíduo também após a sua morte. No capítulo XV deste livro é definido como "'uma individualidade abstrata da personalidade', imbuída de todos os atributos característicos do indivíduo que representa e que possui uma existência completamente independente." (N.E.)

— Agora, diga-me: como conseguiu recuperá-las?

Eu fiquei tão surpreso que respondi sem pensar:

— Não as recuperamos!

O viajante riu alto.

— O que isso sequer quer dizer? — perguntou. — Não as recuperou! Ora, estão bem aqui diante de nossos olhos! Encontrei você olhando para elas quando entrei.

A essa altura, eu já havia me recuperado de minha surpresa e organizado meus pensamentos.

— Bom, mas é exatamente isso — respondi. — Apenas as encontramos por acidente, naquele exato momento!

O Sr. Corbeck deu alguns passos para trás e encarou seriamente a Srta. Trelawny e eu; passando os olhos de um para o outro, ele perguntou:

— O senhor quer dizer que ninguém as trouxe aqui? Que o senhor as encontrou ali naquela gaveta? Que, por assim dizer, absolutamente ninguém as recuperou?

— Suponho que alguém as tenha trazido aqui; elas não teriam vindo sozinhas. Mas quem o fez, ou quando, ou como, isso não sabemos. Devemos investigar e descobrir se algum dos empregados sabe algo disso.

Todos ficamos em silêncio por vários segundos. Pareceu bastante tempo. O primeiro a falar foi o detetive, que disse, de um modo inconsciente:

— Bem, raios me partam! Perdão, senhorita! — E então sua boca se fechou como uma armadilha.

Chamamos os empregados um por um e perguntamos se eles sabiam algo acerca de alguns itens colocados na gaveta do boudoir; mas nenhum deles esclareceu nada sobre o assunto. Não dissemos a eles o que os itens eram, tampouco deixamos que os vissem.

O Sr. Corbeck enrolou as lamparinas em um pano de algodão e as colocou em uma caixa de estanho. A caixa, então, foi levada ao quarto dos detetives, onde um dos homens passou a noite guardando-a com um revólver. No dia seguinte, trouxemos um pequeno cofre para a casa e colocamos as lamparinas lá.

Havia duas chaves distintas. Uma ficava comigo; e a outra coloquei em meu depósito do banco. Todos estávamos focados em nunca mais perder as lamparinas de vista.

Cerca de uma hora depois de as termos encontrado, o Dr. Winchester chegou na casa. Ele tinha um grande pacote com ele, o qual, quando aberto, revelou ser a múmia de um gato. Com a permissão da Srta. Trelawny, ele colocou a múmia no boudoir, e Silvio foi levado para perto dela. Para a surpresa de todos, exceto, talvez, o Dr. Winchester, o gato não se incomodou nem um pouco com a múmia. Ele sequer a percebeu. Silvio ficou perto dela, sobre a mesa, ronronando alto. Então, seguindo seu plano, o doutor o levou para o quarto do Sr. Trelawny, e todos o seguimos. Ele estava bastante animado ao passo que Srta. Trelawny estava ansiosa. Eu mesmo estava bastante interessado, pois comecei a ter uma noção de quais eram os planos do doutor. O detetive estava calmo e sério, como se imune aos acontecimentos; mas o Sr. Corbeck, como entusiasta que era, transbordava curiosidade.

No instante em que o Dr. Winchester entrou no quarto, Silvio começou a miar e se remexer; e, pulando dos braços do homem, correu até o gato mumificado e começou a arranhá-lo com raiva. A Srta. Trelawny teve certa dificuldade para tirá-lo dali; mas, assim que ele saiu do quarto, acalmou-se. Quando ela voltou, havia um clamor de comentários:

— Como eu pensava! — do doutor.

— O que isso quer dizer? — de Srta. Trelawny.

— Que coisa mais estranha! — do Sr. Corbeck.

— Esquisito! Mas não prova nada! — do detetive.

— Retiro meu julgamento! — de mim; considerando recomendável que dissesse algo.

Então, por comum acordo, paramos de falar naquilo – por aquele momento.

Em meu quarto, naquela noite, eu estava fazendo algumas anotações do que havia ocorrido quando ouvi batidinhas na porta. Cumprindo meu pedido de que entrasse, assim o fez o Sargento Daw, cuidadosamente fechando a porta atrás de si.

— Bem, sargento — eu disse —, sente-se. O que houve?

— Queria falar com o senhor sobre aquelas lamparinas.

Assenti e esperei. Ele continuou:

— O senhor sabe que aquele cômodo onde elas foram encontradas tem uma passagem direta para o quarto onde a Srta. Trelawny dormiu na noite passada?

— Sei.

— Durante a noite, uma janela em alguma parte da casa foi aberta e fechada. Eu ouvi e vasculhei a casa; mas não achei nada.

— Sim, sei disso! Eu ouvi também uma janela.

— Nada disso parece estranho para o senhor?

— Estranho!? — disse. — Estranho!? Oras, é a situação mais desconcertante e enlouquecedora com a qual já me deparei. É tão estranho que nos deixa pensando o que irá acontecer em seguida. Mas o que o senhor entende por estranho aqui?

O detetive fez uma pausa, como se escolhendo por onde começar; então disse, com propósito:

— Veja, não sou do tipo que acredita em mágica e coisas do tipo. Sou do tipo que sempre escolhe seguir os fatos; e sempre descubro, no fim das contas, que há uma razão e uma causa para tudo. Este senhor diz que as coisas foram roubadas de seu quarto no hotel. As lamparinas, pelo que pude compreender a partir de algumas coisas que ele disse, de fato pertencem ao Sr. Trelawny. A filha dele, a moça da casa, tendo deixado o quarto que normalmente ocupa, optou por dormir no térreo. Uma janela é ouvida sendo aberta e fechada durante a noite. Quando nós, que estivemos durante o dia tentando achar pistas para o roubo, voltamos para a casa, encontramos os bens roubados em um cômodo ao lado do qual ela dormiu, com porta para ele!

Ele parou. Senti a mesma dor e apreensão que sentira quando ele falou comigo antes se alastrando, ou melhor, proliferando-se em mim de novo. Contudo, eu tinha que encarar aquilo. Meu relacionamento com ela, e o que eu sentia por ela, que agora eu sabia muito bem que era um amor profundo e devoção, exigiam que eu o fizesse. Com a maior calma que eu podia, pois sabia que os olhos atentos do habilidoso detetive estavam sobre mim, disse:

— E o que o senhor infere disso?

Ele respondeu com a calma audácia da convicção:

— Infiro que não houve roubo algum. Os bens foram trazidos por alguém até essa casa, onde foram recebidos através de uma janela no térreo. Foram colocados no armário, prontos para serem descobertos no tempo propício!

De algum modo, senti-me aliviado. A hipótese era monstruosa demais. Eu não queria, no entanto, que meu alívio fosse tão aparente, então respondi com a maior seriedade possível:

— E quem o senhor supõe que possa tê-los trazido para a casa?

— Mantenho a mente aberta para isso. Possivelmente o próprio Sr. Corbeck; o assunto pode ser arriscado demais para confiar em terceiros.

— Então a extensão natural de sua inferência é que o Sr. Corbeck é um mentiroso e uma fraude; e ele que está conspirando junto à Srta. Trelawny para enganar alguém acerca daquelas lamparinas.

— São palavras duras estas, Sr. Ross. São faladas de um jeito tão claro, que fariam um homem se levantar com novas dúvidas. Mas devo ir na direção que meus argumentos apontam. Pode ser que haja outro participante que não a Srta. Trelawny. De fato, não fosse pelo outro assunto que fez com que eu pensasse nisso e nutrisse dúvidas em relação a ela, não sonharia em envolvê-la nisso tudo. Mas tenho certeza quanto a Corbeck. Independentemente de quem mais esteja envolvido, ele com certeza está! Os itens não poderiam ter sido levados sem conivência da parte dele, se é que o que ele nos contou é verdade. Se não for, bem, ele é um mentiroso de qualquer modo. Acho que não seria uma boa escolha deixá-lo na casa com tantos itens valiosos, exceto pelo fato de que isso dá a mim e a meu companheiro a chance de observá-lo. Vamos manter uma vigia de respeito, o senhor verá. Ele está no meu quarto agora, vigiando as lamparinas; mas Johnny Wright está com ele. Vou para lá antes que Wright saia; em prol de que não haja muita chance para outra invasão. Claro, Sr. Ross, tudo isso também fica apenas entre mim e o senhor.

— Mas é claro! Pode apostar em meu silêncio — respondi, e ele saiu para ficar de olho no egiptologista.

Parecia-me que todas as minhas experiências dolorosas haveriam de ocorrer em pares, e que os acontecimentos dos dias anteriores se repetiriam; pois, pouco tempo depois, recebi outra visita particular do Dr. Winchester, que agora já havia feito sua visita noturna ao paciente e estava prestes a ir para casa. Ele se sentou no lugar para o qual apontei e se pôs a falar:

— É um caso muito estranho este. A Srta. Trelawny estava me contando há pouco sobre as lamparinas roubadas e sobre tê-las encontrado no armário de Napoleão. Parece-me outra complicação do mistério; e, ainda assim, entenda, é um alívio para mim. Eu exauri todas as possibilidades humanas e naturais do caso, e estou começando a desconfiar das possibilidades sobre-humanas e sobrenaturais. Há coisas tão estranhas que, se não estou enlouquecendo, então teremos a solução logo. Pergunto-me se há como pedir algumas respostas e ajuda do Sr. Corbeck sem complicar tudo ainda mais e sem passar vergonha. Ele parece saber muito mesmo sobre o Egito e tudo relativo a isso. Será que ele se importaria de traduzir alguns hieróglifos? É como brincadeira de criança para ele. O que o senhor acha?

Pensei naquilo por alguns segundos, e então falei. Queríamos toda a ajuda que pudéssemos conseguir. Por mim, eu tinha total confiança em ambos os homens; e qualquer comparação de anotações ou assistência mútua poderia trazer bons resultados. Seria muito difícil que causasse o mal.

— Deveríamos pedir a ele. Ele parece um homem extraordinariamente estudado em Egiptologia; e parece-me um bom homem, assim como um entusiasta. Por sinal, será necessário tomar um pouco de cuidado em relação a com quem o senhor irá falar sobre qualquer informação que ele possa lhe dar.

— Claro! — ele respondeu. — De fato, não posso nem sonhar em dizer nada para ninguém, exceto para o senhor. Temos que manter em mente que, quando o Sr. Trelawny se recuperar, ele talvez não goste de saber que ficamos conversando por aí sobre os assuntos dele.

— Veja! Por que o senhor não fica um pouco aqui? — sugeri. — Eu vou pedir que ele venha aqui fumar conosco. Então poderemos conversar um pouco.

Ele concordou, e eu fui ao quarto onde estava o Sr. Corbeck, trazendo-o de volta comigo. Achei que os detetives pareciam satisfeitos com o fato de que ele estava indo embora. No caminho para o meu quarto, ele disse:

— Não gosto nem um pouco de deixar os itens aqui, com apenas estes homens para vigiá-los. São preciosos demais para ficarem a cargo da polícia!

Disso, supus que a suspeita não estava restrita ao Sargento Daw.

O Sr. Corbeck e o Dr. Winchester, após um rápido olhar entre si, ficaram de uma só vez amigáveis. O viajante professou sua disposição para prover qualquer ajuda que pudesse, contanto que fosse um assunto sobre o qual ele tivesse liberdade para falar. Isso não era muito promissor, mas o doutor apresentou a questão:

— Gostaria, se possível, que o senhor traduzisse alguns hieróglifos para mim.

— Decerto, com o maior prazer, até onde eu puder; pois lhe digo que a escrita em hieróglifos não foi completamente entendida ainda; mas estamos chegando lá! Estamos chegando lá! Qual a inscrição?

— Há duas — respondeu. — Trarei uma delas aqui.

Ele saiu e, dentro de um minuto, retornou com o gato mumificado que havia apresentado a Silvio mais cedo. O estudioso o pegou e, após um curto exame, disse:

— Não há nada de especial nisso. É uma oferenda a Baste, Senhora de Bubástis, para que ela dê bom pão e leite para os Campos Elíseos. Talvez haja mais dentro; e, se puder desenrolar, farei o meu melhor. Não acho, porém, que haja nada muito especial. Dado o método de aplicação das bandagens, diria que é do Delta do Nilo; e de um período mais tardio, quando um trabalho de mumificação assim era comum e barato. Qual é a outra inscrição que o senhor deseja que eu veja?

— A que está no gato mumificado no quarto do Sr. Trelawny.

A expressão de Sr. Corbeck mudou.

— Não! Não posso fazer isso! Presentemente, estou praticamente obrigado a manter segredo quanto a qualquer um dos objetos no quarto do Sr. Trelawny.

Eu e Dr. Winchester fizemos comentários no mesmo momento. Eu disse apenas uma palavra: "Xeque-mate!", a partir do que ele talvez tenha entendido que eu adivinhara mais de seu pensamento e propósito do que talvez eu lhe houvesse revelado intencionalmente, e o Dr. Winchester murmurou:

— Praticamente obrigado a manter segredo?

O Sr. Corbeck aceitou o desafio proposto:

— Não me entenda mal! Não sou obrigado por nenhum voto definitivo a manter segredo; mas sim por minha honra e respeito à confiança do Sr. Trelawny, que me foi dada, estou lhe dizendo, em grande quantidade. No que diz respeito a muitos dos objetos em seu quarto, ele tem um propósito definitivo em vista; e não seria certo ou apropriado que eu, seu confidente e amigo de confiança, comunicasse tal propósito. O Sr. Trelawny, o senhor talvez saiba (ou melhor, não sabe, ou não teria feito tal interpretação de minha fala!), é um estudioso, e de muito respeito. Ele trabalhou por anos com um certo objetivo em mente. Para tanto, ele não se poupou de nenhum trabalho, nenhum gasto, nenhum perigo pessoal ou autonegação. Ele está no caminho para um resultado que o colocará entre os maiores descobridores e investigadores de sua época. E agora, bem no momento em que qualquer minuto poderia lhe trazer o sucesso, ele é abatido!

Ele fez uma pausa, aparentemente tomado pela emoção. Após alguns instantes, ele se recuperou e continuou:

— Repito, não me entenda mal, não ache que estou dizendo outra coisa. Disse apenas que o Sr. Trelawny depositou bastante confiança em mim; contudo, não quero lhe levar a acreditar que sei quais os planos, objetivos ou resultados dele. Sei o período que ele estudou; e sei o indivíduo histórico cuja vida ele esteve investigando, e cujos registros ele viu um por um, com infinita paciência. Mas fora isso, não sei mais nada. Que ele tem algum objetivo em vista em adquirir conhecimento completo sobre esse assunto, tenho certeza. Tenho meus palpites de qual seja; porém não devo dizer nada. Por favor, lembrem-se, senhores, que eu aceitei voluntariamente a posição de recipiente de confiança parcial. Respeitei isso; e devo pedir a meus amigos que façam o mesmo.

Ele falou com grande dignidade; e ganhou, momento a momento, mais respeito e estima tanto do Dr. Winchester quanto de mim. Entendemos que ele não havia terminado de falar, então esperamos em silêncio até que continuasse:

— Disse tudo isso, apesar de saber bem que a menor das pistas que algum dos senhores conseguir tirar de minhas palavras pode comprometer o sucesso do trabalho dele. Mas estou convencido de que vocês dois desejam ajudá-lo, bem como à sua filha — disse, encarando-me bem nos olhos — o máximo que puderem, com honestidade e altruísmo. Ele está tão abatido, e o modo como isso ocorreu é tão misterioso que não posso deixar de pensar que isso é, de algum modo, resultado de seu próprio trabalho. Que ele calculou que algum revés pudesse acontecer é evidente para todos nós. Deus sabe! Estou disposto a fazer o que puder, e a usar qualquer conhecimento que eu tenha em prol dele. Cheguei à Inglaterra bastante animado com a noção de que havia completado a missão que ele me confiara. Havia conseguido aqueles que ele disse serem os últimos itens de sua busca; e tive certeza de que ele seria capaz de começar o experimento que me sugeriu mais de uma vez. É terrível pensar que, bem nesse momento, tal calamidade tenha ocorrido a ele. Dr. Winchester, o senhor é médico; e, se seu rosto não estiver mentindo, é bastante inteligente e ousado. Não há modo algum que o senhor possa desenvolver para acordar este homem de seu estupor antinatural?

Houve uma pausa; depois, veio a resposta, devagar e deliberadamente:

— Não há remédio ordinário que eu conheça. Talvez tenha algum extraordinário. Mas não traria resultados tentar encontrá-lo, exceto sob uma condição.

— Qual?

— Conhecimento! Sou completamente ignorante acerca de assuntos egípcios: língua, escrita, história, segredos, remédios, venenos, poderes ocultos... tudo isso compõe o mistério de tal terra misteriosa. Essa doença, ou estado, ou seja lá o nome que lhe seja dado, que o Sr. Trelawny está sofrendo é, de algum modo, conectada ao Egito. Tive minhas suspeitas desde o primeiro momento; e, mais tarde, evoluiu para a certeza, ainda que sem prova. O que o senhor disse hoje confirma minha suposição, e faz-me crer que há alguma prova.

Não acho que o senhor sabe bem o que aconteceu nesta casa desde a noite do ataque, em que o corpo do Sr. Trelawny foi encontrado. Agora, proponho que confiemos no senhor. Se o Sr. Ross concordar, pedirei que ele relate tudo ao senhor. Ele é melhor do que eu na arte de expor fatos a outras pessoas. Ele pode lhe contar a totalidade de seus resumos; e, neste caso, ele tem o melhor dos resumos, da experiência de seus próprios olhos e ouvidos, e evidências que ele mesmo coletou dos participantes ou espectadores do ocorrido. Quando o senhor souber tudo, estará, espero, em posição de julgar qual o melhor modo de ajudar o Sr. Trelawny e seguir seus desejos misteriosos, seja permanecendo em silêncio ou falando.

Eu assenti em aprovação. O Sr. Corbeck se levantou de um pulo e, de seu jeito impulsivo, estendeu uma mão para cada um de nós.

— Combinado! — disse. — Reconheço a honra de sua confiança; e, de minha parte, juro que, caso veja que minha obrigação de seguir os desejos do Sr. Trelawny, em prol dos interesses dele, permita que eu fale acerca de seus casos, assim o farei do modo mais livre possível.

Perante isso, contei-lhe, do modo mais preciso que pude, tudo que acontecera a partir do momento que acordei com as batidas à porta na Jermyn Street. As únicas partes que omiti foram em relação a meus sentimentos para com a Srta. Trelawny e as situações menos relevantes para o assunto principal que disso decorreram; além de minhas conversas com o Sargento Daw, que eram em si só privadas e demandavam silêncio discricionário. Enquanto falava, Sr. Corbeck acompanhava com seu ansioso interesse. Por vezes, ele se levantava e andava pelo cômodo em incontrolável animação; e então, de súbito se recompunha e sentava-se novamente. Às vezes parecia prestes a falar; mas esforçava-se para se conter. Acho que a narração me ajudou a me decidir; pois, enquanto falava, as coisas pareceram ficar mais claras para mim. Coisas grandes e pequenas, no que diz respeito a suas importâncias para o caso, ganharam a perspectiva adequada. A história até ali ficou coerente, exceto por sua causa, que agora tinha um aspecto mais misterioso do que nunca. É este o mérito de uma narrativa inteira, ou conectada. Fatos isolados, dúvidas, suspeitas, suposições, tudo isso abria caminho a uma homogeneidade convincente.

Que o Sr. Corbeck estava convencido, era evidente. Ele não passou por nenhum processo de explicação ou limitação, mas falou de uma vez, indo direto ao ponto, com coragem indiscutível:

— Então é isso! Há alguma força especial agindo, que precisa de cuidado especial. Se continuarmos trabalhando no escuro, vamos entrar um no caminho do outro e, com tais dificuldades, vamos desfazer o bem que cada um de nós, trabalhando em caminhos diferentes, possa fazer. Parece-me que nossa primeira missão deve ser acordar o Sr. Trelawny daquele sono antinatural. É aparente que ele pode ser acordado, dada a recuperação da enfermeira; ainda que eu suponha que ninguém saiba quais danos adicionais podem ter sido causados a ele devido a todo esse tempo deitado. Contudo, temos que arriscar. Ele ficou deitado lá e qualquer dano que pudesse ocorrer já ocorreu; temo que tenhamos que lidar com isso como um fato. Um dia a mais ou a menos não irá feri-lo a longo prazo. Já está tarde e teremos amanhã uma tarefa que, provavelmente, irá requerer que estejamos com as energias renovadas. O senhor, doutor, quererá descansar bastante; pois suponho que tenha mais trabalhos como este a fazer. Quanto ao senhor, Sr. Ross, entendo que terá um período de vigília no quarto do doente esta noite. Irei arranjar para o senhor um livro que o ajudará a passar o tempo. Procurarei por ele na biblioteca. Lembro de onde ele estava da última vez que vim para cá, e suponho que o Sr. Trelawny não o tenha utilizado desde então. Ele já sabia há muito tempo o que de seu conteúdo era ou não era interessante. Mas será necessário, ou ao menos útil, saber de mais coisas que irei lhe contar mais tarde. O senhor poderá contar ao Dr. Winchester tudo que lhe possa ter utilidade. Pois suponho que nosso trabalho se expandirá em breve. Teremos cada um uma ponta para segurar; e completar nossas tarefas ocupará todo o nosso tempo e demandará toda a nossa atenção. Não será necessário que leia o livro inteiro. Tudo que será de seu interesse (em relação ao assunto em voga, claro; pois o livro inteiro é interessante enquanto registro de uma viagem em um país que, à época, não era explorado) será o prefácio e dois ou três capítulos que marcarei para o senhor.

Ele calorosamente apertou a mão o Dr. Winchester, que havia se levantado para partir.

Durante o tempo em que esteve longe, fiquei sentado a sós, pensativo; e enquanto pensava, o mundo ao meu redor me parecia infinitamente grande. O único pedaço dele que me interessava parecia um pontinho minúsculo em meio à vastidão. Em seu exterior e entorno, havia escuridão e perigos desconhecidos, que ameaçavam de todos os lados. E a figura central de nosso pequeno oásis era bastante doce e linda. Era uma figura que se podia amar; trabalhar por ela; morrer por ela...!

O Sr. Corbeck voltou pouco tempo depois com o livro; ele o havia encontrado rapidamente, no mesmo lugar que o deixara três anos antes. Ele colocou vários pedaços de papel para marcar as partes que eu deveria ler, e colocou o livro em minhas mãos, dizendo:

— É isso que fez o Sr. Trelawny começar; o que me fez começar quando li. E que irá, sem dúvidas, ser ao senhor um interessante princípio a um estudo especial, sejam quais forem os fins. Se é que algum de nós estará aqui para ver o fim!

À porta, ele parou e disse:

— Quero retirar algo que disse. Aquele detetive é um bom homem. O que o senhor me disse a respeito dele o coloca sob uma nova luz. A melhor prova que tenho disso é que posso ir dormir sem preocupações esta noite e deixar as lamparinas sob os cuidados dele!

Quando ele partiu, peguei o livro, coloquei minha máscara, e fui para minha vigília no quarto do paciente.

CAPÍTULO X

O Vale do Feiticeiro

Coloquei o livro na mesinha de canto sobre a qual estava o abajur e mexi a cúpula de um lado para o outro. Assim, eu poderia ter a luz sobre meu livro; e, ao olhar para cima, conseguiria ver a cama, a enfermeira e a porta. Não posso dizer que as condições eram agradáveis, ou calculadas de modo a permitir a absorção de assunto como é recomendado para um estudo efetivo. Contudo, dediquei-me ao trabalho da melhor maneira que pude. O livro era tal que, logo no princípio, demandava atenção especial. Era um material em holandês, impresso em Amsterdã em 1650. Alguém havia feito uma tradução literal, escrevendo o termo em inglês logo abaixo do em holandês, de modo que as diferenças gramaticais entre os dois idiomas tornavam complicada a leitura da tradução, o que forçava o leitor a ler algumas passagens mais de uma vez, além da dificuldade de se decifrar a estranha caligrafia de duzentos anos antes. Porém, não logo passei a acompanhar, sem dificuldades, o inglês convencional dentro da estrutura holandesa. E, à medida que ficava mais familiarizado com a escrita, minha tarefa se tornava mais fácil.

Em um primeiro momento, me perturbavam as circunstâncias do quarto e o medo de que a Srta. Trelawny retornasse inesperadamente e me encontrasse lendo aquilo. Pois, antes que o Dr. Winchester fosse para casa, havíamos combinado que a Srta. Trelawny não deveria ser envolvida naquela investigação. Consideramos que um mistério como aquele talvez pudesse lhe causar algum choque, em suas condições. Além disso, sendo ela filha do Sr. Trelawny, não queríamos colocá-la em uma posição complicada em relação a ele, evitando que tomasse parte ou sequer tivesse conhecimento do desobedecimento dos desejos do homem. Mas, quando me lembrei que ela não deveria vir para sua vigília até às duas horas, meu medo de ser interrompido passou. Eu ainda tinha quase três horas à minha frente. A Enfermeira Kennedy sentou-se em sua cadeira ao lado da cama, paciente e alerta. Vindo do patamar da escada, era possível ouvir o tique-taque do relógio; bem como dos outros relógios da casa. A vida da cidade no exterior da casa se manifestava com um murmurinho distante, que de quando em quando ficava mais alto, quando a brisa vinda do oeste trazia consigo a algazarra de sons. Mesmo assim, era o silêncio que dominava. A luz sobre meu livro e a calmante cúpula de verde suave ao redor do abajur intensificavam, toda vez que eu olhava para cima, a escuridão do quarto. Com cada linha que lia, essa sensação parecia se intensificar mais e mais; de modo que, quando meus olhos voltavam para a página, a luz parecia me cegar. Contudo, permaneci focado em meu trabalho, e consegui ficar imerso o suficiente no assunto para que ele me interessasse.

O livro havia sido escrito por um Nicholas van Huyn, de Hoorn. No prefácio, ele relatou como, atraído pelo trabalho de John Greaves, de Merton College – *Pyramidographia* –, resolveu visitar o Egito, por cujas maravilhas ficou tão interessado que devotou alguns anos de sua vida a visitar locais desconhecidos e explorar as ruínas de muitos templos e tumbas. Ele havia se deparado com muitas variantes das histórias da construção das pirâmides, como contadas pelo historiador árabe, Ibn Abd Alhokin, algumas das quais ele registrou. Não parei para lê-las, prosseguindo para as páginas marcadas.

Tão logo comecei a lê-las, contudo, cresceu em mim a sensação da influência perturbadora. Uma ou duas vezes, verifiquei se a enfermeira mudara de posição, pois tinha a sensação de que alguém estava perto de mim. Mas ela ainda estava no mesmo lugar, tão firme e alerta como sempre; e eu retomava a leitura.

O livro narrava como, após passar vários dias nas montanhas a leste de Assuã, o explorador chegou a um certo lugar. Aqui, escrevo as próprias palavras dele, apenas traduzindo-as:

"À medida que anoiteceu, chegamos à entrada de um vale estreito e profundo, que corria a leste e a oeste. Manifestei meu desejo de seguir em frente; pois o sol, agora já quase posto no horizonte, revelava uma larga abertura para além do estreitamento dos penhascos. Mas os felás[5] se negaram a entrar no vale àquelas horas, alegando que seriam alcançados pela noite antes que pudessem emergir

5 Palavra usada por todo o Oriente Médio para se referir a aldeões ou fazendeiros. (N.E.)

na outra ponta. Em um primeiro momento, não deram motivo para tal medo. Até então, haviam ido a qualquer lugar que eu quisesse, a qualquer momento, sem objeções. Ao serem pressionados, porém, disseram que aquele lugar era o Vale do Feiticeiro, e ninguém podia adentrá-lo à noite. Pedi que contassem mais desse Feiticeiro, mas eles se negaram, dizendo que não havia nome algum e que eles não sabiam de nada. Na manhã seguinte, contudo, quando o sol já havia nascido e brilhava vale abaixo, os medos deles haviam, de algum modo, desaparecido. Contaram, então, de um grande Feiticeiro que, nos tempos antigos – 'há milhões e milhões de anos' foi o que disseram –, havia enterrado ali um rei ou uma rainha, não sabiam dizer qual. Não podiam me informar seu nome, continuando a dizer que não havia nenhum; e que qualquer um que o nomeasse passaria a vida de tal modo que, na morte, nada restaria dessa pessoa para ressurgir no Outro Mundo. Ao passarmos pelo vale, eles se amontoaram, andando apressados à minha frente. Ninguém se atreveu a ficar para trás. Justificaram isso com o fato de que os braços do Feiticeiro eram longos e, portanto, era perigoso ficar por último; o que foi pouco reconfortante para mim que, por necessidade, tomei essa honorável posição. Na parte mais estreita do vale, ao sul, havia um grande penhasco de pedra, que subia íngreme e tinha uma superfície lisa. Em seguida, deparamo-nos com alguns símbolos cabalísticos inscritos, e muitas figuras de homens e animais, peixes, répteis e pássaros; sóis e estrelas; e muitos símbolos singulares. Alguns desses últimos eram membros soltos e partes do corpo, como braços, pernas, olhos, narizes, orelhas e lábios. Símbolos misteriosos que seriam um enigma interpretativo até mesmo para os Anjos Relatores no dia do Juízo Final. O penhasco era exatamente virado para o norte. Havia algo de tão estranho nele, tão diferente das outras pedras inscritas que eu havia visitado, que pedi uma pausa na viagem e passei o dia dando meu melhor para examinar a parte da frente da pedra com meu telescópio. Os egípcios que me acompanhavam estavam com muito medo, e tentavam de todo modo me persuadir a ir embora. Eu fiquei até o final da tarde, tendo falhado em desvendar corretamente a entrada de alguma tumba, pois suspeitava que era este o propósito de tal escultura na pedra. A estas horas, os homens já estavam rebeldes; e eu teria que deixar o vale se não quisesse ser desertado por toda a minha comitiva. Mas, secretamente, decidi-me a descobrir a tumba e explorá-la. Com esse intuito avancei pelas montanhas, encontrando-me com um xeique árabe que aceitou trabalhar comigo. Os árabes não se deixavam conter pelos mesmos medos supersticiosos dos egípcios. O Xeique Abu Some e alguns de seus seguidores estavam dispostos a participar das explorações.

"Quando retornei ao vale com os beduínos, esforcei-me para escalar a pedra, mas falhei, pois era lisa e impenetrável. Pedras assim já são planas e lisas por natureza, mas essa fora esculpida para obter este resultado. Que ali antes houvera degraus era claro, pois ainda podiam ser vistas, intocadas pelo clima assombroso daquele lugar, as marcas de serra, cinzel e marreta usadas para removê-los.

"Assim, não sendo possível conquistar a tumba vindo de baixo, e não trazendo comigo escadas para subir, encontrei um caminho por um terreno muito sinuoso até o topo do penhasco. Em seguida, desci com ajuda de cordas, até que conseguisse investigar a parte da pedra onde esperava achar a abertura. Descobri que havia de fato uma entrada, mas estava fechada por uma grande placa de pedra. Havia inscrições na pedra, que estava a mais de trinta metros de altura, sendo dois terços da altura do penhasco. Os hieróglifos e símbolos cabalísticos marcados na pedra tinham a intenção de disfarçar a entrada. Os cortes com os quais haviam sido esculpidos eram profundos e continuavam através da pedra e dos portais da passagem, seguindo pela grande placa que formava a porta em si. Ela estava firme no lugar com tal exatidão que nenhum cinzel ou instrumento de corte que eu carregava poderia achar uma brecha nas fendas. Contudo, com muita força e com muitas batidas pesadas, conquistei minha entrada no que descobri ser uma tumba. A porta de pedra caiu na entrada e passei por ela para a tumba, notando, assim que entrei, uma longa corrente de ferro pendurada em um suporte próximo à porta.

"Descobri que a tumba era completa, tal qual as melhores tumbas egípcias, tendo câmaras e poços guiando o caminho pelo corredor, culminando na cova da múmia. Havia uma tabela com figuras, parecendo ser algum tipo de registro – cujo significado está eternamente perdido –, gravadas em cores assombrosas em uma pedra assombrosa.

"Todas as paredes da câmara e as passagens tinham inscrições estranhas, na misteriosa forma mencionada. O grande caixão de pedra ou sarcófago na profunda cova tinha símbolos maravilhosamente inscritos em todos os seus lados. O chefe árabe e dois outros que haviam se aventurado tumba adentro comigo, e que decerto estavam acostumados a explorações severas como aquela, conseguiram tirar a tampa do sarcófago sem quebrá-la. Ficaram surpresos com isso e disseram que coisas boas assim não costumavam acontecer com pouco esforço. E, de fato, eles não pareceram ter sido muito cuidadosos; e manusearam os diversos itens da tumba com tão pouco cuidado que, não fosse pela integridade e espessura dos materiais, até mesmo o próprio caixão teria sofrido danos. Isso me preocupou muito, pois era lindamente feito de pedras raras, das quais eu sequer tinha conhecimento. Fiquei bastante chateado por não poder levá-lo embora. Mas o tempo e as jornadas pelo deserto proibiam que eu o fizesse; poderia levar comigo tão somente o que pudesse carregar no corpo.

"Dentro do sarcófago havia um corpo obviamente feminino, revestido com muitas camadas de linho, como é comum às múmias. Dado alguns bordados que havia nela, supus que fora alguém importante. No peito, havia uma mão sem faixas. Nas múmias que eu já vira, os braços e as mãos tendiam a estar enfaixados, enquanto certos adornos de madeira, moldados e pintados para lembrar braços e mãos, ficavam fora desse invólucro.

"Por isso, era estranho ver essa mão, pois era a mão da própria mulher mumificada; o braço que saía da múmia era de carne, apesar de parecer ter sido transformado em mármore no processo de embalsamamento. Tanto o braço quanto a mão eram de um branco mais escuro, do tom de marfim deixado ao tempo. A pele e as unhas estavam completas, como se o corpo tivesse sido colocado ali para o enterro na noite anterior. Toquei a mão e a movi, e aquele braço era quase tão flexível quanto o de uma pessoa viva; ainda que endurecido pela longínqua falta de uso, como os daqueles faquires que vi certa vez na Índia. Me admirava mais ainda o fato de que nesta antiga mão havia não menos do que sete dedos, sendo todos delgados e longos, de grande beleza. Basta dizer que me fez estremecer e que minha carne formigou ao tocar aquela mão, intocada há tantos milhares de anos, sem nunca ter sido perturbada e, ainda assim, parecendo carne viva. Por debaixo da mão, como se esta a estivesse guardando, havia uma gigante joia de rubi. O tamanho da pedra era surpreendente, pois, em geral, não se encontram joias de rubi daquele tamanho. Esta tinha uma cor maravilhosa, com o tom de sangue onde a luz batia. Contudo, o que mais impressionava não era seu tamanho ou cor, ainda que estes aspectos fossem, como eu disse, de uma raridade inestimável; mas, sim, a luz que refletia sete estrelas, cada qual de sete pontas, tão claramente como se estrelas de verdade estivessem ali aprisionadas. Quando a mão foi levantada, a visão daquela pedra impressionante me chocou a ponto de eu ficar momentaneamente paralisado. Fiquei ali, encarando-a, enquanto ela me encarava de volta, como se fosse a cabeça decapitada de Medusa, com as cobras em seu cabelo, cuja visão transformava em pedra o espectador. Aquela sensação era tão forte que eu queria correr para longe dali; e ela afetava também os que me acompanhavam. Assim, pegando essa joia rara, além de alguns amuletos de estranheza e riqueza feitos de pedras preciosas, apressei-me em sair dali. Eu teria permanecido na tumba por mais tempo e analisado melhor as faixas da múmia, mas fui acometido por um sentimento de medo. Pois de repente me dei conta de que estava em um lugar deserto, com homens desconhecidos que só estavam comigo por não serem escrupulosos demais; que estávamos em uma solitária caverna dos mortos, trinta metros acima do chão, onde, caso algo acontecesse, ninguém poderia me encontrar ou sequer tentaria. Mas, secretamente, decidi que voltaria para lá, em circunstâncias mais seguras. Além disso, estava tentado a explorar mais a fundo, pois no meu exame das faixas, vi muitas coisas que me pareceram ser de uma misteriosa importância naquela tumba assombrosa; incluindo uma arca de excêntrica forma feita de alguma pedra desconhecida, que pensei poder conter outras joias, já que havia mecanismos de segurança no grande sarcófago. Havia outra arca naquela tumba, que, ainda que também fosse de proporções e regalias raras, tinha uma forma mais simples. Era revestida de pedra-ferro em uma camada bastante espessa; mas a tampa era levemente cementada com o que parecia ser resina e gesso, impedindo a entrada de ar. Os árabes que me acompanhavam insistiam que fosse aberto, pensando que podia haver muitos tesouros ali dentro, dada a espessura, e eu consenti. Mas a esperança deles se provou sem fundamento. No interior, bem juntas umas das outras, havia quatro jarras finamente esculpidas com diversos adornos. Uma tinha o formato da cabeça de um homem; outra de um cachorro; outra de um chacal; e a última de um falcão. Eu já sabia que tais urnas eram usadas para guardar as entranhas e outros órgãos dos mortos mumificados; mas, ao abri-las, pois a cera que as vedava, ainda que completa, era fina e cedia com facilidade, descobrimos que não havia nada além de óleo nelas. Os beduínos, derrubando a maior parte do óleo no processo, enfiaram as mãos dentro das jarras, para o caso de haver algum tesouro escondido ali. Mas suas buscas não foram frutíferas; não havia tesouro algum. Notei o perigo que corria ao perceber algumas olhadelas ambiciosas nas expressões dos árabes. Assim, em prol de acelerar nossa partida, incentivei os medos supersticiosos, que eram aparentes até mesmo nesses homens calejados. O chefe dos beduínos se elevou à saída da cova e deu sinal aos homens acima para nos puxarem; sem querer ficar ali com homens em quem não confiava, eu o segui de imediato. Os demais não vieram imediatamente; e eu temi que eles estivessem saqueando a tumba por conta própria. Contudo, esforcei-me para não fazer comentários, para que o pior não acontecesse. Por fim, vieram. Um deles – o primeiro a subir –, ao chegar ao topo do penhasco, perdeu o equilíbrio e caiu, morrendo imediatamente. Os outros vieram em sequência, mas em segurança. O chefe foi em seguida, e eu por último. Antes de me afastar, fiz o meu melhor para puxar a grande placa de pedra que cobria a entrada da tumba de volta para o lugar. Queria, com isso, preservar o lugar para minha próxima exploração, caso eu realmente pudesse voltar ali.

"Quando todos chegamos à planície acima do penhasco, o sol ardente estava a pino, cheio de glória, e era bom vê-lo após toda a escuridão e o estranho mistério da tumba. Eu estava contente até com o fato de o pobre árabe que havia caído e estava lá embaixo, morto, estar sob a luz do sol, em vez de na sombria caverna. Eu me juntaria com prazer aos meus companheiros para procurá-lo e lhe dar um funeral de algum tipo; mas o xeique tomou o controle e mandou dois de seus homens nesta tarefa, e seguimos caminho.

"Naquela noite, enquanto acampávamos, apenas um dos homens retornou, dizendo que um leão do deserto havia matado seu companheiro após eles terem enterrado o homem em areia profunda no vale e coberto o local com muitas rochas, de modo que nenhum chacal ou outro predador pudessem desenterrá-lo, como era comum a esse tipo de animal.

"Mais tarde, sob a luz da fogueira, ao redor da qual estávamos todos sentados ou deitados, vi esse homem exibir a seus camaradas algo branco, que eles pareceram receber com especial admiração e reverência. Então aproximei-me, em silêncio, e vi que ele segurava nada menos do que a mão branca da múmia que protegia a joia no sarcófago. Ouvi o beduíno contando como a havia encontrado junto ao corpo do homem que caíra do penhasco. Não havia como confundir com outro item, pois a mão tinha os mesmos sete dedos nos quais eu havia reparado. Este homem devia tê-la arrancado da múmia enquanto seu chefe e eu estávamos ocupados com outra coisa; e, dada a admiração dos outros, eu não tinha dúvidas de que ele esperava poder usá-la como talismã ou amuleto da sorte. Contudo, se tivesse poderes, ele, que a roubara dos mortos, já não poderia usá-los, sendo ele agora um deles. Seu amuleto já tivera um batismo extraordinário; pois o pulso da mão morta estava manchado de vermelho como se tivesse sido mergulhado em sangue fresco.

"Naquela noite, temi que alguma violência pudesse ser cometida contra mim; pois, se a pobre mão de defunto era tão valiosa enquanto amuleto, imagine qual poderia ser o valor junto à rara joia que ela guardava. Mesmo sendo o chefe o único a saber disso, meu medo antes aumentava do que diminuía; pois ele podia apenas ordenar minha redenção quando quisesse. Fiquei atento, portanto, e permaneci acordado tanto quanto pude, determinado a deixar aquele grupo na primeira oportunidade e completar minha jornada para casa: primeiro às margens do Nilo e, depois, seguindo seu curso para Alexandria, com outros guias que não soubessem o que eu trazia comigo.

"Por fim, fui tomado por um sono tão potente que senti que não poderia resisti-lo. Temendo um ataque ou que o beduíno me revistasse durante o sono e encontrasse a Joia Estrelada que ele me vira guardando em minhas vestes, tirei-a do bolso discretamente e a segurei na mão. Ela parecia refletir a luz do fogo bruxuleante e a das estrelas (pois era uma noite sem lua) com uma fidelidade impressionante; e pude notar que, em seu verso, estavam gravados profundamente os mesmos símbolos que eu havia visto na tumba. Quando adormeci, a Joia Estrelada estava escondida no vão de minha mão fechada.

"Acordei com a luz do sol em meu rosto. Sentei-me e olhei ao meu redor. O fogo estava apagado e o acampamento, desolado; exceto por uma figura, deitada perto de mim. Era o chefe árabe, deitado de barriga para cima, morto. Seu rosto estava quase preto, e seus olhos, abertos, encarando horrivelmente o céu, como se tivesse visto algo sinistro. Era evidente que havia sido estrangulado, pois, ao analisá-lo, vi marcas vermelhas em sua garganta onde os dedos de alguma mão haviam pressionado. Tantas pareciam ser as marcas que fiz questão de contá-las. Havia sete; todas paralelas, exceto pela marca do polegar, como se tivessem sido feitas por apenas uma mão. Isso me deixou imediatamente assustado, pela correspondência com os sete dedos da mão da múmia.

"Mesmo ali, no deserto aberto, feitiços pareciam ser possíveis!

"Para minha surpresa, quando me abaixei, abri minha mão direita, que até então mantivera fechada por causa do sentimento instintivo, mesmo no sono, de manter em segurança aquilo que segurava. No que a abri, a Joia Estrelada que eu segurava caiu, acertando o homem morto na boca. *Mirabile dictu,*[6] de uma só vez esguichou, da boca do morto, uma torrente de sangue, que por um momento envolveu e ocultou a joia vermelha. Virei o cadáver para procurá-la e vi que ele estava deitado com a mão direita por baixo do corpo, como se tivesse caído por cima dela; nesta mão, ele segurava uma grande faca de ponta e lâmina afiadas, do tipo que os árabes carregam no cinto. É possível que ele estivesse prestes a me matar quando a vingança caiu sobre ele; se era a do homem ou

---

6 Expressão latina usada para referenciar algo que, ao ser relatado, causa admiração. Aqui, o narrador a usa de maneira irônica. (N.E.)

a de Deus, ou a de deuses antigos, não sei dizer. Basta dizer que, quando encontrei meu rubi, que brilhava como uma estrela, jogado em meio ao sangue, não hesitei: peguei-o e saí correndo dali. Segui minha jornada a sós pelo deserto escaldante, até que, pela graça de Deus, deparei-me com uma tribo árabe acampando próximo a um poço, que não pareceu apreciar minha companhia. Com eles descansei até que me indicassem o caminho.

"Não sei que fim teve a mão de múmia ou quem ficou com ela. Não sei qual conflito, suspeita, desastre ou ganância a acompanhou; mas há de ter havido algo, pois aqueles que a possuíam fugiram. Sem dúvidas é agora usada como algum tipo de amuleto de potência por alguma tribo do deserto.

"Na primeira oportunidade, examinei o Rubi Estrelado, já que desejava entender o que estava gravado nele. Aqueles símbolos – cujo significado, contudo, não fui capaz de compreender – são representados a seguir..."

Por duas vezes, enquanto estava envolvido pela narrativa, pensei ter visto sombras sobre a página; e a estranheza do assunto fez com que estas parecessem a sombra de uma mão. Na primeira dessas ocasiões, notei que a ilusão advinha das franjas de seda verde do abajur; mas, na segunda, olhei para cima e meus olhos se detiveram na mão mumificada do outro lado do quarto, iluminada pelo luar que surgia através da cortina. Era pouco surpreendente que eu a tivesse conectado a tal narrativa; pois, se meus olhos não estivessem mentindo para mim, naquele quarto comigo estava a própria mão sobre a qual o viajante Van Huyn havia escrito. Olhei para a cama e fui reconfortado pelo pensamento de que a enfermeira ainda estava lá, desperta e calma. Em um momento como aquele, com tal cenário ao meu redor, durante uma narrativa como aquela, fazia bem ter a segurança da presença de alguém vivo.

Fiquei ali sentado, olhando para o livro na mesa à minha frente; e fui tomado por muitos pensamentos esquisitos, de modo que minha mente começou a girar. Era quase como se a luz sobre os dedos brancos à minha frente estivesse começando a ter algum efeito hipnótico. De uma só vez, todos os pensamentos cessaram; e, por um instante, o mundo e o tempo pararam.

Havia uma mão de verdade sobre o livro! O que havia ali para ter me dominado de tal jeito como eu estava agora? Eu conhecia a mão sobre o livro – e a amava. Ver... tocar a mão de Margaret Trelawny era um alívio. E, ainda assim, naquele momento, após tantas coisas assombrosas, ela me despertava estranhas emoções. Mas era uma sensação momentânea, e passou antes mesmo de eu ouvir sua voz quando ela falou comigo.

— O que está te perturbando? Por que está encarando esse livro? Pensei por um instante que o senhor havia sido subjugado novamente!

— Eu estava lendo — respondi. — É um livro antigo da biblioteca. — Quando falei isso, fechei-o e o coloquei debaixo do braço. — Vou guardá-lo agora, pois entendo que seu pai gosta que todas as coisas, livros em especial, fiquem nos lugares apropriados.

Minha fala foi propositalmente vaga, pois eu não queria que ela soubesse o que eu estava lendo, e achei melhor não atiçar sua curiosidade deixando o livro por aí. Saí do quarto, mas não fui à biblioteca; deixei o livro em meu quarto, onde podia ter acesso a ele após dormir durante o dia. Quando voltei, a Enfermeira Kennedy estava pronta para ir para a cama; então a Srta. Trelawny ficou comigo na vigília. Eu não queria ler nada na presença dela. Sentamo-nos juntos e sussurramos enquanto o tempo voava. Foi com surpresa que notei os cantos da cortina mudando de cinza para amarelo claro. O assunto de nossa conversa não tinha relação alguma com o doente, exceto pelo fato de que tudo o que fosse relacionado à filha dele era por extensão relacionado a ele também. Mas não era em ponto nenhum sobre o Egito, ou múmias, ou os mortos, ou cavernas, ou chefes beduínos. Sob a luz crescente, eu podia ver perfeitamente que a mão de Margaret não tinha sete dedos, e sim cinco; pois ela estava sobre a minha.

Quando o Dr. Winchester chegou pela manhã para visitar seu paciente, ele veio me ver; eu estava na sala de jantar fazendo uma refeição – desjejum ou janta, não sei dizer ao certo – antes de ir me deitar. O Sr. Corbeck chegou ao mesmo tempo; e resumimos nossa conversa do ponto onde a havíamos interrompido na noite anterior. Contei ao Sr. Corbeck que eu lera o capítulo sobre a descoberta da tumba, e que achei que o Dr. Winchester deveria lê-lo também.

O doutor disse que, se possível, gostaria de levar o livro com ele. Ele passaria a manhã viajando de trem para Ipswich, e leria durante a viagem. Disse que devolveria quando voltasse, no começo da noite. Fui para meu quarto buscar o livro, mas não o achei em lugar nenhum. Eu tinha a distinta lembrança de tê-lo deixado na mesa de cabeceira, ao lado da cama, quando voltei para lá após a Srta. Trelawny se juntar à vigília. Era muito estranho; pois o livro não era do tipo que os empregados poderiam pegar. Eu tive que voltar e explicar aos outros que não o estava achando.

Quando o Dr. Winchester foi embora, o Sr. Corbeck, que parecia conhecer o trabalho do holandês de cor, discutiu sobre todo o assunto comigo. Contei-lhe que eu havia sido interrompido pela troca de enfermeiras bem quando cheguei no trecho que descrevia o anel. Ele sorriu e disse:

— No que diz respeito a isso, o senhor não precisa ficar decepcionado. Nem no tempo de Van Huyn, nem por quase dois séculos depois o significado daquela gravação foi entendido. Foi apenas quando o trabalho foi resumido e continuado por Young e Champollion, por Birch e Lepsius e Rosellini e Salvolini, por Mariette Bey e por Wallis Budge e Flinders Petrie, além de outros estudiosos da época, que foram obtidos grandes resultados e o verdadeiro significado dos hieróglifos foi revelado.

"Mais tarde irei lhe explicar, se o próprio Sr. Trelawny não o fizer ou se ele não me proibir de fazê-lo, o que aquilo significa naquele lugar em específico. Acho que será melhor se o senhor souber o que sucede a narrativa de Van Huyn, pois, após descrever a joia e contar como a levou para os Países Baixos no fim de sua viagem, o episódio termina. Bem, pelo menos é até onde o livro se preocupa em contá-lo. A melhor coisa sobre este livro é que faz com que as pessoas pensem (e ajam). Dentre essas pessoas estavam o Sr. Trelawny e eu. O Sr. Trelawny é um bom linguista do Oriente, mas não conhece idiomas do Norte. Quanto a mim, tenho facilidade para aprender idiomas; e, quando estava estudando em Leyden, aprendi holandês para poder referenciar as bibliotecas de lá mais facilmente. Por conta disso, aconteceu que, ao mesmo tempo que o Sr. Trelawny – que ao formar sua bela coleção de trabalhos do Egito, adquiriu, por meio do catálogo de um livreiro, este volume com a tradução manuscrita – estava estudando-o, eu estava lendo outra cópia, no original em holandês, em Leyden. Nós dois estávamos maravilhados com a descrição da solitária tumba na montanha; escavada em uma altura tal que seria inacessível ao explorador ordinário: sendo que todos os meios de a alcançar foram cuidadosamente obliterados; e, ainda assim, com uma regalia tão elaborada da superfície lisa do penhasco, como descrita por Van Huyn. Nós dois também estranhamos algo (pois, nos anos entre a época de Van Huyn e a nossa, o conhecimento geral de regalias e registros egípcios aumentou bastante): que, no caso de uma tumba daquelas, feita em um lugar daqueles, e que deve ter custado uma imensa quantidade de dinheiro, aparentemente não havia registro ou efígie para dizer quem era velado ali. Além disso, o próprio nome do lugar, 'Vale do Feiticeiro', era por si só, em tempos prosaicos, atrativo. Quando nos conhecemos, por meio da busca dele pela assistência de outros Egiptologistas com seu trabalho, conversamos sobre isso, bem como sobre várias outras coisas; e decidimos explorar aquele misterioso vale. Enquanto esperávamos para começar a viagem, pois era preciso fazer muitas coisas, as quais o Sr. Trelawny se ocupou em resolver, fui aos Países Baixos para tentar, como pudesse, encontrar qualquer rastro das narrativas de Van Huyn. Fui diretamente a Hoorn e, com muita paciência, esforcei-me para tentar encontrar a casa do viajante e de seus descendentes, se é que existiam. Não vou ocupar seu tempo com detalhes de minha busca; e da descoberta. Hoorn é um lugar que não mudou muito desde a época de Van Huyn, exceto por ter perdido seu posto entre as cidades comerciais. Seu exterior é o mesmo daquela época; em um lugar tão parado, um século ou dois não significam muita coisa. Encontrei a casa e descobri que nenhum dos descendentes estava vivo. Procurei por registros, mas achei apenas um resultado: morte e extinção. Então, pus-me a tentar descobrir que fim haviam levado seus tesouros; pois um viajante como aquele deveria ter muitos belos tesouros. Rastreei vários deles até museus em Leiden, Utrecht e Amsterdã; outros até casas particulares de ricos colecionadores. Por fim, na loja de um velho relojoeiro e joalheiro em Hoorn, encontrei o que ele considerava seu maior tesouro: um grande rubi, moldado como um escaravelho, com sete estrelas e gravuras de hieróglifos. Aquele senhor não entendia hieróglifos, e as mais recentes descobertas filológicas ainda não haviam alcançado a vidinha parada daquele velho mundo. Ele não sabia nada de Van Huyn, só que aquela pessoa havia existido e que seu nome havia sido, por dois séculos, venerado na cidade por ser um célebre viajante. Aquela joia tinha valor para ele apenas como uma pedra rara, danificada, em partes, pelo corte; e, apesar de não querer abrir mão de uma joia tão única em um primeiro momento, ele se tornou mais aberto à ideia após argumentos comerciais. Eu tinha o bolso cheio, já que comprava em nome do Sr. Trelawny, que é, como eu suponho que o senhor saiba, imensamente rico. Eu estava prestes a voltar para Londres com o Rubi Estrelado em segurança em meu bolso; e, no peito, trazia alegria e ânimo sem fim.

"Ali estava a prova da maravilhosa história de Van Huyn. A joia estava em segurança no cofre de Sr. Trelawny; e partimos em nossa jornada cheios de esperança.

"O Sr. Trelawny estava, para dizer o mínimo, receoso de deixar para trás sua jovem esposa, a quem ele muito amava; mas ela, que amava a ele em igual intensidade, sabia de seu anseio por aquela busca. Então, guardando suas ansiedades para si (as quais, no caso dela, eram especialmente fortes), ela insistiu que ele seguisse seu coração."

CAPÍTULO XI

A Tumba da Rainha

— A esperança do Sr. Trelawny era no mínimo tão grande quanto a minha. Ele não é um homem tão volátil quanto eu, propenso a acessos de esperança e desespero; mas ele tinha um propósito fixo, que transformava a esperança em crença. Por vezes, temi que pudesse haver duas joias daquelas, ou que as aventuras de Van Huyn fossem apenas prosas de viajantes, baseadas em alguma aquisição ordinária de uma regalia em Alexandria ou Cairo, ou Londres ou Amsterdã. Mas a fé do Sr. Trelawny nunca cedeu. Tínhamos muitas coisas para distrair nossas mentes de crença ou descrença. Isso foi pouco depois de Arabi Pasha, e o Egito era um lugar seguro para viajantes, em especial os ingleses. Contudo, o Sr. Trelawny era um homem destemido; e, por vezes, chego a pensar que eu mesmo não era um covarde. Juntamo-nos a um grupo de árabes que um de nós dois já conhecia de outras viagens ao deserto e no qual podíamos confiar; digo, não desconfiar tanto quanto de outros. Estávamos em número suficiente para nos proteger de ataques de bandos de saqueadores, e levávamos conosco grandes materiais. Havíamos garantido o consentimento e a cooperação dos oficiais que ainda eram amigáveis para com o Reino Unido; para que isso ocorresse, mal é necessário dizer que os patrimônios do Sr. Trelawny foram de grande ajuda. Fomos, em um *dahabeah,*[7] até Assuã; onde, recrutando alguns árabes do xeique e pagando a *baksheesh*[8] usual, partimos em nossa jornada pelo deserto.

"Bem, depois de muito vagar e de procurar em cada curva da interminável confusão de montanhas, chegamos por fim, ao anoitecer, em um vale tal qual o descrito por Van Huyn. Um vale com penhascos altos e íngremes, que se estreitavam no centro e se alargavam nas pontas leste e oeste. Durante o dia, estávamos do lado oposto do penhasco e era possível notar com facilidade a

---

7 Espécie de embarcação movida a vela utilizada para transporte de passageiros no Rio Nilo. (N.E.)

8 Palavra de origem persa usada em todo o Oriente Médio. Pode significar tanto gorjeta ou doação de caridade quanto propina. (N.E.)

abertura no alto da pedra e os hieróglifos cuja intenção original era claramente de disfarçá-la.

"Mas os símbolos que haviam desconcertado Van Huyn e os outros de sua época (e das seguintes) não eram segredo algum para nós. A horda de estudiosos que haviam dedicado seus cérebros e vidas a este trabalho havia escancarado os portões da misteriosa prisão da linguagem egípcia. Na superfície gravada do penhasco de pedra, nós, que havíamos aprendido tais segredos, conseguíamos ler o que o sacerdócio tebano havia inscrito ali quase cinquenta séculos antes.

"Pois todas aquelas inscrições externas eram obras do sacerdócio (e um sacerdócio bastante hostil, diga-se de passagem), não havia dúvidas disso. As inscrições na pedra, escritas em hieróglifos, diziam o seguinte:

"Aqui os deuses não alcançam, mesmo se invocados. O 'Ente Sem Nome' os insultou e permanecerá solitário pela eternidade. Não se aproxime, ou a vingança dele será sua perdição!"

"À sua época, e pelos milhares de anos que vieram, esse aviso deve ter sido bastante efetivo; mesmo após a linguagem na qual ele foi escrito se tornar um mistério morto às pessoas da região. A tradição de um terror assim dura mais tempo do que a sua causa. Até mesmo nos símbolos usados havia um significado adicionado na aliteração. 'Pela eternidade' é representado nos hieróglifos como 'milhões de anos'. Este símbolo foi repetido nove vezes, em três grupos de três; e, após cada grupo, um símbolo do Mundo Superior, do Mundo Inferior e do Céu. De modo que para esse Ente Solitário, por meio da vingança de todos os deuses, não houvesse possibilidade de ressurreição nem no Mundo do sol nem no Mundo dos Mortos, ou lugar para sua alma no reino dos deuses.

"Nem eu nem o Sr. Trelawny nos atrevemos a contar para ninguém de nossa trupe o que estava escrito ali. Pois, apesar de eles não acreditarem na religião da qual aquela maldição advinha, ou nos deuses que ameaçavam vingança, eram tão supersticiosos que, caso contássemos, eles provavelmente abandonariam a tarefa e fugiriam dali.

"Contudo, tanto a ignorância deles quanto nossa discrição nos protegeram. Armamos nosso acampamento ali por perto, atrás de uma pedra protuberante um pouco mais à frente no vale, de modo a não termos a inscrição sempre à vista. Afinal, até mesmo o tradicional nome daquele lugar, 'O Vale do Feiticeiro', trazia receio a eles; e, por extensão, a nós. Com a madeira que havíamos trazido, fizemos uma escada para subir aquela face da rocha. Penduramos uma polia em uma viga fixa, que se projetava do topo do penhasco. Encontramos a rocha plana que era a porta, e estava posicionada desajeitadamente, fixada apenas por algumas pedras. Seu próprio peso era o que a mantinha fixa em sua posição. Para entrarmos, foi necessário empurrá-la e passar por cima dela. Encontramos a longa corrente jogada ao chão, que Van Huyn havia descrito estar presa à porta. Havia, contudo, evidências abundantes entre os destroços da porta de pedra, outrora presa a dobradiças no topo e na parte de baixo, de que haviam se certificado originalmente de que fosse possível fechá-la e bloqueá-la pelo lado de dentro.

"Apenas o Sr. Trelawny e eu entramos na tumba. Havíamos trazido conosco várias fontes de luz e as fixamos na parede à medida que avançávamos. Queríamos fazer uma análise completa primeiro, para depois examinar tudo em detalhe. À medida que avançávamos, ficávamos cada vez mais maravilhados e impressionados. Aquela tumba era uma das mais magníficas e lindas que já havíamos visto. Dada a natureza elaborada da construção e da pintura, além da perfeição do acabamento, era evidente que a tumba havia sido preparada durante a vida daquela que viria a ocupá-la. As linhas que compunham os hieróglifos eram finas e a pintura, esplêndida; e naquela alta caverna, muito distante até mesmo da úmida enchente do Nilo, tudo era tão fresco como se os artistas tivessem acabado de baixar os pincéis. Havia algo que não podíamos evitar ver: que, apesar das inscrições nas pedras externas terem sido obra do sacerdócio, a polidez da face do penhasco era provavelmente parte do plano original de construção da tumba. O simbolismo da pintura e das inscrições internas seguiam o mesmo padrão. A caverna externa, em parte natural e em parte talhada, era considerada, do ponto de vista arquitetônico, apenas como uma antecâmara. Em um dos cantos, posicionado de modo a apontar para a direção leste, estava um pórtico, talhado na pedra sólida. Os pilares eram massivos, com sete lados, e não eram em nada parecidos com os que havíamos visto em outras tumbas. Na arquitrave, havia uma Barca Solar esculpida, na qual estava Hathor, com sua cabeça de vaca e trazendo consigo o disco e as plumas, e Hapi, deus do Norte, com sua cabeça de cão. A Barca era conduzida por Harpócrates até o Norte, que era representado pela Estrela Polar, rodeada por Draco e Ursa Maior. Nesta, as estrelas que formam o que chamamos de 'Arado' eram maiores do que as demais; e estavam preenchidas com ouro, de forma que, ao serem iluminadas pelas tochas, pareciam inflamar de um jeito especial. Passando pelo pórtico, encontramos dois cômodos típicos de uma tumba daquelas: a câmara, ou capela, e a cova, todas completas, como Van Huyn havia documentado, ainda que, na época dele, não se conhecessem os nomes que os egípcios antigos lhes davam.

"A Estela, ou ficha de registro, que estava na parte de baixo da parede oeste, era tão impressionante que examinamos seus mínimos detalhes antes mesmo de seguir em nossa busca pela múmia, que era o objetivo de nossa jornada. Essa Estela era uma grande placa de lápis-lazúli, com diversos hieróglifos diminutos e muito belamente esculpidos. Eles estavam preenchidos com algum tipo de cimento de muita fineza e de um vermelho brilhante. A inscrição dizia:

"Tera, Rainha dos Egitos, filha de Antef, Monarca do Norte e do Sul. 'Filha do sol', 'Rainha dos Diademas'".

"Abaixo, havia um registro completo de sua vida e reinado.

"Os sinais de supremacia eram de uma profusão e adorno verdadeiramente femininos. As Coroas do Alto e Baixo Egito, unidas, tinham, em específico, um corte de admirável precisão. Era novidade para nós encontrarmos tanto Hedjete quanto Dexerete – as coroas Branca e Vermelha do Alto e

Baixo Egito – na Estela de uma rainha; pois era regra, sem registro algum de exceção, que, no Egito Antigo, cada uma dessas coroas fosse usada apenas por um rei; apesar de terem sido encontradas em deusas. Mais tarde, encontramos uma explicação, a qual irei expandir agora.

"Tal inscrição era, por si só, algo tão surpreendente que prenderia a atenção de qualquer um, em qualquer lugar, em qualquer momento; mas não há como conceber o efeito que ela teve sobre nós. Ainda que nossos olhos não tenham sido os primeiros a vê-la, eram os primeiros que podiam entendê-la desde que aquela placa de pedra havia sido colocada na abertura do penhasco quase cinco mil anos antes. A nós foi dada a leitura daquela mensagem dos mortos. Essa mensagem de quem havia guerreado contra os deuses antigos e de quem alegou tê-los controlado em uma época que a hierarquia professava ser o único meio de atiçar seus medos ou conquistar sua boa-vontade.

"As paredes da câmara superior da cova, bem como a câmara do sarcófago, estavam profusamente cobertas de inscrições, exceto a da Estela, que estava colorida com um pigmento verde azulado. O resultado era que, ao ver de canto de olho as faces verdes, via-se um velho e descolorido tom de turquesa.

"Descemos para a cova com a ajuda do equipamento que havíamos trazido conosco. Trelawny foi primeiro. Era uma fossa com mais de vinte metros, mas que nunca havia sido preenchida; a passagem no fundo se inclinava para cima em direção à câmara do sarcófago e era mais longa do que o normal. Ela não havia sido barrada.

"Lá dentro, encontramos um grande sarcófago de pedra amarela. Mas não preciso descrevê-lo: o senhor o viu no quarto do Sr. Trelawny. A tampa estava no chão; não havia sido cimentada e estava exatamente como Van Huyn a havia descrito. Sequer é preciso dizer que estávamos muito animados ao olhar para dentro. Havia também, contudo, uma pontada de frustração. Não pude deixar de pensar no quão diferente devia ter sido a visão do viajante holandês ao encontrar aquela mão branca, pousada ali como se estivesse viva sobre as faixas da múmia. Verdade seja dita, uma parte do braço estava lá, de um branco-marfim como descrito.

"Porém, sentimos uma euforia que Van Huyn decerto não sentiu!

"A ponta do pulso estava coberta de sangue seco! Era como se o corpo tivesse sangrado após a morte! As pontas rasgadas do pulso partido estavam grossas com sangue coagulado; através dele, o osso branco proeminente parecia a matriz de uma opala. O sangue havia escorrido e manchado as bandagens marrons, tal qual ferrugem. Ali estava, então, a confirmação da narrativa. Com tal evidência da sinceridade do narrador à nossa frente, não havia como duvidar de nada que ele relatara, como o sangue na mão mumificada ou a marca de sete dedos na garganta do xeique estrangulado.

"Não lhe perturbarei com os detalhes de tudo que vimos ou como descobrimos tudo que sabemos. Parte disso era conhecimento comum a estudiosos; parte lemos na Estela da tumba e em esculturas e pinturas de hieróglifos nas paredes.

"A Rainha Tera era da Décima Primeira Dinastia, ou Dinastia Tebana, dos Reis Egípcios que governaram entre o vigésimo nono e vigésimo quinto séculos antes de Cristo. Ela conquistou o trono sendo filha única de seu pai, Antef. Deve ter sido uma garota de uma personalidade, bem como habilidade, extraordinária, pois era muito jovem quando seu pai faleceu. A juventude e o gênero dela encorajaram o ambicioso sacerdócio, que havia conseguido, à época, imenso poder. Com sua fortuna, contingente e aprendizados, dominaram todo o Egito, em especial a parte Alta. Estavam secretamente prontos para agir em prol de seu objetivo ousado e longamente planejado: transferir o poder governante da Realeza à Hierarquia. Mas o Rei Antef já suspeitava de tal plano e tomara precauções para garantir a lealdade do exército à sua filha. Ele também havia garantido que ela aprendesse sobre política e até mesmo sobre a história do próprio sacerdócio. Colocara um membro do culto contra o outro; cada qual esperançoso em ter algum ganho imediato por influência do rei ou, no fim das contas, pela influência sobre a filha dele. Portanto, a princesa foi criada entre escribas, e ela mesma era uma boa artista. Muitos desses fatos eram relatados nas paredes, em pinturas ou em hieróglifos de grande beleza; e chegamos à conclusão de que vários deles haviam sido feitos pela própria princesa. Não era sem motivo que ela estava registrada na Estela como 'Protetora das Artes'.

"Mas o rei fora ainda além disso e havia chamado alguém para ensinar magia à sua filha, de modo que ela tivesse poder sobre Sono e Vontade. Era magia de verdade... magia 'negra'; não a magia dos templos, que, se me permite a explicação, era inofensiva, magia 'branca', com um intuito maior de impressionar do que o de ter algum efeito. Ela foi uma pupila habilidosa; e superou seus mestres. O poder e os recursos dela lhe deram ótimas oportunidades, as quais ela aproveitou ao máximo. Conquistara segredos da natureza de modos estranhos; e fora tão longe a ponto de descer ela mesma na tumba, tendo sido enfaixada e ficado no caixão, tida como morta por um mês inteiro. Os sacerdotes tentaram convencer a todos que a verdadeira princesa Tera havia morrido no experimento e que outra moça ocupava seu lugar. Contudo, ela provou o erro deles sem margem para dúvidas. Tudo isso era relatado em figuras de grande mérito. É provável que tenha sido na época em que ela viveu que aconteceu o impulso inicial de restaurar a grandeza artística da Quarta Dinastia, que chegou à perfeição nos dias de Quéops.

"Na câmara do sarcófago havia pinturas e escritas que mostravam que ela havia vencido a batalha contra o Sono. De fato, havia simbolismos por toda a parte, maravilhosos até mesmo em uma terra e época repleta de simbolismo. Havia destaque para o fato de que ela, apesar de ser uma rainha, reivindicara todos os privilégios de um rei e da masculinidade. Em um ponto, ela era retratada em vestes de homens e com as Coroas Branca e Vermelha. No seguinte, ela estava em vestes femininas, mas ainda com as Coroas do Alto e Baixo Egito, enquanto as vestes masculinas descartadas estavam jogadas a seus pés. Em todas as imagens nas quais havia esperança, foco ou ressurreição, era adicionado o símbolo do Norte; em muitos pontos (sempre em representações de eventos importantes, passado, presente ou futuro) havia o agrupamento de estrelas do Arado. Era claro que ela associava, de algum modo, essa constelação com si própria.

"Talvez a declaração mais marcante dos registros, tanto da Estela quanto dos escritos das paredes, era que a Rainha Tera tinha o poder de controlar os deuses. Isso, por sinal, não era uma crença isolada na história egípcia, mas tinha um propósito diferente. Ela havia gravado em um rubi, que tinha o formato de um escaravelho e sete estrelas de sete pontas, Palavras de Ordem para controlar todos os deuses, tanto do Mundo Superior quanto do Inferior.

"Na declaração estava bem claro que o ódio dos sacerdotes estava, e ela sabia disso, guardado para ela, e que eles iriam tentar apagar seu nome depois que ela morresse. E isso, eu garanto a você, era uma vingança terrível na mitologia egípcia; pois, sem um nome, ninguém podia ser apresentado aos deuses ou ter rezas direcionadas a si. Assim, ela tinha a intenção de ressuscitar após um longo tempo e em uma terra mais ao norte, sob a constelação cujas sete estrelas haviam influenciado seu nascimento. Para tanto, sua mão deveria estar exposta, 'sem bandagens', e, nela, a Joia das Sete Estrelas, de modo que onde quer que houvesse ar, ela poderia se mover assim como sua Ka! Após pensar sobre isso, o Sr. Trelawny e eu concordamos que o significado era de que o corpo dela poderia se tornar astral quando ela assim desejasse e, desta forma, se mexer, partícula por partícula, tornando-se completo novamente quando e onde fosse ordenado. Encontramos, então, um trecho que aludia a um baú ou uma arca que continha todos os deuses, a Vontade e o Sono, sendo os dois últimos personificados por símbolos. Era dito que tal recipiente tinha sete lados. Não nos surpreendeu muito quando encontramos, sob os pés da múmia, a arca de sete lados, que o senhor também deve ter visto no quarto do Sr. Trelawny. Sob as ataduras de linho do pé esquerdo estava pintado, com o mesmo vermelho forte usado na Estela, o hieróglifo que simbolizava abundância de água e, sob o pé direito, o que simbolizava terra. Entendemos que o simbolismo significava que o corpo dela, imortal e transferível de acordo com sua vontade, governava tanto a terra quanto a água, o ar e o fogo, o último sendo representado pela luz da joia e, ademais, pelas pedrinhas e ferro que estavam exteriores às bandagens da múmia.

"No que levantamos a tampa do sarcófago, notamos que as laterais tinham as estranhas protuberâncias que o senhor já viu; mas não conseguimos, naquele momento, prestar muita atenção a elas. Havia alguns amuletos lá dentro, mas nenhum de especial valor ou importância. Supomos que, se eles existissem, estariam dentro das bandagens; ou, mais provavelmente, na estranha arca debaixo dos pés da múmia; a qual, contudo, não conseguíamos abrir. Havia sinais de que tinha uma tampa; decerto a parte superior e inferior eram cada qual um pedaço. A linha fina, um pouquinho para cima, parecia ser onde a tampa estava fixada; mas era feita com fineza e finalização tão impressionantes, que a junção mal podia ser vista. Era fato que a tampa não podia ser movimentada. A suposição que fizemos era que ela estava, de algum modo, fixada por dentro. Estou lhe contando tudo isso para que o senhor entenda coisas com as quais pode entrar em contato mais tarde. O senhor deve suspender por completo sua descrença. Eventos tão estranhos ocorreram em relação a essa múmia e a tudo que diz respeito a ela, que faz-se necessário ter uma nova crença em algo mas além. É absolutamente impossível conciliar certas coisas que ocorreram com os eventos comuns da vida ou do conhecimento.

"Ficamos nos arredores do Vale do Feiticeiro até que pudéssemos copiar quase todos os desenhos e escritas nas paredes, teto e chão. Levamos conosco a Estela de lápis-lazúli, cujos registros gravados estavam pigmentados de vermelho. Levamos o sarcófago e a múmia; o baú de pedra com as jarras de alabastro; as mesas de heliotrópio, alabastro, ônix e cornalina; e a almofada de marfim cuja curva estava sobre 'fivelas', sendo que ao redor de cada uma estava enrolado um ureu de ouro. Levamos todos os objetos que estavam na capela e na cova da múmia; os barcos de madeira com os tripulantes, e os *shabtis,*[9] e os amuletos simbólicos.

"Quando estávamos indo embora, descemos as escadas e, longe dali, as enterramos na areia, sob um penhasco, o qual marcamos para que pudéssemos encontrá-lo novamente caso fosse necessário. Então, com nossa pesada bagagem, partimos na laboriosa jornada de volta ao Nilo. E posso lhe garantir, não foi fácil levar a caixa com aquele sarcófago enorme pelo deserto. Tínhamos uma carroça velha e homens o suficiente para puxá-la; mas a sensação era de que avançávamos muito, muito lentamente, pois estávamos muito ansiosos para

9 Espécie de estatueta funerária egípcia cujo formato imita um sarcófago. Era destinada a substituir o falecido em seus trabalhos após a morte. (N.E.)

deixar nossos tesouros em segurança. A noite foi um pico em nossa ansiedade, pois temíamos um ataque de saqueadores. Porém, mais do que isso, tínhamos medo de alguns dos homens que nos acompanhavam. Afinal, eram predatórios e sem escrúpulos; e tínhamos conosco uma quantidade considerável de coisas preciosas. Eles, ou ao menos os menos perigosos entre eles, não sabiam o porquê de tanta preciosidade; consideravam apenas o valor material de tudo aquilo. Havíamos tirado a múmia do sarcófago e a embalado em outra caixa, para garantir sua segurança durante a viagem. Durante a primeira noite, houve duas tentativas de roubo das coisas na carroça; e dois homens foram encontrados mortos pela manhã.

"Na segunda noite, pegamos uma tempestade violenta, um daqueles simuns[10] terríveis do deserto que levam consigo toda a esperança. Estávamos dominados pela areia que voava. Alguns dos beduínos fugiram antes da tempestade, na esperança de achar abrigo; o resto permaneceu conosco, enrolados em albornozes e aguentando aquilo tudo com o máximo de paciência possível. Pela manhã, quando a tempestade passou, recuperamos o que conseguimos de nossos equipamentos de sob os montes de areia. Encontramos a caixa que guardava a múmia: estava toda quebrada, e a múmia em si não parecia estar em lugar algum. Procuramos por toda parte e cavamos a areia que havia se empilhado ao nosso redor; mas foi em vão. Não sabíamos o que fazer, pois Trelawny estava muito decidido a levar aquela múmia para casa. Esperamos um dia inteiro na esperança de que os beduínos que haviam fugido retornassem; tínhamos a cega esperança de que eles, de algum modo, tinham retirado a múmia de sua caixa e iriam trazê-la de volta. Naquela noite, logo antes de amanhecer, o Sr. Trelawny me acordou e sussurrou em meu ouvido:

"'Devemos voltar para a tumba no Vale do Feiticeiro', ele disse. 'Não demonstre hesitação nenhuma pela manhã quando eu lhe der ordens! Se fizer qualquer pergunta de para onde estamos indo, irá criar suspeitas e frustrar nosso objetivo.'

---

10 Ventos muito quentes e com nível de umidade baixíssimo que sopram na África Central, no Oriente Médio e na Península Arábica, geralmente na direção norte. (N.E.)

"'Tudo bem!', eu respondi. 'Mas por que temos que voltar para lá?'

"A resposta que ele me soou como uma música tocada pelos mais afinados dos instrumentos:

"'Vamos encontrar a múmia lá! Tenho certeza!' E então, antecipando uma dúvida ou um contra-argumento, acrescentou: 'Espere só, o senhor verá!', e se cobriu novamente.

"Os árabes ficaram surpresos quando voltamos atrás; e alguns deles não ficaram satisfeitos com isso. Houve uma tensão considerável, e vários nos abandonaram; assim, foi com um grupo diminuto que voltamos a fazer nosso caminho para o leste. Em um primeiro momento, o xeique não demonstrou curiosidade alguma quanto ao nosso destino final; mas quando se tornou aparente que estávamos voltando para o Vale do Feiticeiro, ele também deixou suas preocupações claras. Elas ficaram maiores à medida que nos aproximávamos; até que, finalmente, à entrada do vale, ele parou e se recusou a prosseguir. Disse que esperaria por nosso retorno caso decidíssemos seguir sozinhos. Ele esperaria por três dias e, se não voltássemos nesse prazo, iria embora. Não havia oferta que pudéssemos fazer que o faria desistir dessa decisão. A única concessão que ele estava disposto a fazer era a de achar as escadas e levá-las para perto do penhasco. Assim ele o fez e, então, junto ao resto da equipe, voltou para esperar à entrada do vale.

"O Sr. Trelawny e eu pegamos cordas e tochas e subimos até a tumba. Era evidente que alguém havia estado lá durante nossa ausência, pois a placa de pedra que cobria a entrada da tumba estava caída no chão do lado de dentro, e havia uma corda descendo a partir do cume do penhasco. Do lado de dentro, havia outra corda que descia até o poço da cova da múmia. Olhamos um para o outro, mas ninguém disse nada. Fixamos nossa própria corda e, como combinado, Trelawny desceu antes e eu o segui. Foi apenas quando já estávamos juntos lá embaixo que passou por minha mente a ideia de que aquilo talvez fosse algum tipo de armadilha; que alguém poderia descer pela corda do penhasco e cortar a corda que nós usamos para descer à cova, nos enterrando vivos ali. O pensamento em si foi horripilante; mas já era tarde demais para fazer algo. Fiquei em silêncio. Nós dois tínhamos tochas, então a luz era ampla enquanto ultrapassávamos a passagem e entrávamos na câmara onde o sarcófago costumava ficar. O primeiro aspecto notável era o quão vazio aquele lugar estava. Apesar de todas as regalias maravilhosas, a tumba parecia desolada com a ausência do grande sarcófago para sustentar o que estava talhado na pedra; do baú com as jarras de alabastro; das mesas sobre as quais estavam equipamentos e comida para o uso dos mortos; e dos *shabtis*.

"Parecia ainda mais desolada devido à figura enfaixada da múmia da Rainha Tera, que estava deitada no chão onde antes o grande sarcófago ficava! Ao lado dela estavam, em posições contorcidas e estranhas, que demonstravam uma morte violenta, três dos árabes que haviam desertado nossa equipe. Seus rostos estavam pretos, e suas mãos e pescoços, manchados com o sangue que jorrara de suas bocas, narizes e olhos.

"Na garganta de cada um havia marcas, agora escurecidas, de uma mão com sete dedos.

"Trelawny e eu nos aproximamos, abraçando-nos com força, cheios de admiração e medo, enquanto víamos aquilo.

"Pois o aspecto mais maravilhoso de todos era que, cruzando o peito da rainha mumificada, havia uma mão de sete dedos, branca como mármore, com o pulso tendo apenas uma cicatriz de uma linha sinuosa e vermelha, da qual parecia pingar sangue."

CAPÍTULO XII

A Arca Mágica

— Quando nos recuperamos de nossa surpresa, que nos pareceu longa demais, não perdemos tempo em carregar a múmia pela passagem e tirá-la da cova. Eu fui primeiro, recebendo-a no topo da corda. Quando olhei para baixo, vi o Sr. Trelawny levantando a mão decepada e colocando-a no próprio peito, decerto para que não fosse perdida ou sofresse qualquer dano. Deixamos os árabes mortos onde os encontramos. Com nossas cordas, descemos nossa carga preciosa para o chão; e, então, a levamos para a entrada do vale, onde nosso guia nos esperava. Para nossa surpresa, os encontramos indo embora. Quando fomos discutir com o xeique, ele respondeu que havia cumprido sua promessa à risca; esperara os três dias, como combinado. Achei que ele estava mentindo para disfarçar sua intenção de nos desertar; e, quando comparei minhas anotações com as de Trelawny, percebi que tínhamos a mesma suspeita. Apenas quando chegamos em Cairo descobrimos que ele estava certo. Era 3 de novembro de 1884 quando entramos pela segunda vez na cova da múmia; tínhamos motivo para nos lembrarmos da data.

"Havíamos perdido três dias inteiros de nossa razão, de nossas vidas, enquanto ficamos imersos em pensamentos na câmara dos mortos. Seria estranho, dado isso, que tivéssemos uma forte superstição em relação à falecida Rainha Tera e tudo que a ela pertencia? Seria uma real surpresa o fato de ela estar conosco agora, com uma sensação desconcertante de algum poder externo a nós e à nossa compreensão? Seria uma surpresa se levássemos isso para a cova conosco, quando o momento chegar? Se, de fato, houver uma cova para nós, que roubamos dos mortos!"

Ele ficou em silêncio por um bom tempo antes de continuar:

— Chegamos a Cairo sem complicações e seguimos para Alexandria, onde pegaríamos um navio, este a serviço dos correios, até Marselha e, de lá, pegaríamos um trem para Londres. Mas é como dizem: "Os mais planejados esquemas de homens e ratos com frequência dão errado".[11] Em Alexandria, enquanto esperava por um telegrama, Trelawny descobriu que a Sra. Trelawny havia morrido ao dar à luz uma filha.

"O marido dela, perturbado, não perdeu um segundo, correndo para o Expresso do Oriente; e eu tive de, sozinho, levar o tesouro para a casa desolada. Cheguei em Londres em segurança; parecia que havia uma sorte especial em nossa jornada. Quando cheguei a esta casa, o funeral já havia acabado há bastante tempo. A criança havia sido colocada sob cuidados de outras pessoas, e o Sr. Trelawny já havia se recuperado do choque da perda, de modo que estava determinado a continuar de onde havia parado, em sua vida e seu trabalho. Que ele havia passado por um estado de choque, isso era claro. O grisalho repentino em seus cabelos pretos era prova suficiente; mas, além disso, suas feições haviam se tornado sérias e severas. Desde que ele recebeu aquele telegrama em Alexandria, nunca mais o vi sorrir.

"O trabalho é o melhor remédio para casos assim; e ele se devotou de corpo e alma a este. A estranha tragédia de sua perda e ganho (pois a criança nasceu logo depois da morte da mãe) ocorreu quando estávamos naquele transe na cova da múmia da Rainha Tera. Aquilo parecia estar agora relacionado, de algum modo, com seus estudos egípcios e, em específico, com os mistérios conectados à rainha. Ele me contou muito pouco sobre a filha; contudo, era claro que havia forças conflitantes em sua mente em relação a ela. Eu podia ver que ele a amava, quase idolatrava. Porém, também não conseguia esquecer que seu nascimento lhe custara a vida da esposa dele. Além disso, havia algo cuja existência parecia afligir seu coração de pai, mas ele nunca me disse o que era. Mas, uma vez, ele disse, em um momento em que se desligou de seu objetivo de silêncio:

"'Ela não lembra em nada a mãe; mas tanto em feições quanto em cor, tem uma espantosa semelhança às imagens da Rainha Tera.'

"Ele disse que a enviara para pessoas que cuidariam dela de um modo que

---

11 Citação retirada do poema "To A Mouse: On turning her up in her Nest with the Plough", de Robert Burns. Tradução livre. (N.T.)

ele não podia; e que, até ela se tornar uma mulher, deveria ter todos os prazeres simples cabíveis a uma jovem moça, e que assim seria melhor para ela. Com frequência eu tentava falar com ele a respeito de sua filha, porém ele nunca dizia muita coisa. Uma vez, contou-me: 'Há motivos pelos quais não falo mais do que o necessário. Algum dia o senhor saberá... e entenderá!' Eu respeitava sua reserva; e, fora perguntar se ela estava bem quando eu voltava de alguma jornada, não falava mais nada sobre ela. Nunca sequer a vi até estar na presença do senhor.

"Bem, quando os tesouros que nós... ahn... pegamos da tumba foram trazidos para cá, o próprio Sr. Trelawny os organizou. A múmia, com exceção da mão decepada, foi colocada em um grande sarcófago de pedra-ferro no hall. Ele foi forjado para a Universidade dos Sumo Sacerdotes Tebanos e, como o senhor deve ter notado, está todo inscrito com maravilhosas invocações aos antigos deuses do Egito. Os demais artefatos da tumba foram dispostos no quarto do Sr. Trelawny, como o senhor mesmo viu. Dentre eles estava, por motivos próprios dele, a mão mumificada. Acho que ele a considera a mais sagrada de suas posses, com talvez uma exceção: o rubi entalhado que ele chama de 'A Joia das Sete Estrelas', o qual ele mantém naquele cofre que está trancado e protegido por vários dispositivos, como o senhor sabe.

"Atrevo-me a dizer que o senhor achará isso entediante, mas devo explicar, para que o senhor entenda tudo que ocorreu até hoje. Foi só muito tempo depois do meu retorno com a múmia da Rainha Tera que o Sr. Trelawny tocou no assunto de novo comigo. Ele havia feito diversas viagens ao Egito; às vezes comigo, às vezes sozinho; e eu também, seja por conta própria ou por ordens dele. Mas, durante todo esse tempo, quase dezesseis anos, ele nunca mais tocou no assunto, a menos que alguma ocasião muito urgente pudesse precisar, se não precisasse de fato, de uma referência.

"Certa manhã, ele mandou que me chamassem às pressas; eu estava estudando no Museu Britânico e tinha quartos à minha disposição na Hart Street. Quando cheguei, ele quase pulava de tão alegre. Eu não o via daquele jeito desde antes de ele saber da morte da esposa. De uma só vez, levou-me para seu quarto. As cortinas estavam fechadas, bem como as venezianas; não entrava um único raio de sol ali. As lâmpadas comuns do quarto estavam apagadas, mas havia muitos abajures elétricos poderosos, com o poder de pelo menos cinquenta velas, organizados de um lado do quarto. A pequena mesinha de heliotrópio na qual estava a arca heptagonal fora puxada para o centro do quarto. A arca estava linda com a luz que brilhava sobre ela. Parecia brilhar como se, de algum modo, fosse iluminada de dentro.

"'O que o senhor acha?', ele perguntou.

"'É como uma joia', respondi. 'Dá até para chamá-la de a Arca Mágica do Feiticeiro, se fica desse jeito com frequência. Chega a parecer estar viva.'

"'E o senhor sabe por que isso acontece?'

"'Por causa do brilho da luz, suponho?'

"'Luz, claro', respondeu. 'Mas é mais a distribuição da luz.' Enquanto ele falava, ligou as luzes comuns do quarto e desligou as especiais. O efeito na arca de pedra foi surpreendente: em um segundo, perdera todo o efeito de brilho. Era ainda uma bela pedra, como sempre; mas era uma pedra e nada mais. 'O senhor notou algo quanto à disposição desses abajures?'

"'Não!'

"'Estavam no formato das estrelas do Arado, assim como as estrelas do rubi!'

"Senti nessa frase um certo senso de certeza. Não sei por que, exceto que havia tantas associações misteriosas à múmia e a tudo que a ela pertencia, que qualquer uma que fosse nova parecia esclarecedora. Prestei atenção na explicação de Trelawny:

"'Por dezesseis anos, nunca parei de pensar em nossa aventura ou de tentar achar uma pista para os mistérios com os quais deparamos; mas, até noite passada, nunca achei uma solução. Acho que devo ter sonhado com ela, pois acordei animado. Pulei da cama determinado a fazer algo, antes que eu soubesse bem o que é que queria fazer. Então, de uma só vez, meu propósito ficou claro. Havia alusões na escrita das paredes da tumba às sete estrelas da Ursa Maior que formam o Arado; e o Norte era enfatizado de novo e de novo. Os mesmos símbolos repetidamente aludiam à 'Arca Mágica', como nós a chamamos. Já tínhamos notado esses peculiares espaços translúcidos na pedra da arca. O senhor se lembra que a escrita em hieróglifo nos disse que a joia viera do núcleo de um aerólito, assim como a arca. Pensei que era possível que a luz das sete estrelas, brilhando na direção certa, pudessem ter algum efeito sobre a arca ou sobre algo dentro dela. Abri as cortinas e olhei para fora. O Arado está alto no céu, e tanto as estrelas dele quanto a Estrela Polar estavam exatamente de frente para a janela. Puxei a mesa com a arca para sob aquela luz e a remexi até que as partes translúcidas ficassem na direção das estrelas. Instantaneamente, a arca começou a brilhar, como o senhor viu sob os abajures, ainda que em menor escala. Esperei e esperei; mas o céu ficou coberto por nuvens e a luz desapareceu. Então arranjei fios e abajures (o senhor sabe o quanto os uso em experimentos) e tentei ver o efeito sob luz elétrica. Levou algum tempo até conseguir colocá-los na posição certa, de modo que correspondessem às partes da pedra, mas, assim que consegui, a arca começou a brilhar por inteiro, como o senhor viu. Porém, não avancei muito mais do que isso. Estava claro para mim que faltava alguma coisa. De uma só vez, percebi que, se a luz tinha algum efeito, deveria ter algum jeito de produzi--la na tumba, uma vez que a luz das estrelas não teria como alcançar a cova da múmia na caverna. Então, tudo ficou claro. Na mesa de heliotrópio havia um entalho oco no topo, no qual a parte de baixo da arca se encaixava; ali, coloquei a Arca Mágica; e, de uma só vez, vi que as estranhas protuberâncias que foram entalhadas com tanto cuidado do lado de dentro da pedra correspondiam às estrelas da constelação, as quais, portanto, continham as luzes. Gritei: 'Eureca! Tudo que preciso agora é dos abajures!' Tentei colocar as luzes elétricas nas protuberâncias, ou pelo menos perto delas. Mas o brilho nunca chegou à pedra. Então, fiquei convencido de que deveria haver lamparinas especiais, feitas para aquele propósito. Se conseguirmos achá-las, será um passo a mais na direção de resolver esse mistério!'

"'Mas essas lamparinas', perguntei, 'onde estão? Onde iremos achá-las? Como as reconheceremos se as encontrarmos? O que...'

"Ele me interrompeu:

"'Uma coisa por vez!', disse baixinho. 'Sua primeira pergunta contém as demais. Onde estão essas lamparinas? A resposta: na tumba!'

"'Na tumba!', repeti, surpreso. 'Oras, mas o senhor e eu vasculhamos todo o lugar, de ponta a ponta; não havia nem sinal de lamparina alguma. Nenhum sinal de nada que tivesse sobrado lá quando fomos pela primeira vez; ou pela segunda, exceto pelos corpos dos árabes.'

"Enquanto eu falava, ele desenrolava grandes folhas de papel que havia trazido do próprio quarto. Ele as dispôs sobre a mesa, fixando as pontas com livros e outros pesos. Eu as reconheci à primeira vista; eram cópias muito cuidadosas que ele havia feito de nossas primeiras transcrições das escritas na tumba. Quando estava tudo pronto, ele se virou para mim e disse lentamente:

"'O senhor se lembra de pensar, quando examinamos a tumba, que parecia faltar uma coisa que normalmente se encontra em uma tumba?'

"'Lembro! Não havia um serdabe.'

"O serdabe, se me permite a explicação", disse o Sr. Corbeck para mim, "é um tipo de nicho construído ou escavado na parede de uma tumba. Aqueles que já foram examinados não têm inscrição alguma e contêm apenas as efígies dos mortos para quem a tumba havia sido feita."

Então ele continuou sua narrativa.

— Trelawny, quando viu que eu havia entendido, começou a falar com um quê de seu antigo entusiasmo:

"'Cheguei à conclusão de que há de haver um serdabe! E deve estar escondido. Fomos idiotas de não pensar nisso antes. Já deveríamos saber que a responsável pela construção de uma tumba daquelas (uma mulher que mostrou, de outros modos, um senso pela beleza e completude, e que finalizou cada detalhe com uma riqueza feminina de elaboração) não negligenciaria tal aspecto estrutural. Mesmo sem ter um significado especial em um ritual, ela teria um como regalia. Outros o tiveram, e ela gostaria que o próprio trabalho fosse completo. Com isso em mente, havia (ou melhor, há) um serdabe; e quando o encontrarmos, acharemos também as lamparinas. Claro, se soubéssemos à época o que sabemos agora, ou se ao menos suspeitássemos que poderia haver lamparinas, talvez tivéssemos suspeitado também que haveria algum cômodo escondido, algum sinal. Peço-lhe que volte para o Egito; vá até a tumba; ache o serdabe; e traga as lamparinas de volta!'

"'E se eu não achar serdabe algum; ou, caso ache, descubra que não há lamparinas lá dentro? O que eu faço nesse caso?'

"Ele abriu um sorriso sombrio, que fora tão raro nos últimos anos, e falou bem devagar:

"'Então o senhor irá tentar até achar.'

"'Muito bem!', respondi.

"Ele apontou para uma das folhas e disse:

"'Aqui estão as transcrições da capela, a sul e a leste. Estive as analisando de novo; e descobri que em sete lugares neste caso aqui há símbolos da constelação que chamamos de Arado, que a Rainha Tera considerava ter influenciado seu nascimento e seu destino. Eu os examinei com cuidado e notei que todos são representações de agrupamento de estrelas, já que a constelação aparece em diferentes pontos do céu. Todas estão astronomicamente corretas; e, tal qual no céu da vida real, os ponteiros indicam a Estrela Polar, de modo que todos esses apontam para um espaço na parede, onde normalmente se encontra um serdabe!'

"'Bravo!', gritei, pois um raciocínio daqueles exigia aplausos. Isso pareceu agradá-lo, e ele prosseguiu:

"'Quando estiver na tumba, examine esse ponto. É provável que haja alguma mola ou um mecanismo para abrir o receptáculo. Não adianta tentar adivinhar o que pode ser. O senhor saberá melhor o que deve ser feito quando estiver lá.'

"Na semana seguinte, parti para o Egito; e não parei para descansar enquanto não pus os pés de novo na tumba. Havia encontrado alguns de nossos antigos ajudantes, e eles foram de um bom auxílio. O país agora estava em condições bem diferentes do que dezesseis anos antes. Não havia mais necessidade de tropas ou homens armados.

"Escalei a face da montanha sozinho. Não foi difícil, pois, devido àquele clima, ainda era possível confiar na madeira da escada. Era fácil ver que, nos anos que haviam se passado, outros visitaram a tumba. Senti o peito apertar quando pensei que algum deles poderia ter se deparado com o local secreto. Seria uma descoberta amarga descobrir que haviam chegado primeiro e que minha jornada havia sido em vão.

"Tal amargura foi concretizada quando acendi minhas tochas e passei pelas colunas de sete lados, da capela à tumba.

"Ali, no mesmo lugar que eu esperava encontrá-la, estava a abertura de um serdabe. E o serdabe estava vazio.

"Mas a capela em si não estava vazia; pois o corpo seco de um homem trajando vestes árabes estava ao chão, perto da abertura, como se tivesse sido golpeado e caído. Examinei todas as paredes ao redor para ver se a suposição de Trelawny estava correta; e descobri que em todas as posições das estrelas, como descrito, os Ponteiros do Arado indicavam um lugar à mão esquerda, ou ao sul, da abertura do serdabe, onde havia uma única estrela dourada.

"Apertei-a, e ela cedeu. A pedra que marcava a frente do serdabe e que ficava contra a parede de dentro se moveu ligeiramente. Ao examinar com mais minúcia o outro lado da abertura, encontrei um ponto similar, indicado por outras representações da constelação; mas esta era, em si, uma figura das sete estrelas, e cada uma estava coberta em ouro polido. Apertei todas, uma por vez; mas nada aconteceu. Então, percebi que, se a abertura da fonte estava à esquerda, então o lado direito deveria ter sido feito com a intenção de que se apertasse todas as estrelas ao mesmo tempo com uma mão de sete dedos. Usando minhas duas mãos, consegui imitar esse efeito.

"Com um clique alto, uma figura de metal pareceu ser ejetada do encerramento à abertura do serdabe; a pedra lentamente voltou para o lugar e se fechou com outro clique. O vislumbre que eu tive da figura que descia me deixou em choque por um momento. Era como aquele guardião sombrio que, de acordo com o historiador árabe Ibn Abd Alhokin, o construtor das pirâmides, o Rei Saurid Ibn Salhouk, colocou na pirâmide a leste para defender o tesouro: 'uma figura de mármore, de pé, com uma lança em mãos e uma serpente enrolada sobre sua cabeça. Quando qualquer um se aproximasse, a serpente morderia essa pessoa de um dos lados, enrolar-se-ia ao redor de seu pescoço e a mataria, retornando a seu lugar em seguida'.

"Eu sabia que tal figura não havia sido feita para ser agradável; e que enfrentá-la não seria tarefa fácil. O árabe morto aos meus pés era prova do que poderia acontecer! Então examinei a parede de novo; e encontrei lascas aqui e ali, como se alguém tivesse batido com um martelo. Fora isso, então, que acontecera: o ladrão de túmulos, com mais experiência em seu serviço do que eu e o Sr. Trelawny tínhamos, suspeitando da presença de um serdabe escondido, havia se decidido a encontrá-lo. Ele martelara a fonte a esmo e libertara o vingativo 'Tesoureiro', como o escritor árabe o havia nomeado. A questão falava por si. Eu peguei um pedaço de madeira e, à uma distância segura, usei-o para pressionar a estrela.

"No mesmo instante, a pedra voou para trás. A figura escondida avançou e atacou com sua lança. Então, levantou-se e desapareceu. Achei que agora poderia apertar com segurança as sete estrelas e assim o fiz. Mais uma vez a pedra rolou para trás; e o 'Tesoureiro' voou de volta para seu covil secreto.

"Repeti ambos os experimentos várias vezes, sempre com o mesmo resultado. Eu teria gostado de examinar o mecanismo daquela figura com uma mobilidade tão maligna; mas não era possível sem as ferramentas adequadas, as quais não eram fáceis de se achar. Talvez fosse necessário cortar toda uma área da pedra. Algum dia espero poder voltar com os equipamentos adequados para tentar fazer isso.

"Talvez o senhor não saiba, mas a entrada de um serdabe é quase sempre bastante estreita; por vezes mal dá para colocar uma mão. Aprendi duas coisas desse serdabe; a primeira é que as lamparinas, se existissem, não poderiam ser grandes; e a segunda é que elas seriam, de algum modo, associadas a Hathor, cujo símbolo, um falcão em um quadrado, com o canto superior direito formando um quadrado menor, estava talhado em relevo na parede de dentro e colorido com o brilhante vermelho que havíamos encontrado na Estela. Hathor era a deusa que, na mitologia egípcia, correspondia à Vênus dos gregos, por ser a deidade representante da beleza e do prazer. Na mitologia egípcia, contudo, cada deus tem muitas formas; e, em alguns aspectos, Hathor era relacionada à ideia de ressurreição. Há sete formas ou variantes da deusa; por que, então, elas não corresponderiam de algum modo às sete lamparinas!? Eu estava agora convencido de que essas lamparinas existiam. O primeiro ladrão de túmulos havia se deparado com a morte; o segundo, com os conteúdos do serdabe. A primeira tentativa havia sido feita há muitos anos; o estado do corpo era prova disso. Eu não tinha ideia quanto à segunda tentativa. Poderia ter sido há muito tempo ou poderia ser recente. Se, contudo, outros foram à tumba, era provável que as lamparinas tivessem sido surrupiadas há muito. Bem! Minha busca havia se tornado mais difícil, mas eu tinha que seguir em frente!

"Isso foi há quase três anos; e, durante todo esse tempo, eu fiquei como aquele homem de *As Mil e uma Noites*, procurando por lamparinas novas, não para trocá-las por novas, mas por dinheiro. Não me atrevia a dizer exatamente o que estava procurando ou sequer tentar descrevê-las; pois isso iria contra o meu objetivo. Contudo, desde o começo eu tinha em mente uma vaga ideia do que deveria encontrar. À medida que o tempo passava, isso foi ficando cada vez mais claro; até que, por fim, quase ultrapassei os limites ao procurar por algo que talvez estivesse errado.

"As decepções que sofri, as buscas em vão que fiz, tudo isso encheria romances; mas segui em frente. Por fim, nem mesmo dois meses atrás, um velho comerciante me mostrou uma lamparina em Mossul que era igual à que eu procurava. Segui seus rastros por quase um ano, sempre me decepcionando, mas sempre reencorajado a continuar por uma esperança crescente de que eu estava no caminho certo.

"Não sei como me contive ao perceber que, por fim, estava perto do sucesso. Eu era habilidoso, contudo, na arte de Negócios Orientais; e o comerciante judaico-árabe-português encontrou um oponente digno. Queria ver todo o estoque dele antes de comprar; e, uma por uma, ele tirou, dentre as pilhas de entulho, sete lamparinas diferentes. Cada uma tinha uma marca distintiva; e cada uma era alguma forma do símbolo de Hathor. Acho que perturbei a imperturbabilidade de meu amigo de pele escura com a magnitude de minha compra; pois, para impedir que ele adivinhasse os tipos de bens que eu estava procurando, praticamente limpei a sua loja. No final, ele quase chorou e disse que eu o havia arruinado, pois agora não tinha nada para vender. Ele teria arrancado os cabelos se soubesse o quanto eu estava disposto a pagar por alguns dos produtos de seu estoque... talvez os que ele menos dava valor.

"Vendi a maior parte da mercadoria por um preço normal e apressei-me para casa. Não arrisquei apenas distribuí-la ou perdê-la, para que isso não levantasse suspeitas. Meu fardo era precioso demais para ser arriscado por qualquer bobeira. Viajei na maior velocidade possível em tais países e cheguei em Londres com apenas as lamparinas e algumas regalias e papiros que arranjei durante as viagens.

"Agora, Sr. Ross, o senhor sabe tudo que eu sei; e deixo a cargo de sua discrição o quanto disso tudo irá contar para a Srta. Trelawny, se contar qualquer coisa."

Assim que ele terminou, uma voz clara e jovem disse atrás de nós:

— O que tem a Srta. Trelawny? Ela está aqui!

Viramo-nos, assustados; e olhamos um para o outro em dúvida. A Srta. Trelawny estava à porta. Não sabíamos há quanto tempo ela estava ali ou quanto ela escutara.

CAPÍTULO XIII

Acordando do Transe

As primeiras palavras inesperadas podem assustar um ouvinte; mas, quando o choque passa, este volta a si e pode julgar o modo, bem como o assunto, da fala. Era assim naquela ocasião. Com a inteligência agora alerta, eu não conseguia duvidar da simples sinceridade da próxima pergunta de Margaret:

— O que os dois estiveram conversando esse tempo todo, Sr. Ross? Suponho que o Sr. Corbeck tenha contado ao senhor tudo sobre as aventuras dele para achar as lamparinas. Espero que me conte um dia também, Sr. Corbeck; mas não até que meu pobre papai fique melhor. Tenho certeza de que ele gostaria de poder me contar essas coisas ele mesmo; ou ao menos estar presente quando eu as ouvir. — Ela virou seu olhar atento de um para o outro. — Ah, era disso que os senhores estavam falando quando entrei? Tudo bem! Eu aguardo; mas espero que não por muito tempo. A continuidade da condição de papai está, temo, acabando comigo. Pouco tempo atrás senti meus nervos desistindo; então decidi ir dar uma caminhada no parque. Tenho certeza de que me fará bem. Gostaria que o senhor, se puder, Sr. Ross, ficasse com papai enquanto saio. Irei me sentir segura assim.

Levantei-me com furor, feliz que a pobre moça saísse, mesmo se fosse só por meia hora. Ela tinha um aspecto terrivelmente cansado e abatido; e ver as suas bochechas pálidas fez meu peito apertar. Fui ao quarto do doente e sentei-me no lugar de sempre. A Sra. Grant estava lá, em vigília; não considerávamos necessário que mais de uma pessoa ficasse no quarto durante o dia. Quando entrei, ela aproveitou para ir cumprir alguma tarefa doméstica. As cortinas estavam abertas, mas o quarto era virado para o norte e recebia pouca luz do sol.

Sentei-me ali por bastante tempo, pensando no que o Sr. Corbeck havia me contado; e adicionando isso ao grupo de coisas estranhas que haviam acontecido desde que entrei naquela casa. Por vezes, sentia-me inclinado a duvidar; duvidar de tudo e todos; duvidar até mesmo das evidências dos meus cinco sentidos. Os avisos do habilidoso detetive sempre voltavam à minha mente.

Ele havia caracterizado o Sr. Corbeck como um inteligente mentiroso e um cúmplice da Srta. Trelawny. De Margaret! Já bastava! Cara a cara com uma afirmação dessas, minha dúvida desapareceu. Cada vez que a imagem dela, o nome dela, o mero pensamento nela aparecia em minha mente, cada evento se destacava como fato. Apostava minha vida na fé que tinha nela!

Eu fui tirado de meu devaneio, que rapidamente se tornava um sonho de amor, de um jeito chocante. Uma voz veio da cama; uma voz profunda, forte, dominante. O primeiro som atraiu meus olhos e ouvidos como uma trombeta. O doente estava acordado e falando!

— Quem é o senhor? O que está fazendo aqui?

Fosse qual fosse a ideia que qualquer um de nós tivesse formado quanto ao momento que ele acordaria, tenho certeza de que nenhum de nós esperava vê-lo acordar assim, com tanto domínio de si. Eu estava tão surpreso que o respondi de um jeito quase mecânico:

— Meu nome é Ross. Estive cuidando do senhor!

Ele pareceu surpreso por um instante, e pude ver que o hábito dele de julgar por si próprio apareceu.

— Cuidando de mim! O que quer dizer? Por que cuidando de mim? — Os olhos dele foram para seu pulso enfaixado. Ele prosseguiu em um tom diferente; menos agressivo, mais genioso, como se aceitasse os fatos. — O senhor é médico?

Senti um sorriso quase se formando em meu rosto no que respondi; o alívio da longa pressão da ansiedade em relação à vida dele estava começando a aparecer.

— Não, senhor!

— Então por que está aqui? Se não é um médico, então o que o senhor é? — O tom dele voltou a ficar comandante.

O pensamento é rápido; toda a sequência de raciocínio na qual minha resposta tinha base correu pelo meu cérebro antes mesmo das palavras deixarem meus lábios. Margaret! Eu tinha que pensar em Margaret! Esse era o pai dela, que ainda não sabia nada de mim; nem mesmo de minha existência. Ele estaria naturalmente curioso, senão ansioso, para saber por que eu, entre tantos homens, havia sido escolhido como o amigo de sua filha na ocasião de sua doença. Pais têm naturalmente um pouco de ciúmes em casos assim, como a escolha feita pela filha, e, no estado do meu amor não declarado por Margaret, eu não podia falar nada que a envergonhasse.

— Sou advogado. Não é, contudo, a trabalho que estou aqui; mas sim apenas como um amigo de sua filha. Foi provavelmente o conhecimento que ela tinha de que eu sou advogado que a fez me chamar para cá quando ela achou que o senhor havia sido assassinado. Depois disso, ela foi boa o bastante para me considerar um amigo e me deixar ficar aqui, de acordo com os desejos que o senhor expressou de que alguém deveria ficar em vigília.

O Sr. Trelawny era claramente um homem de pensamento rápido e poucas palavras. Ele me olhou com atenção enquanto eu falava, e seus olhos penetrantes pareciam ler minha mente. Para meu alívio, ele não disse mais nada sobre o assunto naquele momento, parecendo aceitar minhas palavras. Era evidente que, na mente dele, havia um motivo mais profundo para meu aceite do que eu mesmo sabia. Seus olhos brilharam e sua boca se mexeu de modo inconsciente (mal podia ser chamado de espasmo), que indicava satisfação. Ele seguia alguma linha de raciocínio na própria mente. De repente, disse:

— Ela pensou que eu fora assassinado!? Isso foi na noite passada?

— Não! Quatro dias atrás.

Ele pareceu surpreso. Enquanto falava pela primeira vez, havia se sentado na cama; agora, movimentava-se como se fosse levantar de um salto. Contudo, esforçou-se para se conter e, apoiando-se nos travesseiros, pediu baixinho:

— Conte-me tudo! Tudo que o senhor sabe! Todos os detalhes! Não omita nada! Mas fique aqui; primeiro tranque a porta! Quero saber, antes de ver qualquer um, exatamente qual é a situação.

Por algum motivo, essas últimas palavras fizeram meu coração acelerar. "Qualquer um"! Era evidente que ele me aceitava, portanto, como uma exceção. Em meu presente estado de sentimentos pela filha dele, esse era um pensamento reconfortante. Senti-me jubilante enquanto ia até a porta e gentilmente virava a chave. Quando voltei, ele estava se sentando na cama de novo e pediu:

— Vá em frente!

Deste modo, contei a ele todos os detalhes, mesmo os mais mínimos, dos quais eu me lembrava; de tudo que aconteceu a partir do momento que cheguei à casa. Claro, não disse nada acerca de meus sentimentos por Margaret, falando apenas de aspectos que ele já sabia. No que dizia respeito a Corbeck, contei apenas que ele havia retornado com algumas lamparinas pelas quais buscava. Então, contei-lhe tudo sobre como elas foram perdidas e reencontradas na casa.

Ele ouvia tudo com um autocontrole que, sob tais circunstâncias, muito me impressionava. Ele estava impassível e, por vezes, seus olhos brilhavam ou me fuzilavam, e seus fortes dedos da mão não lesionada agarravam o lençol, formando nele longas dobrinhas. Isso foi mais notável quando eu lhe contei do retorno de Corbeck e de como achamos as lamparinas no boudoir. De vez em quando, ele falava algumas poucas palavras, quase como se fosse um mero comentário emocional. As partes misteriosas, que foram as que mais nos intrigaram, pareciam não interessar muito a ele; ele já parecia saber delas. A maior preocupação que ele demonstrou foi quando contei dos tiros disparados por Daw. Ele murmurou um "burro idiota!" ao mesmo tempo que deu uma rápida olhadela, marcada com nojo, para o outro lado do quarto, onde estava o armário que fora vítima do sargento. Enquanto eu lhe contava da lancinante ansiedade que a filha sentia por ele, do cuidado e devoção sem fim e do amor que ela mostrara, ele pareceu se emocionar. Havia uma espécie de surpresa velada em seu sussurro inconsciente:

— Margaret! Margaret!

Quando terminei minha narrativa, relatando tudo até o momento que a Srta. Trelawny havia saído para dar uma volta – pensava nela como "Srta. Trelawny" agora, não mais como "Margaret", na presença de seu pai –, ele ficou em silêncio por bastante tempo. Provavelmente passaram-se cerca de dois ou três minutos, mas o tempo parecia eterno. De uma só vez, ele se virou para mim e disse vividamente:

— Agora conte-me tudo sobre o senhor!

Eu não sabia como responder àquilo; senti meu rosto esquentar e corar. O olhar do Sr. Trelawny estava virado para mim; era calmo e questionador, mas sem nunca interromper sua minuciosa análise de alma. Havia uma mera suspeita de um sorriso na boca dele, o que, pensei, apesar de me deixar ainda mais envergonhado, me deixava também um pouco aliviado. Eu estava, contudo, face a face com uma dificuldade; e minha experiência de vida me ajudou. Encarei-o nos olhos e respondi:

— Meu nome, como lhe contei, é Ross, Malcolm Ross. Sou advogado. Fui nomeado como Conselheiro da Rainha no último ano do seu reinado. Tive bastante sucesso em meu trabalho.

Para meu alívio, ele me disse:

— Sim, eu sei. Sempre ouvi falar bem do senhor. Onde e quando o senhor conheceu Margaret?

— Primeiro em Hay's, na Belgrave Square, dez dias atrás. Depois em um piquenique no rio, com a Lady Strathconnell. Fomos de Windsor a Cookham. Mar... Srta. Trelawny estava em meu barco. Eu sei um pouco de canoagem, e tinha meu próprio barco em Windsor. Conversamos bastante... naturalmente.

— Naturalmente!

Havia um quê de sarcasmo naquele tom de aquiescência; mas não havia outros indicadores do que ele sentia. Comecei a pensar que, por estar na presença de um homem forte, deveria demonstrar minha própria força. Meus amigos e, por vezes, meus inimigos, dizem que sou um homem forte. Nas presentes circunstâncias, não contar toda a verdade seria demonstrar fraqueza. Então enfrentei a dificuldade à minha frente; sempre mantendo em mente, contudo, que minhas palavras poderiam afetar a felicidade de Margaret, por poder também afetar o amor que o pai sentia por ela.

Continuei:

— Conversando em um lugar e momento como aqueles, em um ambiente tão agradável e em uma privacidade tão convidativa à confiança, pude ter um vislumbre da vida particular dela. Um vislumbre tão detalhado como seria possível a um homem de minha idade e experiência ter da vida de uma jovem moça!

O rosto do pai ficou mais sério à medida que prossegui, mas ele não disse nada. Eu estava decidido agora a seguir um tipo de discurso, e continuei com o maior controle de minha mente que minhas habilidades permitiam; a ocasião poderia trazer sérias consequências a mim também.

— Eu não podia deixar de notar que havia no espírito dela um sentimento de solidão ao qual ela já estava acostumada. Pensei ter entendido; eu mesmo sou filho único. Aventurei-me a encorajá-la a falar comigo mais livremente e tive a sorte de conseguir tal feito. Assim, estabeleceu-se um tipo de confiança entre nós. — Algo no rosto do outro homem me fez acrescentar às pressas:

— Ela não me contou nada, como o senhor pode imaginar, que não fosse adequado e correto. Ela apenas falou comigo naquele jeito impulsivo de alguém com muita vontade de dar voz a pensamentos há muito escondidos, do desejo que ela tinha de ser mais próxima do pai que amava; de ter um relacionamento melhor com ele; de conquistar mais confiança da parte dele; de fazer parte das pessoas com quem ele simpatiza. Ah, acredite quando eu lhe digo, senhor, ela só disse coisas boas. Só o que o coração de um pai poderia almejar ouvir! Era de grande lealdade! É provável que ela só tenha falado tais coisas para mim porque eu era praticamente um estranho, com o qual não havia barreiras prévias de confiança.

Aqui, pausei. Era difícil prosseguir; e eu temia que, com meu zelo, acabasse por fazer um desserviço a Margaret. O alívio de tal tensão veio com as palavras do pai dela:

— E o senhor?

— Senhor, a Srta. Trelawny é uma moça muito doce e bonita! Ela é jovem, e sua mente é como cristal! A simpatia dela é contagiante! Eu não sou um homem velho e meu coração nunca foi comprometido. Nunca, até hoje. Espero que não seja um problema que eu o diga, mesmo a um pai! — Abaixei involuntariamente meu olhar. Quando o levantei de novo, o Sr. Trelawny ainda me encarava com atenção. Toda a gentileza de sua natureza pareceu transparecer em um sorriso no que ele esticou a mão e disse:

— Malcolm Ross, sempre ouvi falar do senhor como uma pessoa honrada e destemida. Fico feliz de saber que minha filha tenha amizade com alguém assim. Prossiga!

Meu coração acelerou. O primeiro passo para conquistar o pai de Margaret fora dado. Atrevo-me a dizer que me tornei ainda mais efusivo em minhas palavras e ações quando continuei. Era certo que eu ao menos me sentia de tal modo.

— Aprendemos uma coisa à medida que envelhecemos: como usar nossa idade com prudência! Já tenho muita experiência. Lutei e trabalhei por ela a minha vida toda; e senti que tinha o direito de usá-la. Aventurei-me a pedir à Srta. Trelawny que me considerasse seu amigo; que me deixasse ajudá-la, caso fosse necessário. Ela me prometeu que o faria. Não sabia que minha chance de fazê-lo chegaria tão cedo e em tal situação; mas naquela mesma noite o senhor foi atacado. Desolada e ansiosa, ela pediu que eu viesse para cá!

Fiz uma pausa. Ele continuou a me encarar e eu prossegui:

— Quando encontramos a carta que o senhor deixou com instruções, ofereci meus serviços. Como já sabe, foram aceitos.

— E estes últimos dias, como foram para o senhor?

A pergunta me surpreendeu. Havia algo nela da própria voz e jeito de Margaret; algo que se assemelhava tanto aos momentos mais calmos dela, que despertou toda a minha masculinidade. Me senti pisando em terreno mais firme quando respondi:

— Estes dias, senhor, apesar de toda a fulminante ansiedade deles, apesar de toda a dor que trouxeram para a moça que passei a amar mais e mais com cada hora que passava, foram os mais felizes de minha vida!

Ele ficou em silêncio por bastante tempo; tanto tempo que, enquanto eu esperava pela resposta dele, com meu coração acelerado, pus-me a pensar se minha franqueza não havia sido efusiva demais. Por fim, ele disse:

— Suponho que seja difícil dizer tudo isso indiretamente. A pobre mãe dela é que deveria ter escutado o senhor; isso a faria tão feliz! — Então, uma sombra correu por seu rosto e, de um modo mais apressado, ele acrescentou: — Mas o senhor tem certeza disso?

— Conheço meu próprio coração, senhor. Ou, ao menos, acho que conheço.

— Não, não! — respondeu. — Não quero dizer o senhor. Está tudo bem com isso! Mas o senhor falou da afeição dela por mim... e, mesmo assim...! E mesmo assim, ela esteve vivendo aqui, em minha casa, por um ano inteiro e... e ela ainda falou para você da solidão... da desolação que sentiu! Eu nunca... dói-me admitir isso, mas é a verdade... Nunca vi sinal algum de tal afeição por mim durante todo este ano!... — Sua voz tremeu, tornando-se uma triste e rememorativa introspecção.

— Então, senhor — respondi —, tive o privilégio de ver mais em poucos dias do que o senhor durante todo o tempo que ela esteve viva!

Minhas palavras pareceram trazê-lo de volta, e achei que foi com prazer, bem como com surpresa, que ele disse:

— Não fazia ideia. Achei que ela era indiferente para comigo. Que o que parecia ter sido negligência com a juventude dela estava se vingando de mim. Que ela tinha o coração de gelo... É uma felicidade indescritível para mim que a filha da mãe dela me ame também! — Inconscientemente, ele afundou de volta em seu travesseiro, perdido em memórias do passado.

Como ele deve ter amado a mãe dela! Era o amor dela enquanto filha de sua mãe, em vez do amor da própria filha, que o emocionava. Fiquei de coração partido por ele, em uma onda de simpatia e bondade. Comecei a entender; entender a paixão dessas duas grandes, silenciosas, reservadas personalidades que conseguiram esconder a fulminante vontade pelo amor do outro! Não me surpreendeu quando ele murmurou sozinho:

— Margaret, minha filha! Bondosa, atenciosa, forte, honesta e corajosa! Como sua querida mãe! Como sua querida mãe!

Naquele momento, com todas as minhas forças, fiquei feliz por ter sido tão verdadeiro em minhas palavras.

Então, o Sr. Trelawny disse:

— Quatro dias! O dia 16. Então hoje é 20 de julho? — Fiz que sim, e ele prosseguiu. — Então fiquei apagado, em transe, por quatro dias. Não é a primeira vez. Estive certa vez em transe sob estranhas circunstâncias por três dias; e sequer suspeitei, até que me contaram do tempo decorrido. Um dia lhe contarei sobre isso, se quiser ouvir.

Isso me fez estremecer de alegria. Que ele, o pai de Margaret, me desse sua confiança daquele jeito tornava possível que... O tom de alerta cotidiano, profissional de sua voz, quando ele voltou a falar me trouxe de volta:

— É melhor eu me levantar agora. Quando Margaret voltar, diga o senhor mesmo a ela que estou bem. Isso evitará um choque! E o senhor poderia também dizer a Corbeck que quero vê-lo o quanto antes? Quero ver aquelas lamparinas e saber tudo sobre elas!

Fiquei muito satisfeito com a atitude que ele tomou perante a mim. Havia um possível aspecto de sogro que me faria levantar do leito de morte. Eu me apressava para obedecer a seus pedidos; contudo, quando minha mão estava na chave da porta, ele me chamou:

— Sr. Ross!

Não gostei de ouvi-lo me chamar assim. Depois de saber de minha amizade com a filha dele, chamara-me de "Malcolm Ross"; e esse óbvio retorno à formalidade não apenas me doía, mas me deixava apreensivo. Deveria ter algo a ver com Margaret. Pensei nela como "Margaret" e não como "Srta. Trelawny" agora que não havia perigo de perdê-la. Sei hoje o que senti naquele momento: eu estava determinado a lutar por ela em vez de perdê-la. Eu voltei, inconscientemente ajustando minha postura. O Sr. Trelawny, observador atento de homens, pareceu ler minha mente; o rosto dele, no qual havia uma nova ansiedade, relaxou, e ele disse:

— Sente-se por um instante; é melhor que falemos agora do que deixar para depois. Somos nós dois homens, e homens do mundo. Tudo isso a respeito de minha filha é novidade para mim e bastante repentino. E quero saber exatamente qual o meu papel aqui. Veja bem, não tenho objeção alguma; mas, como pai, tenho obrigações que são sérias e podem ser dolorosas. Eu... eu... — Ele parecia perdido, sem saber por onde começar, e isso me deu esperança. — Suponho que devo entender, do que o senhor me disse sobre como se sente em relação à minha menina, que está considerando pedir permissão para pedir a mão dela mais tarde?

Respondi de imediato:

— Com certeza! Sem sombra de dúvidas; era minha intenção desde a tarde que passei com ela no rio procurar pelo senhor, claro, após um intervalo adequado e respeitoso, e perguntar se poderia pedir isso a ela. Os eventos fizeram com que eu tivesse um relacionamento próximo com ela muito mais rapidamente do que eu esperava ser possível; mas aquele primeiro objetivo permaneceu em meu coração, ficando cada vez mais intenso, multiplicando-se a cada hora que se passou desde então.

A expressão dele pareceu ficar mais suave enquanto ele ainda me encarava; a memória da própria juventude voltava a ele instintivamente. Após uma pausa, ele disse:

— Suponho que posso entender também, Malcolm Ross — disse, e o retorno da familiaridade com meu nome passou por mim com um glorioso arrepio —, que o senhor ainda não demonstrou isso à minha filha?

— Não em palavras, senhor. — Logo percebi as segundas intenções de minha frase, não pelo humor que ela trazia, mas pelo sério e gentil sorriso no rosto do pai. Havia um agradável sarcasmo em seu comentário:

— Não em palavras! Isso é perigoso! Ela talvez pudesse duvidar de palavras, ou mesmo desacreditar delas.

Senti meu rosto corando até as raízes de meus cabelos, e prossegui:

— A tarefa de ser delicado ante a posição indefesa dela, bem como meu respeito pelo pai dela (não o conhecia à época, senhor, como o senhor é, apenas como pai dela) me impediram. Porém, mesmo sem tais empecilhos, jamais teria ousado fazê-lo ante tal luto e preocupação. Sr. Trelawny, dou-lhe minha palavra de honra que sua filha e eu somos, da parte dela, apenas amigos e nada mais!

Mais uma vez ele estendeu as mãos e eu as apertei calorosamente. Então ele disse em um tom cordial:

— Fico satisfeito com isso, Malcolm Ross. Claro, entendamos aqui que, até eu vê-la e dar ao senhor minha permissão, nenhuma declaração deverá ser feita a minha filha... em palavras — ele acrescentou com um sorriso indulgente. Mas seu rosto se tornou sério novamente ao continuar falando: — O tempo é precioso; e tenho outros assuntos para me preocupar, tão urgentes e estranhos que não devo perder uma hora sequer. De outro modo, não teria entrado no assunto da vida de minha filha e da futura felicidade dela de modo repentino e a um amigo tão novo. — Havia um quê de dignidade e orgulho em seu jeito que muito me impressionou.

— Respeitarei seus desejos, senhor! — respondi, dando meia volta e abrindo a porta. Ouvi-o trancá-la quando saí.

Quando contei ao Sr. Corbeck que o Sr. Trelawny havia se recuperado, ele começou a dançar como um louco. Mas parou de repente, pedindo-me para tomar cuidado para não mencionar, pelo menos em um primeiro momento, o que sabia quanto às lamparinas ou às primeiras visitas às tumbas. Isso caso o Sr. Trelawny falasse comigo sobre o assunto, "como, claro, ele fará", Corbeck disse, olhando-me demoradamente de canto de olho para demonstrar que sabia do que se passava em meu coração. Concordei com isso, sentindo que era o certo. Não entendi bem o porquê, mas já sabia que o Sr. Trelawny era um homem peculiar. Em caso algum uma pessoa poderia errar ao se manter para si; esta era uma qualidade que um homem forte sempre respeitava.

O modo como as demais pessoas da casa reagiram à notícia foi bastante variado. A Sra. Grant chorou de emoção e, em seguida, correu para ver se havia algo que ela podia fazer e para organizar a casa para o "Patrão", como ela sempre o chamava. A enfermeira ficou triste; ela não tinha mais um caso interessante em mãos. Mas a decepção foi momentânea, e ela logo alegrou-se pelo fim dos problemas. Ela estava pronta para atender o paciente assim que fosse necessário, mas, no meio-tempo, ocupou-se em arrumar sua maleta.

Levei o Sargento Daw até o escritório, de modo que estivéssemos sozinhos quando lhe contasse a novidade. Nem o autocontrole de ferro dele resistiu à surpresa quando lhe contei do modo como ocorreu o despertar. Por minha vez, fiquei surpreso ao ouvir as primeiras palavras dele:

— E como ele explicou o primeiro ataque? Já que estava inconsciente durante o segundo.

Até aquele momento, a natureza do ataque, que fora todo o motivo para eu ir até a casa, sequer passou pela minha mente, exceto quando narrei os vários acontecimentos em sequência para o Sr. Trelawny. O detetive não pareceu gostar muito de minha resposta:

— Sabe, sequer me ocorreu perguntar isso a ele!

O instinto profissional era forte naquele homem, parecendo se sobressair a todo o resto.

— É por isso que tão poucos casos são levados para frente — ele disse —, a menos que os nossos homens estejam envolvidos. Detetives amadores como o senhor nunca vão até o fim. Quando há pessoas comuns, no momento que os fatos começam a se conectar, e não há mais suspense para elas, largam o caso. É como enjoo ao mar.

Após uma pausa, ele acrescentou em um tom filosófico:

— No momento que chegam à terra firme, não pensam muito, vão correndo direto ao buffet para se alimentar! Bem, Sr. Ross, fico feliz que o caso tenha acabado; pois acabou para mim. Suponho que o Sr. Trelawny conheça o próprio caso; e, agora que está bem de novo, irá assumi-lo. Talvez, contudo, nem faça nada. Como parecia esperar que algo acontecesse, mas não acionou a polícia de modo algum, suponho que não queira interferências de nossa parte, com medo de alguma punição. Teremos a informação oficial, suponho, se foi um acidente, se estava sonâmbulo ou algo do tipo, para satisfazer a consciência de nosso Departamento de Registros; e aí será o fim. De meu lado, digo-lhe com franqueza, senhor, que fará bem para mim. Acredito piamente que isso estava começando a me deixar louco. Havia mistérios demais, que não são minha área, para que eu pudesse ficar de fato satisfeito quanto aos fatos ou causas dele. Agora poderei lavar as mãos e voltar ao limpo e saudável trabalho criminal. Claro, senhor, ficarei feliz de saber se algum dia o senhor conseguir esclarecer o caso. E ficarei grato se puder me dizer como o homem foi arrastado para fora da cama quando o gato o mordeu, e quem usou a faca da segunda vez, pois Silvio jamais teria feito isso sozinho. Mas, olhe só! Estou pensando nisso ainda. Devo ficar atento a mim mesmo, ou ficarei pensando nisso mesmo quando outras coisas exigirem minha atenção.

Quando Margaret voltou de seu passeio, encontrei-a no hall. Ela ainda estava pálida e triste; por algum motivo, esperava que ela estivesse radiante após uma caminhada. Assim que me viu, seus olhos brilharam e ela me encarou atentamente.

— O senhor tem boas notícias para mim? — ela perguntou. — Papai está melhor?

— Está! Como sabia disso?

— Vi em seu rosto. Devo ir vê-lo agora mesmo!

Ela se apressava para sair dali, mas eu a interrompi.

— Ele disse que a chamaria quando estivesse vestido.

— Disse que me chamaria! — repetiu, impressionada. — Então ele está acordado de novo e consciente? Não tinha ideia de que ele estava tão bem assim! Ah, Malcolm!

Ela se sentou na cadeira mais próxima e se pôs a chorar. Aquilo me emocionou também. Vê-la tão feliz e emocionada, dizendo meu nome daquele jeito e em um momento daqueles, somado à animação das gloriosas possibilidades, me desestabilizou. Ela viu minha emoção e pareceu entender. Estendeu a mão, que eu segurei com força e beijei. Em momentos como aqueles, as oportunidades de amantes são presentes dos deuses! Até aquele instante, apesar de eu saber que a amava, e apesar de acreditar que o sentimento era recíproco, tinha apenas esperança. Agora, contudo, o jeito que ela se entregou ao me deixar apertar sua mão, o ardor da pressão que ela fez em resposta, o glorioso brilho do amor em seus lindos, profundos, escuros olhos quando ela os levantou para encarar os meus, tudo isso era uma declaração tão clara quanto a que o mais impaciente ou exigente amante poderia esperar.

Nada foi dito; não era necessário. Mesmo se eu não tivesse jurado silêncio verbal, palavras seriam pobres e enfadonhas para expressar o que sentíamos.

De mãos dadas, como duas criancinhas, subimos a escadaria e aguardamos no patamar até que o Sr. Trelawny nos chamasse.

Sussurrei em seu ouvido – pois era mais agradável do que falar mais alto e a uma distância maior – como o pai dela havia acordado e o que havia dito; além de tudo que se passara entre nós, exceto as conversas das quais ela era o assunto.

Então, tocou um sino vindo do quarto. Margaret saiu de perto de mim e olhou para trás com um dedo de aviso sobre seus lábios. Ela foi até a porta do quarto do pai e bateu gentilmente.

— Entre! — ordenou a voz firme.

— Sou eu, papai! — respondeu a voz trêmula com amor e esperança.

Ouviram-se passos rápidos de dentro do quarto. A porta se abriu de uma só vez, com força, e, em um instante, Margaret, que havia se jogado para frente, estava nos braços do pai. Trocaram poucas palavras; apenas algumas frases incompletas.

— Papai! Meu querido, querido pai!

— Minha filha! Margaret! Minha querida, querida filha!

— Ah, papai! Até que enfim! Até que enfim!

Pai e filha entraram juntos no quarto, e a porta se fechou.

CAPÍTULO XIV
A Marca de Nascença

Enquanto eu aguardava ser chamado para o quarto do Sr. Trelawny, o que eu sabia que aconteceria, a espera era infinita e solitária. Após os primeiros momentos de felicidade emocional após o júbilo de Margaret, eu, por algum motivo, senti-me deslocado e sozinho; e, por um curto tempo, o egoísmo de um amante me possuiu. Mas não durou muito tempo. A felicidade de Margaret era o que era mais importante para mim. E, no sentido consciente, abandonei meu eu mais básico. As últimas palavras de Margaret, quando a porta se fechou atrás dela, foram a chave para toda a situação, tanto de como fora quanto de como era. Aquelas duas pessoas fortes e orgulhosas, ainda que pai e filha, foram se conhecer apenas quando a moça já estava crescida. A natureza de Margaret era do tipo que maturava cedo.

O orgulho e força de cada um, e a reserva que era o corolário deles, criava uma barreira a princípio. Cada um respeitara demais o quanto o outro era reservado até então; e essa confusão se tornou hábito. Assim, esses dois corações que tanto se amavam, cada qual desejando a simpatia do outro, ficaram separados. Mas agora estava tudo bem e, do fundo de meu coração, eu comemorava a felicidade de Margaret. Enquanto eu ainda pensava nesse assunto e sonhava sonhos de natureza particular, a porta se abriu e o Sr. Trelawny me chamou.

— Entre, Sr. Ross! — ele disse cordialmente, mas com uma certa formalidade que não me agradou.

Entrei no quarto e ele fechou a porta novamente. Ele estendeu a mão e eu a toquei com a minha. Ele não soltou, mas a segurou enquanto me levava até sua filha. Margaret olhou de mim para ele, e de volta para mim; e depois olhou para o chão. Quando me aproximei dela, o Sr. Trelawny soltou minha mão e, olhando diretamente para sua filha, disse:

— Se estou entendendo tudo do jeito certo, então não haverá segredos entre nós. Malcolm Ross já sabe tanto do que passei, que ele deve ou interromper tudo agora e ir embora em silêncio ou deve saber mais. Margaret! Está disposta a deixar o Sr. Ross ver seu pulso?

Ela virou um olhar rápido e apelativo para os olhos de seu pai; mas, ao fazê-lo, pareceu se decidir. Sem uma única palavra, levantou a mão direita, de modo que o bracelete de asas abertas que cobria seu pulso escorregasse revelando a pele. Então, fiquei gélido e estremeci.

No pulso dela havia uma fina e sinuosa linha vermelha, da qual pareciam sair manchas vermelhas como gotas de sangue!

Ela ficou ali, a autêntica figura da orgulhosa paciência.

Ah, e como ela parecia orgulhosa! Através de toda a sua doçura, de toda a dignidade, de toda a honorável negação de si que eu vira, e que parecia mais do que nunca marcá-la agora – através de todo o fogo que parecia brilhar das escuras profundezas de seus olhos até alcançar minha alma, era visível o brilho do orgulho. O orgulho que tem fé; o orgulho que nasce da pureza consciente; o orgulho de uma autêntica rainha dos Tempos Antigos, quando ser da realeza era a primeira, a maior e a mais corajosa de todas as coisas. Ficamos assim por alguns segundos, até que a voz grave e séria do pai dela soou como um desafio aos meus ouvidos.

— O que o senhor me diz agora?

Minha resposta não veio em palavras. Segurei a mão direita de Margaret na minha enquanto ela a deixava cair novamente e, apertando-a firmemente, enquanto com a outra eu empurrava o bracelete dourado de volta para cima, curvei-me e beijei seu pulso. Quando olhei para cima, para seus olhos, sem nunca soltar sua mão, pude ver uma alegria em seu rosto tal qual a que imagino ao pensar no paraíso. Então, virei-me para seu pai.

— Tem minha resposta, senhor.

O forte rosto dele parecia dócil e sério. Ele disse apenas uma palavra, enquanto colocava sua mão sobre a minha e a dela, juntas, e inclinava-se para beijar sua filha:

— Ótimo!

Fomos interrompidos por uma batida na porta. Em resposta de um impaciente "Entre!" do Sr. Trelawny, o Sr. Corbeck entrou. Quando nos viu agrupados, quase foi embora; mas, em um instante, o Sr. Trelawny foi para frente e o arrastou para dentro. Parecia um homem mudado enquanto o balançava com as duas mãos. Todo o entusiasmo de sua juventude, sobre o qual o Sr. Corbeck havia nos contado, pareceu voltar para ele em um segundo.

— Então o senhor conseguiu as lamparinas! — quase gritou. — Meu raciocínio estava certo, no fim das contas. Venha para a biblioteca, onde ficaremos a sós, e conte-me tudo! E, enquanto isso, Ross — disse, virando-se para mim —, poderia ser um bom camarada e pegar as chaves do cofre do banco, para que eu possa ver as lamparinas!?

Então, os três, sendo que a filha segurava com amor o braço do pai, foram até a biblioteca enquanto eu corri para a Chancery Lane.

Quando voltei com a chave, encontrei-os ainda engajados em conversa; mas o Dr. Winchester, que chegara pouco depois de eu sair, estava com eles. O Sr. Trelawny, ao ouvir de Margaret como ele fora atencioso e gentil, e como tinha, sob muita pressão para fazer o contrário, obedecido seus desejos expressos, pedira que o doutor ficasse ali e ouvisse.

— Talvez seja de seu interesse — ele disse — saber o final da história!

Todos jantamos juntos. Ficamos sentados por um tempo e, então, o Sr. Trelawny disse:

— Agora, acho melhor todos nos separarmos e irmos para a cama cedo. Teremos muito o que conversar amanhã; e, hoje à noite, quero pensar.

O Dr. Winchester foi embora, levando consigo, ante uma antecipação cortês, o Sr. Corbeck e deixando-me para trás. Quando os outros haviam partido, o Sr. Trelawny disse:

— Acho que é melhor que o senhor também vá para casa hoje. Quero ficar a sós com minha filha; há muitas coisas sobre as quais desejo conversar com ela, e apenas com ela. Talvez amanhã mesmo possa contar ao senhor a respeito dessas coisas; mas, no meio-tempo, será menos distrativo para nós dois se estivermos sozinhos aqui.

Compreendi e simpatizei com seus sentimentos; mas as experiências do último dia ainda me impressionavam muito e, com certa hesitação, respondi:

— Mas não será perigoso? Se soubesse o que sabemos...

Para minha surpresa, Margaret me interrompeu:

— Não será perigoso, Malcolm. Ficarei com papai! — ela disse, enquanto se abraçava a ele de um jeito protetor.

Nada mais disse; em vez disso, levantei-me para ir embora. O Sr. Trelawny disse calorosamente:

— Volte assim que puder, Ross. Venha para o café da manhã. Depois nós dois vamos conversar um pouco.

Ele saiu do quarto em silêncio, deixando-nos juntos. Segurei e beijei as mãos de Margaret, que ela estendeu para mim, e depois a puxei para mais perto, e nossos lábios se encostaram pela primeira vez.

Não dormi muito naquela noite. A Felicidade deitava-se de um dos meus lados na cama, e a Ansiedade do outro, sem deixar lugar para o Sono. Mas se, por um lado, eu estava tão ansioso, eu também sentia uma felicidade como nunca sentira antes, como nem sabia ser possível. A noite passou tão rapidamente que o amanhecer me pegou de surpresa, em vez de aparecer aos poucos, como é de seu feitio.

Antes das nove horas, eu estava em Kensington. Toda a ansiedade pareceu voar para longe, como uma nuvem, assim que vi Margaret e notei que a palidez em seu rosto já havia dado lugar ao rico frescor que eu conhecia. Ela me contou que seu pai havia dormido bem e que se juntaria a nós em breve.

— Inclusive — ela sussurrou —, acredito que meu querido e atencioso papai tenha ficado para trás de propósito, para que eu te encontrasse primeiro e ficássemos a sós!

Após o café da manhã, o Sr. Trelawny nos levou até o escritório, dizendo enquanto andava:

— Pedi a Margaret que se juntasse a nós.

Quando já estávamos sentados, ele falou em um tom sério:

— Disse-lhe ontem que íamos conversar um pouco. Atrevo-me a dizer que achou que seria sobre Margaret e o senhor. Correto?

— Sim, foi o que imaginei.

— Bem, meu rapaz, acertou. Margaret e eu trocamos algumas palavras e sei o que ela deseja.

Ele estendeu a mão. Após eu apertá-la com força e beijar Margaret, que havia arrastado sua cadeira para mais perto da minha, de modo que poderíamos ficar de mãos dadas enquanto escutávamos, ele continuou a falar, mas com certa hesitação (dificilmente poderia ser chamado de nervosismo) que era nova para mim:

— O senhor já sabe bastante da minha caça a essa múmia e a seus pertences; atrevo-me a dizer que já adivinhou boa parte de minhas teorias. Mas, de qualquer modo, as explicarei depois, concisa e categoricamente, se necessário for. O que quero saber do senhor é o seguinte: Margaret e eu discordamos em um ponto. Estou prestes a fazer um experimento; um experimento que coroará tudo que preparei durante vinte anos de pesquisa, perigo e trabalho. Por meio dele, talvez entendamos coisas que estiveram escondidas dos olhos e do conhecimento humano por séculos; por muitos séculos. Eu não quero que minha filha esteja presente; pois não posso ignorar o fato de que ele pode trazer perigo... grande perigo, de tipo desconhecido. Eu, por outro lado, já enfrentei grandes perigos deste mesmo tipo; assim como o corajoso estudioso que me auxiliou no trabalho. De minha parte, estou disposto a correr qualquer risco. Pois a ciência, a história e a filosofia podem se beneficiar disso; e poderemos virar uma antiga página de sabedoria desconhecida dessa época prosaica. Contudo, não aceito que minha filha corra tal risco. Sua jovem e brilhante vida é preciosa demais para se desperdiçar assim; ainda mais agora que ela está tão perto de uma nova felicidade. Não quero ver essa vida se esvaindo, tal qual a de sua mãe...

Sua voz falhou, e ele cobriu os olhos com as mãos. Em um segundo, Margaret estava ao lado dele, abraçando-o com força, beijando-o e consolando-o com palavras carinhosas. Então, ajeitando a postura e colocando uma mão sobre a cabeça dele, ela disse:

— Papai! Mamãe não te pediu para ficar ao lado dela, mesmo quando o senhor queria ir para aquela viagem ao Egito, com tantos perigos desconhecidos; mesmo aquele país estando perturbado de ponta a ponta com guerras e com os perigos que seguem as guerras. O senhor me disse como ela o deixou livre para ir aonde desejava; mesmo quando ela conhecia os perigos que o senhor correria e temia pelo senhor, o que é comprovado por isso daqui. — Ela levantou o pulso que trazia a cicatriz da qual parecia pingar sangue. — Agora, a filha dela fará a mesma coisa que ela deveria ter feito! — Então, virou-se para mim. — Malcolm, você sabe que eu te amo! Mas amar é confiar; e deve confiar em mim, na felicidade e no perigo! Nós dois devemos ficar ao lado de papai perante tais ameaças desconhecidas. Juntos superaremos isso; ou juntos falharemos; e juntos morreremos. É esse o meu desejo. O meu primeiro desejo para o homem que será meu marido! Não acha que, como filha, estou certa? Diga a papai o que acha!

Ela parecia uma rainha argumentando. Meu amor por ela crescia cada vez mais. Levantei-me, fui ao lado dela, peguei sua mão e disse:

— Sr. Trelawny! Neste assunto, Margaret e eu concordamos.

Ele pegou nossas mãos e as segurou com força. Em seguida, falou, muito emocionado:

— É o que a mãe dela teria feito!

O Sr. Corbeck e o Dr. Winchester chegaram exatamente na hora combinada e se juntaram a nós na biblioteca. Apesar de minha grande felicidade, senti que nossa reunião foi bastante solene. Pois eu não conseguia esquecer as coisas estranhas que haviam ocorrido; e a ideia das coisas estranhas que poderiam acontecer pairava sobre nós como uma nuvem pesada. Dada a seriedade de meus companheiros, supus que todos pensavam algo parecido.

Instintivamente, juntamos nossas cadeiras em círculo, ao redor do Sr. Trelawny, que estava na grande poltrona próxima à janela. Margaret sentou-se à sua direita, e eu me sentei ao lado dela. O Sr. Corbeck estava à esquerda da poltrona, e o Dr. Winchester estava do outro lado dele. Após alguns segundos de silêncio, o Sr. Trelawny disse ao Sr. Corbeck:

— O senhor contou todos os acontecimentos até então ao Dr. Winchester, como combinamos?

— Contei — ele respondeu, ao que o Sr. Trelawny falou:

— E eu contei a Margaret, então todos sabemos! — E, virando-se em direção ao doutor, perguntou: — E devo entender que o senhor, sabendo de tudo como nós, que acompanhamos o assunto por anos, deseja participar do experimento que esperamos conseguir fazer?

A resposta foi direta e firme:

— Claro! Oras, quando este assunto ainda era novo para mim, ofereci-me para acompanhá-lo até o fim. Agora que ele traz um interesse tão estranho, não o deixaria passar por nada neste mundo! Pode ficar tranquilo, Sr. Trelawny. Sou um cientista e um investigador de fenômenos. Não tenho ninguém ao meu lado ou que dependa de mim. Sou sozinho e livre para fazer o que quiser, inclusive de minha própria vida!

O Sr. Trelawny assentiu seriamente e, virando-se para o Sr. Corbeck, disse:

— Estou familiarizado com suas ideias já há muitos anos, meu amigo; então não preciso lhe perguntar nada. Quanto a Margaret e Malcolm Ross, eles já me disseram o que desejam, sem deixar espaço para dúvidas.

Ele fez uma pausa de alguns segundos, como se para organizar seus pensamentos ou suas palavras; então, começou a explicar suas visões e intenções. Falava com muita cautela, parecendo sempre manter em mente que alguns de nós que escutávamos éramos ignorantes quanto a própria raiz e natureza de algumas das coisas que ele abordava, explicando-as para nós à medida que falava:

— O experimento que está perante nós irá testar se existe ou não alguma força, alguma realidade, na antiga Magia. Não poderia haver condições mais favoráveis para tal teste; e é meu desejo que façamos tudo a nosso alcance para tornar o projeto inicial efetivo. Acredito piamente que existe um poder desses. Talvez não seja possível criá-lo, ordená-lo ou organizá-lo em nossa época; mas suponho que, se tal poder existiu nos Tempos Antigos, pode ser que tenha uma sobrevivência excepcional. Afinal, a Bíblia não é um mito; e lemos lá que o sol obedeceu aos comandos de um homem, e que um burro (o animal) falou. E se a Bruxa de Andor conseguiu chamar para Saul o espírito de Samuel, por que não poderiam existir outros com poderes assim? E por que um desses outros não poderia ter sobrevivido? De fato, contaram-nos no Livro de Samuel que a

Bruxa de Andor era uma de muitas, e que o fato dela ter sido escolhida por Saul foi acaso. Ele apenas procurou por uma pessoa dentre as muitas que ele havia banido de Israel; "Todos os que tinham Espíritos Familiares[12] e os Bruxos". Essa Rainha Egípcia, Tera, que governou quase dois mil anos antes de Saul, tinha um familiar e era uma bruxa também. É só ver como os sacerdotes do tempo dela, e os que vieram depois, tentaram apagar o nome dela da face da terra e colocaram uma maldição na porta da sua tumba, de modo que ninguém descobrisse o nome perdido. Ai! E conseguiram, de modo tal que até Mâneto, o historiador dos Reis Egípcios, ao escrever no século X antes de Cristo, com toda a história do sacerdócio estendendo-se por quarenta séculos antes dele e com a possibilidade de acessar todos os registros existentes, não encontrou o nome dela. Já lhes ocorreu, ao pensar nos eventos recentes, quem ou o que era o familiar dela?

Houve uma interrupção, pois o Dr. Winchester bateu uma mão na outra, fazendo um alto barulho, e gritou:

— O gato! O gato mumificado! Sabia!

O Sr. Trelawny sorriu para ele.

— O senhor está correto! Tudo indica que o familiar da Rainha Bruxa era o gato que foi mumificado junto a ela e não apenas foi colocado na tumba dela, mas no sarcófago, ao seu lado. Foi ele que mordeu meu pulso, que me cortou com suas garras afiadas.

Ele fez uma pausa. O comentário de Margaret foi o de uma menina:

— Então meu pobre Silvio é inocente! Ainda bem!

O pai acariciou os cabelos dela e prosseguiu:

— Essa mulher parece ter sido uma visionária. Ela viu muito, muito além de sua época e da filosofia de então. Parece ter visto através da fraqueza de sua própria religião e até se preparou para emergir em um mundo diferente. Todas as suas aspirações eram para o Norte, a ponta do compasso de onde vinham

---

12 Termo utilizado para se referir aos espíritos animais que acompanhariam as bruxas. Mais utilizado no contexto da mitologia da Europa Ocidental, mas, neste caso, empregado de forma genérica. (N.E.)

frescas e revigorantes brisas que alegram a vida. Desde um primeiro momento, a sua visão pareceu estar atraída pelas sete estrelas do Arado, dado o fato, como registrado nos hieróglifos de sua tumba, que, quando ela nasceu, um grande aerólito caiu, e do seu núcleo foi extraída a Joia das Sete Estrelas, que ela considerava o talismã de sua vida. Aparentemente, essa joia dominava seu destino de modo que todos os pensamentos e ações da rainha giravam ao redor dela. A Arca Mágica, tão maravilhosamente talhada com sete lados, como sabemos a partir da mesma fonte, veio do aerólito. Sete era um número mágico para ela, e isso não era surpresa alguma. Com sete dedos em uma mão e sete em um pé. Com o talismã de um rubi raro de sete estrelas na mesma posição que a constelação que influenciou seu nascimento, cada estrela tendo sete pontas (o que, em si, é uma maravilha geológica), estranho seria se ela não fosse atraída pelo sete. Novamente, aprendemos na Estela da tumba, ela nasceu no sétimo mês do ano, o mês no qual começava a Inundação do Nilo. A deusa que presidia esse mês era Hathor, a mesma deusa da casa dela, dos Antefs da linha Tebana; a deusa que, em suas várias formas, simboliza a beleza, o prazer e a ressurreição. Mais uma vez, neste sétimo mês (o qual, pela astronomia egípcia posterior, começava em 28 de Outubro e ia até 27 de nosso Novembro), no sétimo dia, a ponta do Arado sobe até depois da linha do horizonte no céu de Tebas.

"De um jeito maravilhosamente estranho, portanto, todas essas coisas estão agrupadas na vida dessa mulher. O número sete; a Estrela Polar, com a constelação de sete estrelas; a deusa do mês, Hathor, que era a deusa particular dela, a deusa de sua família, os Antefs da Dinastia Tebana, que era o símbolo do rei, cujas sete formas influenciam o amor e os prazeres da vida e da ressurreição. Se alguma vez houve uma base para magia; para o poder do simbolismo levado ao uso místico; para a crença em espíritos finitos em uma época que não se sabia do Deus Todo Poderoso, foi essa daqui.

"Lembrem-se também que essa mulher era habilidosa na ciência de seu tempo. Seu pai, sábio e cauteloso, certificou-se disso, sabendo que ela deveria ultimamente combater as intrigas da Hierarquia com a própria sabedoria. Não se esqueçam que foi no Antigo Egito que a ciência da Astronomia teve início e foi desenvolvida a níveis extraordinários; e que a Astrologia seguiu a Astronomia em seu progresso. É possível que, nos últimos avanços da ciência, no que diz respeito aos raios de luz, talvez descubramos que a Astrologia tem base científica. Nossa próxima onda de pensamento científico talvez tenha de lidar com isso. Tenho algo especial para que mantenham esse assunto em mente. Não se esqueçam que os egípcios sabiam ciências nas quais, hoje em dia, apesar de todos os nossos avanços, somos profundamente ignorantes. Acústica, por exemplo, uma ciência exata para os construtores dos templos de Karnak, de Luxor, das Pirâmides, é um mistério hoje para Bell, Kelvin, Edison e Marconi. Mais uma vez, esse povo milagroso provavelmente conhecia algum jeito prático de usar outras forças, dentre as quais as forças da luz que, no presente, sequer sonhamos em entender. Mas falarei disso depois. É provável que a Arca Mágica da Rainha Tera seja uma caixa mágica em mais de um jeito. Pode ser que ela contenha forças que não conhecemos. Não conseguimos abri-la; deve ser fechada de dentro. Como foi fechada, então? É uma arca de pedra sólida, de uma dureza surpreendente, mais como uma joia do que como mármore comum, e com uma tampa igualmente sólida; e, mesmo assim, é feita com tamanha fineza que nem a mais fina das ferramentas atuais pode ser inserida debaixo da vedação. Como ela foi feita com tanta perfeição? Como a pedra foi escolhida de modo que os pedaços translúcidos correspondessem à ordem das sete estrelas da constelação? Como ou por que quando a luz das estrelas brilha sobre ela, ela irradia um brilho vindo de dentro, de modo que, quando eu organizo os abajures em ordem similar, o brilho aumenta ainda mais; e, ainda assim, a caixa não responde à luz comum, não importa quão forte? Digo-lhe que a caixa esconde algum grande mistério da ciência. Descobriremos que a luz irá abri-la de algum jeito; seja por chegar a alguma substância que seja sensível de alguma maneira peculiar a seu efeito ou por liberar algum grande poder. Tenho confiança que, em nossa ignorância, não faremos alguma confusão de modo a estragar o mecanismo; e, deste modo, privar nossa época dos conhecimentos de uma lição que nos foi passada, como que por milagre, através de quase cinco mil anos.

"Por outro lado, também pode ser que haja segredos escondidos nessa caixa que, para o bem ou para o mal, poderão iluminar o mundo. Sabemos e inferimos dos registros que os egípcios estudaram as propriedades das ervas e dos minerais para propósitos mágicos (para magia branca, bem como para a negra). Sabemos que alguns bruxos antigos conseguiam induzir, no sono, sonhos de qualquer tipo. Que isso era principalmente causado pela hipnose, que era outra arte ou ciência do Antigo Nilo, não tenho dúvidas. Ainda assim, pode ser que eles tenham tido um domínio das drogas que vai além de tudo que conhecemos. Com nossa própria farmacopeia, podemos, até um certo ponto, induzir sonhos. Podemos até diferenciar entre sonhos bons e ruins; sonhos prazerosos ou perturbadores e aflitivos. Mas esses antigos praticantes pareciam ser capazes de comandar ao bel-prazer qualquer forma ou cor de sonho; conseguiam trabalhar com qualquer assunto ou pensamento de quase qualquer forma que lhes fosse solicitado. Naquela arca, que já devem ter visto, pode ser que haja um arsenal de sonhos. Na verdade, algumas das forças que estão lá dentro podem já ter sido usadas em minha casa."

Mais uma vez, o Dr. Winchester o interrompeu:

— Mas se, no caso do senhor, essas forças aprisionadas foram usadas, o que as libertou no momento oportuno, ou como o fez? Além disso, o senhor e o Sr. Corbeck já estiveram em um transe por três dias inteiros, quando estiveram na tumba da rainha pela segunda vez. E, pelo que entendi da história do Sr. Corbeck, a arca não estava na tumba naquele momento, mas a múmia, sim. Decerto, em ambos os casos havia alguma inteligência ativa desperta, e com algum outro poder para utilizar.

A resposta do Sr. Trelawny foi igualmente direta:

— Havia, sim, alguma inteligência ativa desperta. Estou convencido disso. E ela utilizava um poder que nunca lhe falta. Acredito que, em ambas as ocasiões, hipnose foi esse poder.

— E onde esse poder está contido? Qual sua visão sobre o assunto? — A voz do Dr. Winchester vibrava com a intensidade de sua animação, no que ele se inclinava para frente, sua respiração pesada e seus olhos fixos.

O Sr. Trelawny respondeu solenemente:

— Na múmia da Rainha Tera! Eu estava chegando lá. Talvez seja melhor esperarmos até eu descobrir um pouco mais. O que sei é que a caixa foi preparada para uma ocasião especial; como, de fato, eram todas as preparações da tumba e de tudo que a ela pertencia. A Rainha Tera não se deu ao trabalho de se proteger contra cobras e escorpiões naquela tumba de pedra talhada na íngreme face de um penhasco, trinta metros acima do nível do vale e quinze abaixo do cume. Ela se protegeu contra as perturbações de mãos humanas; contra a inveja e ódio dos sacerdotes que, caso soubessem dos reais objetivos dela, tentariam impedi-los. Do ponto de vista dela, ela deixou tudo pronto para quando ressuscitasse, independentemente de quando isso ocorresse. Entendo, a partir das imagens simbólicas na tumba, que ela discordava das crenças de sua época, pois buscava pela ressurreição na carne. Sem dúvidas, isso intensificou o ódio do sacerdócio e lhes deu uma causa aceitável para obliterar a presença, no presente e no futuro, daquela que havia ultrajado suas teorias e blasfemado contra seus deuses. Tudo que ela poderia precisar, seja ao conseguir ressuscitar ou depois disso, estava contido naquele conjunto de câmaras quase que hermeticamente selado nas pedras. No grande sarcófago, que sabem que é de um tamanho incomum mesmo para reis, estava a múmia do familiar dela, o gato, que, pelo tamanho, suponho que fosse alguma espécie de gato-tigre. Na tumba, também em um receptáculo resistente, estavam os vasos canópicos que continham os órgãos internos, que são embalsamados separadamente, mas que, naquele caso, estavam vazios. Entendo, assim, que houve no caso dela um desvio no embalsamamento; e os órgãos foram devolvidos ao corpo, cada qual em seu lugar apropriado (se é que foram retirados em algum momento). Se isso for verdade, descobriremos que o cérebro da rainha ou nunca foi retirado, como é comum, ou, caso tenha sido, que foi devidamente devolvido, em vez de estar fechado nas bandagens da múmia. Por fim, no sarcófago havia a Arca Mágica, sobre a qual os pés dela descansavam. Notem também o cuidado que foi tomado para preservar o poder dela de controlar os elementos. De acordo com a crença dela, a mão aberta e externa às bandagens controlava o Ar, e a estranha joia com as estrelas brilhantes, o Fogo. O simbolismo inscrito nas solas dos pés dela controlavam a Terra e a Água. Quanto à Pedra da Estrela, falarei depois; mas, enquanto falamos do sarcófago, notem como ela guardou seu segredo, caso destruíssem sua cova ou a invadissem. Ninguém poderia abrir sua Arca Mágica sem as lamparinas, pois sabemos que luzes comuns não surtem efeito. A grande tampa do sarcófago não foi selada como os sarcófagos costumam ser, pois ela desejava controlar o ar. Mas ela escondeu as lamparinas, cujas estruturas pertencem à Arca Mágica, em um lugar onde ninguém poderia encontrá-las, senão seguindo um guia secreto que ela havia reservado apenas para os olhos dos sábios; e mesmo assim ela as guardou contra a descoberta ao acaso, preparando uma armadilha mortal para o explorador descuidado. Para isso, ela aplicou a lição da tradição do vingativo guarda dos tesouros da pirâmide construída por seu grande predecessor da Quarta Dinastia do trono do Egito.

"Notaram, suponho, como havia, no caso da tumba, certos desvios das regras comuns. Por exemplo, o poço da cova da múmia, que normalmente é preenchido até o topo com pedras e lixo, foi deixado aberto. Por quê? Suponho que ela havia se planejado para sair da tumba quando, após sua ressurreição, seria uma nova mulher, com uma personalidade diferente, menos ferida pelas dificuldades de sua primeira existência. Até onde podemos julgar a intenção dela, todas as coisas necessárias para sua saída para o mundo foram levadas em consideração, até a corrente de ferro, como descrita por Van Huyn, perto da pedra da porta, com a qual ela poderia descer ao chão. Pela escolha de material, é possível supor que ela esperava que um longo período se passasse. Uma corda normal se tornaria fraca ou pouco segura com o tempo, mas ela imaginou, corretamente, que o ferro resistiria.

"Quais eram as intenções dela uma vez que pudesse andar em terreno aberto, não sabemos; e nunca saberemos, a menos que os lábios mortos dela se suavizem e falem."

CAPÍTULO XV

O Objetivo da Rainha Tera

— Agora, quanto à Joia Estrelada! Ela claramente a considerava o maior de seus tesouros. Nela, gravou palavras que ninguém de sua época tinha coragem de dizer.

"Na antiga crença egípcia, dizia-se que havia palavras que, se usadas do jeito certo (pois o modo de falá-las era tão importante quanto as palavras em si), poderiam comandar os Lordes dos Mundos Superiores e Inferiores. O '*hekau*', ou palavra de poder, era de suma importância em certo ritual. Na Joia das Sete Estrelas, na qual, como sabemos, está talhada a imagem de um escaravelho, estão talhados em hieróglifos dois desses *hekaus*, um em cima, outro embaixo. Mas entenderão melhor se verem! Esperem aqui! Não se mexam!"

Nisso, ele se levantou e saiu do quarto. Senti um grande medo por ele; mas, de algum modo estranho, aliviei-me da sensação ao olhar para Margaret. Sempre que havia qualquer possibilidade de perigo para o pai, ela demonstrara temer por ele; mas agora estava calma e plácida. Não disse nada, apenas esperei.

Em dois ou três minutos, o Sr. Trelawny retornou. Ele trazia consigo uma caixinha dourada, que, assim que se sentou, colocou na mesa à sua frente. Todos nos inclinamos para frente quando ele a abriu.

Sobre um pano de cetim branco estava um maravilhoso e imenso rubi, quase tão grande quanto a falange superior do mindinho de Margaret. Ele estava talhado – pois achava difícil que aquela fosse a forma natural dela, mas joias não mostram os trabalhos de ferramentas – no formato de um escaravelho, com as asas dobradas e as pernas e antenas pressionadas contra as laterais do corpo. Brilhando através de sua maravilhosa cor de "sangue de pombo" estavam sete estrelas diferentes, cada qual com sete pontas, em posição tal que reproduziam com exatidão a imagem do Arado. Ninguém que já tenha visto a constelação seria capaz de não a notar ali. Havia também na joia algumas figuras de hieróglifos, talhadas com a mais impressionante precisão, como pude ver quando foi minha vez de usar a lupa que o Sr. Trelawny tirou de seu bolso e nos entregou.

Quando todos nós a vimos por inteiro, o Sr. Trelawny a virou de modo que o escaravelho ficasse de costas, sobre uma cavidade feita para apoiar a metade superior da caixa. O lado oposto não era menos maravilhoso do que o de cima, sendo talhado para lembrar a parte de baixo de um besouro. Ali também havia alguns hieróglifos talhados. O Sr. Trelawny retomou sua fala enquanto todos nos sentávamos com as cabeças próximas a esta maravilhosa joia:

— Como podem ver, há dois mundos: um na parte superior e outro na parte inferior. Os símbolos na parte superior representam uma única palavra, composta de uma sílaba prolongada, com seus determinantes. Todos vocês sabem, suponho, que a escrita egípcia era fonética, e que o hieróglifo representa o som. O primeiro símbolo aqui, a enxada, significa "mer", e as duas elipses com pontas são a prolongação do "r" final: "mer-r-r". A figura sentada com a mão no rosto é o que chamamos de "determinante" do "pensamento"; e o rolo de papiro, de "abstração". Assim, temos a palavra "mer", amor, em seu sentido mais completo, abstrato e geral. Esse é o *hekau* que pode comandar o Mundo Superior.

Foi com uma expressão gloriosa que Margaret disse, em um tom grave, baixo e ressonante:

— Ah, é isso mesmo. Como os trabalhadores antigos adivinharam a verdade onipotente!

Então seu rosto corou bastante, e seus olhos se viraram para o chão. Seu pai sorriu amorosamente para ela e prosseguiu:

— O simbolismo da palavra no verso é mais simples, ainda que o significado seja mais obscuro. O primeiro símbolo significa "men", "permanência", e o segundo, "ab", "coração". Assim, temos "permanência do coração" ou, em nossa língua, "paciência". E esse é o *hekau* para controlar o Mundo Inferior!

Ele fechou a caixa e gesticulou para que todos permanecêssemos ali enquanto ele voltava para o quarto para recolocar a joia no cofre. Quando voltou e se sentou novamente, prosseguiu:

— Aquela joia, com suas palavras místicas e a qual a Rainha Tera segurava em sua mão no sarcófago, era um fator importante (talvez o mais importante) na realização do ato de sua ressurreição. Desde o primeiro momento, pareci perceber isso como se por instinto. Mantive a joia em meu cofre, de onde ninguém poderia retirá-la; nem mesmo a própria Rainha Tera em seu corpo astral.

— O corpo "astral" dela? O que é isso, papai? O que quer dizer? — Havia um entusiasmo na voz de Margaret quando ela fez essa pergunta que me surpreendeu um pouco; mas Trelawny abriu um sorriso indulgente de pai, que ultrapassou seu sorriso amarelo e solene como luz do sol por uma nuvem partida, e respondeu:

— O corpo astral, que é uma parte da crença budista, muito subsequente à época da qual falo, e que é um fato aceito do misticismo moderno, surgiu no Antigo Egito; ao menos até onde sabemos. Resume-se ao indivíduo com o dom de poder, à vontade, de modo tão rápido quanto o próprio pensamento, transferir o corpo para qualquer lugar que queira, pela dissolução e reencarnação das partículas. Na crença antiga, havia várias partes de um ser humano. É até melhor que saibam quais são, para que entendam assuntos relacionados a elas ou dependentes delas à medida que ocorrerem.

"Primeiro temos 'Ka', ou 'Duplo', como o Dr. Budge explica, que pode ser definido como 'uma individualidade abstrata da personalidade', imbuída de todos os atributos característicos do indivíduo que representa e que possui uma existência completamente independente. Esta seria livre para se mover para qualquer lugar da Terra à vontade; e poderia entrar no Paraíso e conversar com os deuses. Depois, temos o 'Ba', ou 'alma', que estaria dentro do 'Ka' e teria o poder de se tornar corpóreo ou incorpóreo à vontade; 'tinha conteúdo e forma... Tinha o poder de deixar a tumba... Podia revisitar o corpo na tumba... e poderia reencarná-lo e conversar com ele'. Havia 'Akh', a 'inteligência espiritual' ou 'espírito'. Ele se manifestava como 'algo brilhante, luminoso, intangível no formato do corpo'... E, depois, tínhamos o 'Sekhem', ou 'poder' do homem, seu vigor ou força vital personificados. Eram os 'Khaibit', ou 'sombras', o 'Ren', ou 'nome', o 'Khat', ou 'corpo físico', e 'Ab', o coração, o qual guardava a vida e formava um homem por completo.

"Assim, vê-se que, se essa divisão de funções espiritual e física, etérea e corpórea, ideal e material, for aceita como exata, então passam a existir todas as possibilidades e capacidades de transferência corpórea, guiada sempre por uma vontade ou inteligência incapaz de ser detida."

Ele fez uma pausa e, neste momento, murmurei um trecho de *Prometeu Desacorrentado,*[13] de Shelley:

"O grande Zaratustra...

Deparou-se com si mesmo ao caminhar pelo jardim."

O Sr. Trelawny não se chateou:

— Precisamente! — ele disse de seu jeito quieto. — Shelley tinha uma compreensão das crenças antigas melhor do que qualquer um de nossos poetas.

Com a voz alterada mais uma vez, ele resumiu sua palestra, pois era assim que alguns de nós considerávamos tal fala:

— Há outra crença no Egito antigo que devem manter em mente; ela diz respeito às figuras *shabtis* de Osíris, que eram colocadas junto aos mortos para fazerem seus trabalhos no Mundo Inferior. Essa ideia cresceu, tornando-se a crença de que era possível transmitir, por meio de fórmulas mágicas, a alma e as qualidades de qualquer criatura viva para uma figura feita à sua imagem. Isso daria uma terrível extensão de poder para aqueles com dons sobrenaturais.

"Foi a partir da união de várias dessas crenças, além de seus corolários naturais, que cheguei à conclusão de que a Rainha Tera pretendia ser capaz de causar a própria ressurreição quando, onde e como quisesse. Que ela já tinha em vista uma época definida para fazer seus esforços é não apenas possível, como provável. Não irei parar agora para explicar isso, mas entrarei no assunto mais tarde. Com a alma estando com os deuses, um espírito que poderia vagar pela terra à vontade, um poder de transferência corpórea ou um corpo astral, não, ela não precisaria colocar limites em sua ambição. A crença que nos é imposta é que, durante esses quarenta ou cinquenta

---

13 Drama lírico publicado em 1820, considerado um clássico da literatura britânica. Nele, é contada a história de Prometeu, figura mitológica grega que desafia os deuses ao dar fogo à humanidade, sendo condenado ao castigo eterno. (N.E.)

séculos, ela ficou dormente em sua tumba... aguardando. Aguardando com tamanha 'paciência' que poderia dominar os deuses do Mundo Inferior, por aquele 'amor' que poderia comandar os do Mundo Superior. Com o que ela talvez tenha sonhado, não sabemos; mas seus sonhos devem ter sido interrompidos quando o explorador holandês entrou em sua caverna esculpida, e o seguidor dele violou a sagrada privacidade de sua tumba com sua rude ousadia de roubar a mão dela.

"Este roubo, bem como tudo que seguiu, prova-nos uma coisa, contudo: que cada parte de seu corpo, ainda que separada do resto, pode ser um ponto central ou de junção para os itens ou partículas de seu corpo astral. A mão em meu quarto pode garantir a presença instantânea dela em carne e osso, bem como sua rápida dissolução.

"Agora, a cereja no topo de meu argumento: o objetivo do ataque contra mim era conseguir abrir o cofre, de modo a extrair a Joia das Sete Estrelas. A imensa porta do cofre não conseguia impedir a entrada de seu corpo astral, que, completo ou em partes, poderia se reconstruir tanto dentro quanto fora do cofre. E não duvido que, na escuridão da noite, a mão mumificada com frequência buscasse a joia do talismã, inspirando-se novamente ao tocá-la. Mas, apesar de todo seu poder, o corpo astral não conseguia remover a joia pelas fendas do cofre. O rubi não é astral; e só poderia ser movido do jeito convencional, abrindo-se as portas. Para tanto, a rainha usou seu corpo astral e o feroz poder de seu familiar para trazer à fechadura do cofre a chave-mestra que a separava de seu desejo. Por anos, suspeitei... não, acreditei nisso; e, por isso, protegi-me também contra os poderes do Mundo Inferior. Eu também esperei pacientemente até ter juntado todos os fatores necessários para abrir a Arca Mágica e poder ressuscitar a rainha mumificada!"

Ele fez uma pausa, e a voz de sua filha soou doce e clara, cheia de um sentimento intenso:

— Papai, na crença egípcia, o poder de ressurreição de um corpo mumificado era geral ou limitado? Ou seja, ele poderia ressuscitar muitas vezes no decorrer dos anos, ou apenas uma, sendo esta a final?

— Apenas uma — ele respondeu. — Havia quem acreditasse que essa era uma ressurreição definitiva do corpo no mundo real. Mas, na crença comum, o Espírito encontrava alegria nos Campos Elíseos, onde havia alimento abundante e não havia medo ou fome. Onde havia água e plantas de raízes profundas, e todas as alegrias que o povo de uma terra árida e clima ardente esperaria.

Então, Margaret falou com uma seriedade que mostrava a convicção mais interna de sua alma:

— A mim, então, é dado o conhecimento de qual era o sonho dessa poderosa, inteligente moça de alma elevada; o sonho que manteve sua alma aguardando pacientemente por sua materialização, através de todas essas dezenas de séculos. O sonho de um amor que pode acontecer; um amor que ela sentiu que, mesmo sob novas condições, ela mesma poderia evocar; o amor que é o sonho da vida de toda mulher; dos tempos Antigos e Novos; Pagãs ou Cristãs; sob qualquer sol; em qualquer patamar ou vocação; independentemente de como tenha sido a alegria ou as dores da sua vida em outros aspectos. Ah! Já sei! Já sei! Sou mulher e conheço o coração feminino. O que foi a falta de comida ou sua abundância; o que foram os banquetes ou a escassez à essa mulher que nasceu em um palácio com a sombra da Coroa dos Dois Egitos sobre sua cabeça! O que eram pântanos cobertos de juncos ou o tilintar da água corrente para ela, cujas embarcações poderiam passar pelo Nilo, das montanhas ao mar. O que eram insignificantes alegrias e a ausência de insignificantes medos para ela, que com o levantar de uma mão comandava exércitos ou atraía às escadas de seu palácio os comércios do mundo! Que, com sua palavra, levantava templos e os enchia com a beleza artística dos Tempos Antigos, os quais era seu propósito e prazer restaurar! Que, sob o comando da qual, a pedra sólida se abriu na sepultura planejada por ela mesma!

"Decerto, decerto, alguém assim tinha sonhos mais nobres! Sinto-os em meu coração; posso vê-los ao fechar os olhos para dormir!"

Enquanto ela falava, parecia tomada por inspiração; e seu olhar estava distante, como se ela visse algo além da mera visão mortal. Então, os profundos olhos se encheram de lágrimas cheias de emoção. A própria alma daquela mulher parecia estar falando em sua voz; e nós, ali sentados, ouvíamos como que em transe.

— Posso vê-la na solidão e no silêncio de seu poderoso orgulho, sonhando os próprios sonhos de coisas muito diferentes das que existem ao seu redor. Sonhos de outra terra, muito, muito distante, sob o dossel da noite silenciosa, iluminada pela bela e fresca luz das estrelas. Uma terra sob aquela estrela do Norte, de onde sopram os doces ventos que resfriavam o febril ar do deserto. Uma terra muito, muito distante, coberta por vegetação. Onde não existem tramas e sacerdotes malignos, cujos ideais eram os de liderar o poder através de templos sombrios e ainda mais sombrias cavernas dos mortos, por um infinito ritual de morte! Uma terra onde o amor não era a base, mas uma possessão divina da alma! Onde pode haver uma alma gêmea que falaria com ela por lábios mortais como os dela; cujo ser poderia se misturar ao dela em uma doce comunhão de almas, enquanto suas respirações se confundem no ar ambiente! Conheço a sensação, eu mesma a senti. Posso falar disso agora, já que a bênção chegou à minha vida. Posso falar disso já que me permite interpretar os sentimentos, a vontade da alma da doce e amável rainha, tão diferente do que a rodeava, tão maior do que seu tempo! Ela, cuja natureza, em poucas palavras, poderia controlar as forças do Mundo Inferior; e cujo nome de suas aspirações, ainda que gravados em uma joia iluminada por estrelas, poderia comandar todos os poderes do Panteão dos Altos Deuses.

"Ao realizar tal sonho, ela com certeza ficará satisfeita e descansará!"

Nós, homens, sentamo-nos em silêncio enquanto aquela jovem apresentava sua poderosa interpretação dos planos ou objetivo da antiga mulher. Cada palavra dela, bem como seu tom, carregava a convicção na própria crença. O modo como seus pensamentos eram sublimes pareceu nos elevar também à medida que escutávamos. Suas palavras nobres, fluindo com uma cadência musical e vibrante em sua força interna, pareciam vir de algum poderoso instrumento de poder elemental. Até sua entonação era nova para nós; de modo que ouvíamos como a um novo e estranho ser vindo de um novo e estranho mundo. A expressão de seu pai era de puro deleite. Agora eu sabia por quê. Eu entendia que a felicidade que havia surgido em sua vida, ao retornar para o mundo que ele conhecia após a prolongada estadia no mundo dos sonhos. Encontrar em sua filha, cuja natureza ele desconhecia até então, tamanha riqueza de afeição, tal esplendor de introspecção espiritual, tal imaginação erudita, tal... O resto desse sentimento era esperança!

Os dois outros homens estavam inconscientemente calados. Um já teve seus sonhos; para o outro, os sonhos estavam por vir.

Quanto a mim, era como se eu estivesse em um transe. Quem era este ser novo e radiante que conquistara a existência através da névoa e da escuridão de nossos medos? O amor guarda possibilidades divinas para o coração do amante! As asas da alma podem se expandir a qualquer momento dos ombros do receptáculo de tal amor, que tomará, então, a forma de um anjo. Eu sabia que havia muitos tipos de possibilidades divinas na natureza de minha Margaret. Quando, sob a sombra do salgueiro que pendia sobre nossas cabeças no rio, eu contemplei a profundidade de seus lindos olhos, passei, a partir dali, a acreditar piamente nas múltiplas belezas e excelências de sua natureza; mas este espírito elevado e compreensivo era, de fato, uma novidade. Meu orgulho, tal qual o do pai dela, mal cabia em mim; minha felicidade e arrebatamento eram completos e supremos!

Quando todos voltamos de nossos devaneios, cada qual de seu jeito, o Sr. Trelawny, segurando a mão de sua filha, continuou sua fala:

— Agora, quanto à época na qual a Rainha Tera tinha a intenção de ressuscitar! Estamos em contato com alguns dos mais elevados cálculos astronômicos conectados à real orientação. Como sabem, as estrelas mudam suas posições relativas no céu; mas, apesar das distâncias reais viajadas estarem aquém da compreensão ordinária, os efeitos que vemos são muito pequenos. Além disso, não são suscetíveis de serem medidos em um intervalo de anos, mas de séculos. Foi assim que Sir John Herschel chegou à data de construção da Grande Pirâmide; uma data à qual chegou por meio do tempo necessário para a estrela do verdadeiro Norte mudar de Draconis para a Estrela Polar e que, desde então, foi confirmada por descobertas posteriores. A partir disso, não há como ter dúvida alguma de que a astronomia já fora uma ciência exata para os egípcios por pelo menos mil anos antes dos tempos da Rainha Tera. Agora, as estrelas que formam uma constelação mudam, com o tempo, suas posições relativas, e o Arado é um exemplo notável. As mudanças de posição das estrelas mesmo em quarenta séculos são tão pequenas que dificilmente podem ser percebidas por olhos não acostumados a observações minuciosas, mas podem ser medidas e verificadas. Qualquer um dos aqui presentes notaram quão precisamente as estrelas no rubi correspondiam à posição das estrelas no Arado? Ou como ele tem os mesmos lugares translúcidos que a Arca Mágica?

Todos assentimos. Ele prosseguiu:

— Estão corretos. A correspondência é exata. E, ainda assim, quando a Rainha Tera foi colocada em sua tumba, nem as estrelas da joia, nem os pontos translúcidos da arca correspondiam à posição das estrelas da Constelação como estavam à época!

Nos entreolhamos; ele fez uma nova pausa: uma nova noção pairava sobre nós. Com um quê de dominância em sua voz, ele prosseguiu:

— Não entendem o que isso significa? Isso não esclarece a intenção da rainha? Ela, que foi guiada por augúrio, mágica e superstição, naturalmente escolheu uma época para sua ressurreição que parece ter sido apontada pelos próprios Altos Deuses, que mandaram suas mensagens de outros mundos por meio de um raio. Tendo tal época sido decidida por sabedoria suprema, não seria o auge da sabedoria humana se aproveitar disso? Portanto — (neste ponto, a voz dele ficou mais grave e tremeu com a intensidade de seus sentimentos.) —, foi dado a nós e a nosso tempo a oportunidade deste maravilhoso vislumbre no mundo antigo, privilégio ao qual mais ninguém teve acesso e ao qual talvez nunca mais teremos.

"Da primeira à última escrita e simbologia da maravilhosa tumba que abriga aquela maravilhosa mulher é cheia de luzes que nos guiam; e a chave para muitos dos mistérios está naquela maravilhosa joia que ela segurava em sua mão morta sobre seu coração morto, no qual ela cria e tinha esperança de que voltaria a bater em um mundo novo e mais nobre!

"Há apenas algumas pontas soltas que devemos levar em consideração agora. Margaret nos providenciou a verdadeira essência dos sentimentos da outra rainha!"

Ele olhou para ela com carinho e acariciou sua mão enquanto prosseguia:

— De minha parte, sinceramente espero que ela esteja certa; pois em tal caso será um prazer, estou certo disso, para todos nós auxiliarmos na concretização da esperança. Mas não devemos ir rápido demais ou acreditar demais no que sabemos até agora. A voz à qual damos ouvidos vem de tempos estranhamente distintos do nosso; quando a vida humana não tinha muito valor e quando a moralidade do tempo não se importava com a remoção de obstáculos para alcançar um desejo. Devemos manter nossos olhos presos ao lado científico e aguardar por desenvolvimentos no lado psíquico.

"Agora, quanto à esta caixa de madeira, que chamamos de Arca Mágica: como eu disse, estou convencido que sua abertura obedece a algum princípio da luz ou a algum exercício de algumas das forças que ainda desconhecemos. Há muita base para conjecturas e para experimentos; pois, até agora, os cientistas ainda não destrincharam as diferenças dos tipos, poderes e graus de luz. Sem analisar os vários raios, podemos, acho, supor que há diferentes qualidades e poderes inerentes à luz; e este grande campo de investigação científica é quase não explorado. Sabemos ainda tão pouco sobre as forças naturais, que a imaginação não precisa se conter ao considerar as possibilidades do futuro. Num período de poucos anos, fizemos tantas descobertas que os cientistas de dois séculos atrás nem acreditariam. A liquefação do oxigênio; a existência dos elementos rádio, hélio, polônio, argônio; as diferentes forças dos raios catódicos de Röntgen e de Bequerel. E agora podemos finalmente provar que há diferentes tipos e características da luz, de modo que podemos descobrir que a combustão talvez tenha as próprias forças de diferenciação; que há características de algumas chamas que não estão presentes em outras. Pode ser que algumas das condições essenciais da substância sejam contínuas, mesmo durante a destruição de suas bases. Estava pensando nisso na noite passada, e ponderando que há certas características em alguns óleos que não estão presentes em outros, de forma que pode haver algumas qualidades ou poderes que sejam similares ou correspondentes nas combinações de cada um. Suponho que todos aqui já notamos que a luz gerada pelo óleo de canola não é a mesma da parafina, ou que as chamas do gás do carvão e do óleo de baleia são diferentes. É possível ver isso nos faróis! De uma só vez me ocorreu que talvez exista alguma virtude especial no óleo encontrado nos jarros da tumba da Rainha Tera. Eles não foram usados para preservar os intestinos, como era usual, então devem ter sido colocados lá com outro propósito. Lembro-me que, na narrativa de Van Huyn, ele comentou que os jarros estavam selados. Era uma selagem leve, ainda que efetiva; podiam ser abertos sem força. Os jarros em si estavam preservados em um sarcófago, e, apesar de estarem selados com força e hermeticamente, puderam ser abertos com facilidade. Por isso, fui de imediato examinar os jarros. Havia sobrado um pouquinho, bem pouquinho, do óleo, mas este engrossara nos dois séculos e meio desde a abertura dos jarros. Ainda assim, não estava podre; ao examiná-lo, descobri que era óleo de cedro, e que ainda exalava um odor semelhante ao original. Isso me deu a ideia de que seria usado para acender as lamparinas. Quem quer que tivesse colocado o óleo nos jarros e os jarros no sarcófago sabia que talvez o óleo diminuísse com o passar do tempo, mesmo em jarros de alabastro, e deu espaço para permitir que isso ocorresse; pois cada um dos jarros teria sido suficiente para encher as lamparinas meia dúzia de vezes. Com parte do óleo que restou, fiz alguns experimentos que poderiam ter resultados úteis. O senhor sabe, doutor, que o óleo de cedro, que era muito usado na preparação e cerimoniais dos mortos egípcios, tem um poder refrativo que não é encontrado em outros óleos. Por exemplo, podemos usá-lo nas lentes de microscópios para deixar a visão mais límpida. Noite passada, coloquei um pouco em algumas das lamparinas e as coloquei perto de uma das partes translúcidas da Arca Mágica. O efeito foi ótimo; o brilho da luz interior era mais cheio e intenso do que eu jamais teria imaginado, enquanto a luz elétrica na mesma posição tinha pouco efeito, quando muito. Eu deveria ter tentado com as outras sete lamparinas, mas fiquei sem óleo. No entanto, estou no caminho para retificar isso. Fiz um pedido de mais óleo de cedro e espero que chegue logo um suprimento amplo.

O que quer que ocorra por conta de outros aspectos, nosso experimento não irá, de modo algum, falhar por causa disso. Veremos! Veremos!"

O Dr. Winchester claramente estava seguindo o processo lógico da mente daquele homem, pois comentou:

— Espero que, quando a luz for efetiva para abrir a caixa, o mecanismo não fique danificado ou seja destruído.

A dúvida levantada por essa interessante observação deixou alguns de nós ansiosos.

CAPÍTULO XVI

A Caverna

Durante o começo da noite, o Sr. Trelawny levou todo o grupo de volta ao escritório. Quando estávamos todos atentos, ele começou a revelar seus planos:

— Cheguei à conclusão de que, para que aquele que iremos chamar de nosso Grande Experimento corra bem, devemos estar em absoluto e completo isolamento. Isolamento não apenas por um dia ou dois, mas por quanto tempo for necessário. Tal feito seria impossível aqui; as necessidades e hábitos de uma cidade grande, com suas típicas possibilidades de interrupções iriam, ou poderiam, nos atrapalhar bastante. Telegramas, cartas registradas ou correio prioritário seriam, por si, suficientes; mas o forte exército daqueles que querem conseguir algo seriam receita certa para o desastre. Além disso, as ocorrências da semana passada atraíram a atenção da polícia para esta casa. Mesmo se a Scotland Yard ou a Delegacia do Distrito ainda não tenham emitido ordens especiais para ficar de olho no que acontece aqui, podem ter certeza que policiais sozinhos, fazendo rondas, nos manterão sob atenta observação. Ademais, os empregados que se demitiram logo vão começar a falar. Eles têm de fazê-lo; pois precisam apresentar, pelo bem da própria reputação, algum motivo para terem se demitido de um serviço que, devo dizer, tinha uma posição favorável na vizinhança. Os empregados dos vizinhos abrirão a boca e, talvez, até mesmo os próprios vizinhos. Assim, a ativa e inteligente imprensa irá, com seu zelo de sempre pelo esclarecimento do público e suas atenções especiais para aumento de circulação, tomar conta do assunto. Com um repórter no nosso encalço, não será impossível manter a privacidade. Mesmo se nos trancássemos aqui dentro, não nos livraríamos da interrupção, talvez até de uma invasão. Qualquer um dos casos arruinaria nossos planos e, portanto, devemos tomar medidas para sairmos daqui, levando todo nosso equipamento conosco. Estou preparado para isso. Por muito tempo previ uma possibilidade assim e tomei previdências para isso. Claro, eu não tinha como prever os acontecimentos dos últimos dias; mas sabia que alguma coisa iria acontecer. Por mais de dois anos, minha casa em Cornwall foi preparada para receber todas as regalias que estão preservadas aqui. Quando Corbeck saiu em busca das lamparinas, eu já preparara a velha casa de Kyllion; ela é munida de luz elétrica em todos os cômodos e todos os aparelhos que emitem luz estão funcionando. É melhor que eu lhes diga – pois nenhum de vocês, nem mesmo Margaret, sabe disso – que a casa está completamente fora do acesso público e de vista. Fica em um pequeno promontório cheio de pedras que fica atrás de uma colina íngreme e, exceto do mar, não é possível vê-la. Há muito tempo ela é cercada por um alto muro de pedra, pois a casa que a precedeu foi construída por um de meus ancestrais nos dias em que uma grande casa longe do centro precisava estar preparada para se defender. Aquele, então, é um lugar tão propício a nossas necessidades, tanto que poderia até ter sido feita de propósito. Explicarei tudo quando estivermos lá. Não levará muito tempo, pois nosso movimento já está em curso. Mandei avisar Marvin de que ele deveria organizar nosso transporte. Ele deve conseguir um trem especial, que deve partir durante a noite, para evitar que sejamos notados. Não só isso, como este também tem vários vagões e carrinhos de pedra, com homens e materiais suficientes para levar todas as nossas bagagens a Paddington. Partiremos antes que um repórter atento dê as caras. Começaremos hoje a empacotar nossas coisas; e acho que estaremos prontos até a noite de amanhã. Nas dependências da casa tenho todas as malas que foram usadas para trazer coisas do Egito, e alegra-me dizer que elas foram suficientes para a jornada através do deserto e pelo Nilo abaixo, até Alexandria, seguindo de lá até Londres; assim, serão o suficiente para nós entre aqui e Kyllion. Nós quatro, com Margaret para nos trazer os materiais dos quais precisarmos, conseguiremos empacotar tudo com segurança; e empregados levarão nossa bagagem para os vagões de carga.

“Hoje os empregados irão para Kyllion e a Sra. Grant fará os preparativos necessários. Ela levará um estoque de itens essenciais com ela, de modo que não tenhamos que chamar atenção dos locais com nossas necessidades diárias e ainda tenhamos comidas perecíveis de Londres. Graças ao sábio e generoso tratamento de Margaret aos empregados que decidiram permanecer, temos uma equipe na qual podemos confiar. Eles já foram instruídos a manter segredo, então não precisamos temer fofocas de sua parte. Na verdade, como os empregados estarão de volta a Londres depois que as preparações em Kyllion forem finalizadas, não haverá muito sobre o que fofocar, pelo menos não em detalhes.

"Contudo, como temos que começar imediatamente a empacotar tudo, teremos que deixar para mais tarde, quando tivermos tempo, os procedimentos posteriores."

Obedecendo-o, começamos a trabalhar. Sob as instruções do Sr. Trelawny e com a ajuda dos empregados, buscamos as grandes malas dos depósitos. Algumas eram de enorme resistência, fortificadas por várias camadas de madeira, faixas de ferro e barras com parafusos e porcas. As colocamos ao longo da casa, cada uma perto do objeto que deveria ser guardado nela. Com este trabalho preliminar finalizado e grandes massas de feno, restos de algodão e papel colocados em cada um dos cômodos e no hall principal, os empregados foram dispensados. Então, passamos ao empacotamento de fato.

Ninguém que não estivesse acostumado a fazer as malas poderia ter a menor ideia do tanto de trabalho que envolvia uma tarefa como aquela. De minha parte, eu tinha uma vaga noção de que havia inúmeros objetos egípcios na casa do Sr. Trelawny; mas até o momento em que eu tive que lidar com eles *seriatim*, tinha pouca noção da importância que tinham, de seus tamanhos, ou de sua infinita quantidade. Trabalhamos noite adentro. Por vezes, concentramos nossa força em um único objeto; mais uma vez, trabalhamos separadamente, mas sempre sob as ordens diretas do Sr. Trelawny. Ele mesmo, auxiliado por Margaret, mantinha um inventário preciso de cada peça.

Foi apenas quando nos sentamos, completamente exaustos, para uma janta já muito atrasada, que começamos a perceber que uma parte considerável do trabalho já estava feita. Contudo, apenas algumas das malas haviam sido fechadas; assim, ainda faltava bastante coisa. Terminamos algumas das malas, sendo que cada uma continha apenas um dos grandes sarcófagos. As malas que continham muitos objetos não poderiam ser fechadas até que fossem todos diferenciados e embrulhados.

Dormi naquela noite sem me remexer e sem sonhar; e, ao comparar anotações pela manhã, descobri que todos os outros tiveram a mesma experiência.

À hora do jantar da noite seguinte, já estava tudo feito e preparado para os homens que viriam à meia-noite buscar as malas. Um pouco antes do horário combinado, ouvimos o barulho dos carros; então a casa foi invadida por um exército de trabalhadores, que parecia, pela força de sua quantidade, movimentar sem esforço, em uma procissão infinita, todas as nossas bagagens preparadas. Bastou-lhes pouco mais de uma hora e, quando os carros foram embora, preparamo-nos para segui-los até Paddington. Silvio, naturalmente, fazia parte de nosso grupo.

Antes de partirmos, demos uma volta pela casa, que parecia desolada. Como os empregados haviam todos ido para Cornwall, nenhuma tentativa de organização fora feita; cada quarto e corredor no qual havíamos trabalhado, bem como as escadas, estavam cheios de papel e lixo, além de pegadas por todo lado.

A última coisa que o Sr. Trelawny fez antes de ir embora foi tirar do grande cofre o rubi com as Sete Estrelas. Quando ele o colocou a salvo em sua carteira, Margaret, que parecia ter subitamente ficado morta de cansaço e estava parada ao lado do pai pálida e rígida, ganhou um novo brilho, como se a visão da joia a tivesse inspirado. Ela deu um sorriso de aprovação para o pai e disse:

— O senhor está certo, pai. Não haverá mais problemas esta noite. Ela não atrapalhará seus arranjos por motivo nenhum. Aposto minha vida nisso.

— Ela (ou algo!) nos atrapalhou no deserto, quando voltávamos da tumba no Vale do Feiticeiro! — Foi o comentário sombrio feito por Corbeck, que estava por perto.

Em um instante, Margaret respondeu:

— Ah! Mas nessa ocasião ela estava perto de sua tumba, da qual, por milhares de anos, seu corpo não havia sido retirado. Ela deve saber que as coisas são diferentes agora.

— Como ela saberia? — perguntou Corbeck atentamente.

— Se ela tem aquele corpo astral do qual papai falou, decerto sabe! Como poderia não saber, com sua presença invisível e um intelecto que pode navegar por todos os lados, até para as estrelas e para os mundos além de nós!?

Ela fez uma pausa, e seu pai disse com seriedade:

— É com base nisso que iremos seguir em frente. Devemos ter a coragem de nossas convicções e agir com base nisso até o último momento!

Margaret pegou sua mão e a segurou de um jeito sonhador à medida que saímos da casa. Ela ainda estava de mãos dadas com o pai quando ele trancou a porta do hall e quando percorremos o caminho até o portão, onde pegamos um táxi para Paddington.

Naquela noite, dormi bem. Eu estava convencido de que estava seguro de um modo absoluto e supremo. O anúncio sem dúvida alguma que Margaret deu de que "não haverá mais problemas esta noite" parecia nos trazer segurança. Eu não questionei, assim como o restante de nós. Foi apenas depois que comecei a pensar em como ela poderia ter tanta certeza. O trem era bastante lento, fazendo diversas paradas consideravelmente longas. Como o Sr. Trelawny não queria chegar em Westerton antes que escurecesse, não havia pressa; e foram feitos arranjos para que os trabalhadores fizessem refeições em certos pontos de nossa jornada. Nós tínhamos nossa própria comida conosco no carro particular.

Durante toda aquela tarde, conversamos sobre o Grande Experimento, que parecia ter se tornado uma presença em definitivo em nossas mentes. O Sr. Trelawny ficava cada vez mais entusiasmado com o passar do tempo; a esperança estava se tornando uma certeza para ele. O Dr. Winchester parecia ter sido contagiado por aquele estado de espírito, apesar de, por vezes, comentar alguns fatos científicos que ou criavam um impasse no raciocínio alheio ou nos chocavam. O Sr. Corbeck, por outro lado, parecia ligeiramente antagônico à teoria. Suponho que, à medida que a opinião dos outros avançava, a dele não se alterava; mas o efeito era uma atitude que parecia negativa, senão negacionista.

Quanto a Margaret, ela parecia estar, em algum nível, muito emocionada, fosse por conta de uma nova fase de sentimentos, ou por ela estar levando aquele assunto mais a sério do que o levara até então. No geral, ela estava sempre, em algum grau, distraída, como se perdida em pensamentos; dos quais subitamente voltava a si, sobressaltada. Isso tendia a acontecer quando acontecia algo marcante, como uma parada em uma estação ou quando o alto estrondo de quando cruzávamos um viaduto ecoava nas colinas e montanhas ao nosso redor. Em cada uma dessas ocasiões, ela se juntava à conversa, participando de modo a demonstrar que, ainda que estivesse focada em seus pensamentos, também absorvera com seus sentidos tudo que acontecia à sua volta. O modo como ela se comportava em relação a mim era estranho. Por vezes, era marcado por uma distância meio tímida, meio arrogante, o que era novo para mim. Em outras ocasiões, havia lampejos de paixão em seus olhares e gestos que quase me deixavam tonto de prazer. Contudo, muito pouco dessa natureza estranha transpareceu durante a jornada. Houve apenas um episódio que causou certo alarme, mas, como estávamos dormindo, não nos perturbou. Ficamos sabendo por meio de um dos guardas pela manhã. Enquanto passava por Dawlish e Teignmouth, o trem foi parado por um aviso dado por alguém que balançava uma tocha para lá e para cá no meio dos trilhos. O maquinista descobriu, ao parar, que logo à frente havia ocorrido um pequeno desabamento, e um pouco da terra roxa de uma das encostas deslizara. Contudo, não chegava aos trilhos, e o maquinista seguiu caminho, irritado pelo atraso. Em suas próprias palavras, o guarda achava que "eles se preocupam demais nessa porcaria de linha!"

Chegamos em Westerton por volta das nove horas da noite. Os cavalos e carroças nos aguardavam, e logo começaram a descarregar o trem. Nosso grupo não ficou para ver o trabalho sendo feito, visto que ele estava em mãos competentes. Pegamos a carruagem que nos aguardava e, pela escuridão da noite, seguimos para Kyllion.

Todos ficamos impressionados com a aparência da casa sob a brilhante luz do luar. Era uma impressionante mansão com paredes de pedra cinza e estilo do período Jacobiano; era vasta e espaçosa e ficava bem acima do nível do mar, à beira de um penhasco. Quando fizemos a curva no caminho que passava através da rocha e chegamos ao alto platô onde ficava a casa, as ondas quebrando contra o penhasco abaixo trouxeram a revigorante brisa úmida do mar. Entendemos ali, imediatamente, o quão isolados estávamos do mundo naquele cantinho de pedras acima do mar.

Dentro da casa, encontramos tudo arrumado. A Sra. Grant e sua equipe haviam trabalhado bem, e estava tudo claro, fresco e limpo. Demos uma olhada rápida nos cômodos principais e depois nos separamos para nos limparmos e trocarmos de roupa após aquela longa viagem de mais de vinte e quatro horas.

Fizemos uma refeição na sala de jantar da ala sul, que ficava de fato sobre o mar. O som das ondas era abafado, mas nunca cessava. Como aquele singelo promontório ficava à beira-mar, a ala norte da casa era aberta; e a vista para o norte em si não era, de modo algum, bloqueada pelo grande penhasco que, subindo muito além do nível que estávamos, nos isolava do resto do mundo. Ao longo, do outro lado da baía, podíamos ver luzes bruxuleantes do castelo e, aqui e ali, ao longo da costa, a tênue luz da janela de um pescador. De resto, o mar era azul escuro, com um ocasional brilho quando a luz de uma estrela descia por uma onda que quebrava.

Quando terminamos de jantar, nos reunimos no cômodo que o Sr. Trelawny havia reservado como seu escritório, sendo que seu quarto era perto dali. Ao entrar, a primeira coisa que notei foi o grande cofre, similar ao que havia em seu quarto de Londres. Com todos lá, o Sr. Trelawny foi até a mesa e, pegando sua carteira, colocou-a sobre o móvel, pressionando-a com a palma de sua mão. Ele ficou estranhamente pálido e, com os dedos tremendo, abriu a carteira, dizendo:

— Não parece ter o mesmo volume; espero que nada tenha acontecido!

Todos os três homens nos reunimos ao redor da mesa. Apenas Margaret permaneceu calma; ela ficou parada, de costas retas e em silêncio, imóvel como uma estátua. Tinha um olhar distante, como se não soubesse o que estava acontecendo ao seu redor ou não se importasse com isso.

Com um gesto desesperado, Trelawny abriu o bolso de sua carteira onde mantinha a Joia das Sete Estrelas. Então, jogou-se na cadeira que havia perto dele, dizendo, em uma voz rouca:

— Meu Deus! Sumiu! Sem ela, não há como o Grande Experimento acontecer!

As palavras dele pareceram tirar Margaret de sua introspecção. Um espasmo de agonia passou por seu rosto; mas, quase no mesmo instante, estava calma novamente. Ela quase sorriu ao dizer:

— Pode ser que a tenha deixado em seu quarto, papai. Talvez tenha caído de sua carteira enquanto o senhor se trocava.

Sem responder, corremos para o cômodo ao lado pela porta aberta entre o escritório e o quarto, e fomos imediatamente tranquilizados.

Ali! Na mesa, estava a Joia Estrelada, brilhante e cintilante com sua sinistra luz, como se cada uma das sete pontas de cada uma das sete estrelas brilhasse através de sangue!

Timidamente, olhamos para trás e, em seguida, uns para os outros. Margaret estava agora como o resto de nós. Ela tinha perdido sua calma de estátua. Toda a rigidez introspectiva havia sumido de seu ser; e ela apertava as próprias mãos de modo que os nós de seus dedos estavam brancos.

Sem nada dizer, o Sr. Trelawny levantou a joia e correu com ela para o cômodo ao lado. Tão silenciosamente quanto possível, ele abriu a porta do cofre com a chave que estava presa a seu pulso e colocou a joia lá dentro. Quando as portas foram fechadas e trancadas, ele pareceu respirar com mais tranquilidade.

De algum modo, este episódio, ainda que perturbador em muitos aspectos, pareceu nos trazer de volta a como estávamos antes. Desde que saíramos de Londres, estivéramos esgotados; e aquilo era como um alívio. Era outro passo que dávamos em nossa estranha empreitada.

Essa volta ao nosso estado anterior era mais evidente em Margaret do que no resto de nós. Talvez por ela ser mulher, enquanto o resto de nós éramos homens; talvez por ela ser mais nova do que nós; talvez por ambos os motivos, cada qual a seu modo. De qualquer jeito, a mudança era visível, e eu estava mais feliz do que estivera em qualquer momento durante nossa longa viagem. Toda a animação, a ternura e os profundos sentimentos dela pareceram voltar a brilhar; em alguns momentos, quando o Sr. Trelawny olhava para ela, o rosto do homem parecia se iluminar.

Enquanto esperávamos pela bagagem, o Sr. Trelawny nos levou para conhecer a casa, destacando e explicando onde os objetos que ele havia trazido deveriam ser colocados. Houve apenas um aspecto que ele não nos confiou: as posições de todas as coisas que eram conectadas ao Grande Experimento não nos foram indicadas. As malas que as continham deveriam ser deixadas no hall externo.

Quando terminamos nossa inspeção, as bagagens começaram a chegar; e o movimento e alvoroço da noite anterior recomeçaram. O Sr. Trelawny ficou no hall, ao lado da gigantesca porta de ferro, e dizia onde deveria ficar cada uma das grandes malas. Aquelas que continham muitos itens eram colocadas no hall interno, onde eram desempacotadas.

Em um tempo incrivelmente curto, tudo havia sido entregue; e os homens partiram com uma gorjeta, pela qual nos agradeceram efusivamente, entregue a cada um por meio de seu contramestre. Então cada qual seguiu para o seu próprio quarto. Havia uma confiança estranha em todos nós. Não acho que qualquer um tivesse dúvidas quanto ao restante da noite ser tranquilo.

Tal fé era justificada, pois, ao nos reunirmos pela manhã, descobrimos que todos haviam dormido bem e em paz.

Durante o dia inteiro, todas as regalias, exceto as necessárias para o Grande Experimento, foram colocadas nos lugares que lhes haviam sido destinados. Então fizeram-se os preparativos para que todos os empregados voltassem a Londres com a Sra. Grant na manhã seguinte.

Quando todos haviam ido embora, o Sr. Trelawny, após certificar-se de que as portas estavam trancadas, levou-nos para o escritório.

— Agora — ele disse, quando todos havíamos nos sentado —, tenho um segredo para compartilhar; mas, de acordo com uma velha promessa da qual não abrirei mão, devo pedir que cada um dos aqui presentes jure solenemente que não contará nada a ninguém. Por pelo menos trezentos anos, tal promessa foi exigida a cada um que ouviu esse segredo, e mais de uma vida foi salva e sua segurança garantida por meio do cumprimento leal. Mesmo neste caso, estou quebrando a promessa, senão o espírito da tradição; pois eu deveria contar apenas aos membros imediatos de minha família.

Todos prometemos, como solicitado. Então ele continuou:

— Há um lugar secreto nesta casa; uma caverna, que foi formada naturalmente, porém finalizada por meio do trabalho humano, e que fica debaixo desta casa. Não posso lhes garantir que seus usos sempre foram dentro da lei. Durante o Julgamento Sangrento, alguns córnicos abrigaram-se ali; e mais tarde, bem como antes, não tenho dúvidas de que tenha sido um local útil para estocar bens contrabandeados. "Tre, Pol e Pen", suponho que saibam, sempre foram contrabandeadores; e o relacionamento que tinham com amigos e vizinhos não os impediram de pôr as mãos na massa. Por tais razões, um esconderijo seguro sempre foi considerado algo muito valioso de se ter; e, como os chefes da casa sempre insistiram em preservar este segredo, estou fadado, por honra, a mantê-lo. Mais tarde, se tudo der certo, irei lhe contar, Margaret, com certeza, e ao senhor também, Ross, sob as condições que sou obrigado a impor.

Ele se levantou e todos o seguimos. Deixando-nos no hall externo, ele continuou sozinho por alguns minutos; e, ao voltar, pediu que fôssemos com ele.

No hall interno, nos deparamos com uma seção inteira de um dos cantos deslocada e, na cavidade formada, vimos um grande buraco mal iluminado e o começo de uma escada bruta, esculpida na pedra. Como não estava completamente escuro, era claro que havia alguma iluminação natural ali, então, sem hesitarmos, seguimos nosso anfitrião escada abaixo. Após quarenta ou cinquenta degraus talhados em uma passagem sinuosa, chegamos a uma grande caverna cujo canto mais distante sumia na escuridão. Era um lugar enorme, com pouca iluminação vinda de algumas fendas de formatos excêntricos. Decerto eram rachaduras nas pedras que permitiram que as janelas ficassem disfarçadas. Perto de cada uma havia uma persiana que podia ser facilmente fechada com uma cordinha pendurada ao lado. O som perpétuo das ondas chegava abafado de um ponto abaixo de nós. O Sr. Trelawny começou a falar:

— Este é o lugar que escolhi, por ser o que conheço melhor, para nosso Grande Experimento. Ele cumpre, de mil maneiras diferentes, condições que eu considero essenciais para o sucesso. Aqui, estamos tão isolados quanto a Rainha Tera estaria em sua tumba nas pedras, no Vale do Feiticeiro, além de estarmos também em uma caverna. Para o bem ou para o mal, devemos tentar nossa sorte aqui e aceitar os resultados. Se tivermos sucesso, iluminaremos o Mundo Antigo de tal modo ao mundo da ciência moderna, que mudará todas as condições de teorias, experimentos e práticas. Se falharmos, então o mero conhecimento obtido de nossa tentativa morrerá conosco. Com isso em mente, e com todo resto que ainda está por vir, acredito que estamos preparados!

Ele fez uma pausa. Ninguém disse nada, mas todos abaixamos a cabeça seriamente em concordância. Ele prosseguiu, mas com certa hesitação:

— Não é tarde demais! Se alguém aqui estiver em dúvida ou com um mau pressentimento, fale agora, em nome de Deus! Seja quem for, pode ir embora, sem empecilho ou obstáculo. O resto de nós pode seguir sozinho!

Ele fez uma nova pausa e nos encarou atentamente. Olhamos uns para os outros; mas ninguém cedeu. De minha parte, se eu tivesse quaisquer dúvidas quanto a continuar, a expressão de Margaret teria me deixado seguro. Era destemida; era intensa; era cheia de uma calma divina.

O Sr. Trelawny respirou fundo e, em um tom mais alegre, bem como mais decidido, prosseguiu:

— Como estamos todos de acordo, quanto mais cedo conseguirmos dar início aos assuntos necessários, melhor. Deixe-me dizer a vocês que este lugar, assim como o resto da casa, pode ser iluminado com eletricidade. Não pudemos juntar as fiações à principal, sob o risco de revelar nosso segredo, mas tenho um cabo aqui que podemos ligar no hall e fechar circuito! — Enquanto falava, o Sr. Trelawny começou a subir os degraus e, parando perto da entrada, pegou a ponta de um cabo, que puxou e ligou em uma tomada na parede. Então, apertando um interruptor, iluminou toda a câmara e a escada abaixo.

Com a quantidade de luz que agora iluminava o cômodo, consegui ver que o buraco ao lado da escada tinha uma abertura direta para a caverna. Acima do buraco havia um conjunto de polias com ganchos. O Sr. Trelawny, vendo que eu observava o equipamento, adivinhou meus questionamentos e disse:

— Sim! É novo. Eu mesmo coloquei aí, de propósito. Eu sabia que teríamos que movimentar coisas pesadas; e, como não queria depender apenas de minha força, montei esse conjunto, que posso operar sozinho, caso necessário.

Começamos a trabalhar logo em seguida; e, antes do cair da noite, havíamos descido, desenganchado e organizado nos lugares apontados por Trelawny todos os grandes sarcófagos, as regalias e outros objetos que havíamos trazido conosco.

Era desconcertante e esquisito colocar todos aqueles magníficos monumentos de uma era passada naquela caverna verde, que representava em sua forma, seu propósito, seus mecanismos atuais e suas luzes elétricas tanto o mundo antigo quanto o novo. Mas, à medida que o tempo passava, comecei a reconhecer cada vez mais a sabedoria e exatidão na escolha do Sr. Trelawny. Fiquei inquieto quando Silvio, que fora trazido para a caverna no colo de sua dona e estivera dormindo sobre meu casaco, que eu havia tirado, acordou de um pulo quando desempacotamos o gato mumificado e voou para cima dele com a mesma ferocidade que já exibira antes. O incidente mostrou uma nova face de Margaret que fez meu peito apertar. Ela estivera em silêncio em um dos cantos da caverna, apoiada em um sarcófago, em um daqueles momentos de abstração que lhe ocorriam recentemente; mas, ao ouvir o barulho e ao ver a investida violenta de Silvio, pareceu ter um ataque de fúria. Seus olhos queimavam em brasas e sua boca se fechou com uma severa e cruel tensão que eu nunca havia visto antes. Por instinto, ela deu passos na direção de Silvio, como se para interferir no ataque. Mas eu também havia avançado; e, quando ela olhou para mim, seu corpo foi tomado por um estranho espasmo, e ela parou. A intensidade daquilo me fez prender a respiração; e levantei minha mão para limpar meus olhos. Quando terminei de fazê-lo, ela já estava novamente calma, mas seu rosto demonstrava espanto. Com toda sua graça e doçura habituais, ela pegou Silvio no colo e o abraçou, fez-lhe carinho e o tratou como se fosse uma criancinha que havia feito algo errado.

Enquanto eu observava a cena, fui tomado por um estranho medo. A Margaret que eu conhecia parecia estar mudando; e, do fundo de meu coração, rezei para que o perturbador motivo tivesse fim logo. Mais do que nunca, desejei que nosso terrível Experimento acabasse bem.

Quando tudo estava posicionado como o Sr. Trelawny queria, ele se virou para nós, encarando um por vez, até ter certeza de que estávamos todos atentos a ele. Então, disse:

— Está tudo pronto agora. Temos apenas que esperar pelo momento propício.

Todos ficamos em silêncio por um tempo. O Dr. Winchester foi o primeiro a falar:

— Qual é o momento propício? O senhor tem alguma noção, mesmo que não saiba o dia exato?

A resposta veio logo em seguida:

— Após muito pensar, decidi-me por 31 de julho!

— Se me permite a pergunta, por quê?

— O reinado de Rainha Tera era, em grande parte, pautado pelo misticismo, e há tantas evidências de que ela buscava pela ressurreição, que naturalmente escolheria um período governado por um deus especializado em tal ato. Vejam, o quarto mês da estação da Inundação era regido por Harmachis, sendo este o nome para "Rá", o deus do sol, quando ele nascia pela manhã e, portanto, tipificava o nascimento ou surgimento. Tal surgimento seria para a vida física, já que seria no meio da vida humana diária. Agora, como esse mês começa no nosso 25 de julho, o sétimo dia seria 31 de julho, e podem ter certeza de que essa mística rainha não teria escolhido outro dia senão o sétimo ou alguma potência de sete.

"Suponho que alguns de vocês tenham se perguntado sobre o porquê de nossos preparativos terem sido feitos deste modo. É por isso! Devemos estar prontos de todas as maneiras possíveis quando o momento chegar; mas não faria sentido nenhum esperar durante vários dias."

Assim, esperamos por 31 de julho, que seria dali dois dias, quando o Grande Experimento seria realizado.

CAPÍTULO XVII

Dúvidas e Temores

Podemos aprender grandes coisas com pouca experiência. A história dos anos não é senão uma repetição indefinida da história das horas. O registro de uma alma não é senão múltiplas histórias de um momento. O Anjo Relator escreve no Livro Sagrado sem filtros cor-de-rosa; a tinta de sua caneta não tem cores além da luz e da escuridão. Pois não há necessidade de poupar o olho da sabedoria infinita. Todas as coisas, todos os pensamentos, todas as emoções, todas as experiências, todas as dúvidas e esperanças e medos, todas as intenções, todos os desejos feitos desde a mais profunda camada de concreto e de múltiplos elementos são finalmente sanados em opostos diretos.

Se algum dia um humano já cobiçou o epítome de uma vida na qual houvesse todas as experiências que um filho de Adão poderia ter, então a história, escrita em sua forma honesta e integral, do que se passou em minha mente durante as seguintes quarenta e oito horas poderia cumprir com todos os seus desejos. E o Relator a teria escrito, como lhe é usual, com luz e trevas, que podem ser entendidas como representações das expressões finais do Céu e Inferno. Pois no mais alto Céu está a Fé; enquanto a Dúvida se dependura na escancarada escuridão do Inferno.

Houve, claro, momentos de luz durante esses dois dias; momentos nos quais, ao perceber a doçura de Margaret e o amor que ela sentia por mim, todas as dúvidas se dissiparam como a névoa da madrugada diante do sol. Mas o equilíbrio do tempo – e que equilíbrio sufocante é este – me cobria feito uma mortalha. A hora, sob cuja aproximação eu havia aquiescido, chegava tão rapidamente e já estava tão perto que o senso de conclusão pesava em meus ombros! Era uma questão, talvez, de vida ou morte para qualquer um de nós; mas estávamos todos preparados para isso. Margaret e eu tínhamos a mesma opinião quanto ao risco. A questão do aspecto moral do caso, que envolvia a crença religiosa com a qual eu havia sido criado, não era problema para mim; pois não estava dentro de minhas capacidades sequer compreender as questões e as causas que estavam por trás delas. A dúvida quanto ao sucesso do Grande Experimento era a mesma que existia em todos os empreendimentos com possibilidades de bastante sucesso. Para mim, que passei a vida em uma série de embates intelectuais, essa forma de dúvida era um estímulo, e não algo que me detia. O que, então, me perturbava tanto, a ponto de se tornar uma angústia?

Eu estava começando a duvidar de Margaret!

Do que exatamente eu duvidava, não sabia dizer. Não era do amor dela, de sua honra, sua honestidade, sua bondade ou seu zelo. Então, do quê?

Dela mesma!

Margaret estava mudando! Em algumas circunstâncias dos últimos dias, eu mal a reconhecia como a mesma garota que conhecera no piquenique e que havia dividido vigílias comigo no leito de seu pai. Nestes momentos, mesmo quando ela estava mais angustiada, com medo ou ansiosa, ela era muito vivaz, atenciosa e atenta. Agora, ela ficava distraída na maior parte do tempo e, por vezes, em uma espécie de condição negativa, como se sua mente, seu próprio ser, não estivesse presente. Em tais ocasiões, ela tinha total controle de sua visão e memória. Ela sabia e se lembrava de tudo que estava acontecendo e que havia acontecido ao seu redor; mas seu retorno ao seu antigo eu me causava a sensação de que alguém novo entrara no cômodo. Até o ponto em que saímos de Londres, eu me alegrava sempre que ela estava presente. Eu era tomado pela deliciosa sensação de segurança que vem com o conhecimento de que o amor é mútuo. Mas essa certeza agora havia sido substituída pela dúvida. Eu nunca sabia se a pessoa que estava ali era a minha Margaret – a antiga Margaret por quem eu havia me apaixonado à primeira vista – ou a outra, nova Margaret, que eu mal entendia, e cuja mentalidade distante criava uma barreira impalpável entre nós. Às vezes ela parecia estar acordando de repente. Nestes momentos, apesar de me dizer palavras doces e agradáveis tal qual já havia dito antes, ainda não parecia ser ela mesma. Era quase como se fosse um papagaio ou sob o controle de alguém que conseguia ler palavras e ações, mas não pensamentos. Após uma ou duas experiências do tipo, minha própria dúvida passou a criar uma barreira; pois eu não conseguia falar com a facilidade e liberdade que me eram usuais. Assim, hora após hora nos distanciávamos mais. Não fossem pelos poucos e escassos momentos nos quais a velha Margaret voltava cheia de seu charme, não sei o que teria acontecido. Mas, do jeito que estava, cada um desses momentos me renovava e impedia que meu amor se transformasse.

Eu daria o mundo por um confidente; mas era impossível. Como eu poderia falar de minhas dúvidas quanto a Margaret para qualquer pessoa que fosse, mesmo para seu pai!? Como eu poderia falar de minhas dúvidas para Margaret, quando era ela mesma o tema!? Só o que eu poderia fazer era aguentar firme... e ter esperança. E dos dois, aguentar firme era o menos pior.

Acho que Margaret deve ter sentido que, em alguns momentos, havia uma nuvem entre nós, pois, perto do final do primeiro dia, ela começou a me ignorar um pouco. Ou talvez só tivesse se tornado mais indiferente a mim do que o normal. Até aquele momento, ela havia buscado todas as oportunidades possíveis para ficar comigo, assim como eu fazia; de modo que agora qualquer momento em que nos evitávamos magoava a nós dois.

Naquele dia, a casa parecia estar bastante quieta. Cada um de nós estava concentrado no trabalho ou ocupado com os próprios pensamentos. Nos encontrávamos apenas nas refeições; e mesmo então, apesar de conversarmos, todos parecíamos, em algum grau, preocupados. Não havia naquela casa nem mesmo o movimento das tarefas rotineiras. A precaução do Sr. Trelawny de ter três quartos arrumados para cada um de nós tornou desnecessária a presença de empregados. A sala de jantar estava abastecida com provisões preparadas para vários dias. Ao cair da noite, saí para caminhar. Eu havia procurado por Margaret para perguntar se ela gostaria de me acompanhar; mas, quando a encontrei, ela estava em um de seus momentos apáticos, e o charme de sua presença parecia perdido para mim. Furioso comigo mesmo, mas incapaz de acalmar meu próprio espírito descontente, saí sozinho para o promontório rochoso.

No penhasco, perante a ampla expansão daquele maravilhoso mar e acompanhado do silêncio, rompido apenas pela quebra das ondas abaixo de mim e pelos gritos agudos das gaivotas acima, fui dominado pelos meus pensamentos.

Não importa o que eu fizesse, eles continuavam voltando a um assunto em específico, à resolução da dúvida que me consumia. Aqui, solitário, em meio ao amplo ciclo da força e da discórdia da natureza, minha mente começou a verdadeiramente funcionar. Sem que eu tivesse consciência disso, fiz-me de repente uma pergunta que eu não poderia me permitir responder. Por mim, a persistência do trabalho de minha mente prevaleceu; vi-me cara a cara com minha dúvida. O hábito de minha vida começou a se fazer valer e analisei as evidências à minha frente.

Era tão chocante, que tive que me forçar a obedecer ao esforço lógico. Meu ponto de partida era: Margaret havia mudado. De que modo e por quais meios? Era o caráter dela, a mente ou a natureza? Pois a aparência dela permanecia a mesma. Comecei a juntar tudo que eu sabia dela, a começar por seu nascimento.

Era um evento estranho, para começo de conversa. De acordo com Corbeck, ela havia nascido de uma mãe morta quando seu pai e o amigo dele estavam presos em um transe em uma tumba em Assuã. Pelo que se presume, o transe fora causado por uma mulher; uma mulher mumificada, mas que ainda preservava, como tínhamos todos os motivos para acreditar, um corpo astral com livre arbítrio e uma inteligência ativa. Com tal corpo astral, o espaço deixava de existir. A vasta distância entre Londres e Assuã não era nada; e qualquer poder de necromancia que a Feiticeira pudesse ter foi exercido sobre a mãe morta e, possivelmente, sobre a filha morta.

A filha morta! Seria possível que a filha tivesse morrido e sido revivida? Sendo que, logo depois disso, teria vindo o espírito animador – a alma? A lógica agora apontava para mim, com vingança, o caminho.

Se a crença egípcia era real para os egípcios, então o "Ka" da rainha morta e seu "Akh" poderiam animar o que quer que ela escolhesse. Neste caso, Margaret não seria um indivíduo, mas tão somente uma fase da própria Rainha Tera; um corpo astral obediente às suas vontades!

Neste ponto, revoltei-me contra a lógica. Cada fibra de meu ser se ressentia daquela conclusão. Como eu sequer poderia acreditar que não existia Margaret alguma, apenas uma imagem animada, usada pelo Duplo de uma mulher de quarenta séculos atrás para seus próprios fins...! De algum modo, o panorama da situação estava mais claro para mim agora, apesar das novas dúvidas.

Ao menos eu tinha Margaret!

O pêndulo da lógica balançou de volta. A criança, então, não poderia estar morta. Fosse o caso, teria a Feiticeira qualquer relação com seu nascimento? Era evidente – aqui tiro mais uma vez conclusões a partir das falas de Corbeck – que havia uma estranha semelhança entre Margaret e as imagens da Rainha Tera. Como era possível? Não havia como ser uma marca de nascença, reproduzindo o que estava na mente da mãe; pois a Sra. Trelawny nunca havia visto as imagens. Não, nem seu pai as vira até quando achou a tumba poucos dias antes do nascimento da filha. Não consegui sair desta fase tão facilmente quanto saíra da anterior; todas as fibras de meu ser permaneceram quietas. Restava a mim apenas o horror da dúvida. E, mesmo assim, tão peculiar é a mente humana que a Dúvida em si obteve uma imagem concreta; uma vasta e impenetrável escuridão, pela qual piscavam, com irregularidade e rapidez, pontinhos de luz evanescente que pareciam tornar a escuridão uma existência positiva.

A possibilidade que restava de ligações entre Margaret e a rainha mumificada era que, por meio de alguma forma oculta, a Feiticeira tinha poderes para trocar de lugar com ela. Este ponto de vista não poderia ser ignorado com tanta facilidade. Havia muitas circunstâncias suspeitas para justificar isso, agora que minha atenção estava dedicada a isso e minha inteligência reconhecia a possibilidade. Daí para frente, minha mente passou a ser bombardeada com todos os casos estranhos e incompreensíveis que haviam acontecido nos últimos dias. Em um primeiro momento, foram atirados sobre mim amontoados em uma massa confusa; mas, mais uma vez, o hábito de minha mente perante meu trabalho prevaleceu, e eles se organizaram. Achei que agora conseguia me controlar com mais facilidade; pois havia algo a que me apegar, trabalho a ser feito; ainda que fosse de um tipo ruim, pois era ou poderia ser contrário a Margaret. Mas era para o próprio bem dela! Eu estava pensando nela e lutando por ela; e se eu tivesse que trabalhar no escuro, talvez lhe fosse prejudicial. Minha primeira arma em defesa dela era a verdade. Eu deveria saber e entender; só então eu talvez fosse capaz de agir. Decerto eu não seria útil sem uma concepção e reconhecimento justos dos fatos. Os quais eram, em ordem:

Primeiro: a estranha semelhança entre a Rainha Tera e Margaret, que havia nascido em outro país a milhares de quilômetros de distância, onde sua mãe não poderia ter a mais vaga noção da aparência da rainha.

Segundo: o desaparecimento do livro de Van Huyn depois que eu li até a parte que descrevia o Rubi Estrelado.

Terceiro: a aparição das lamparinas no boudoir. Tera, com seu corpo astral, pode ter destrancado a porta do quarto de Corbeck no hotel e trancado novamente após sair com as lamparinas. Ela pode ter, do mesmo jeito, aberto a janela e colocado as lamparinas no boudoir. Não precisaria ter sido o caso de Margaret em pessoa ter qualquer coisa a ver com isso; mas... mas era no mínimo estranho.

Quarto: neste ponto, as suspeitas do detetive e do doutor me vieram à mente com força renovada e com um maior entendimento.

Quinto: houve vezes em que Margaret previu com exatidão as situações vindouras de quietude, como se tivesse convicção ou conhecimento das intenções da rainha em seu corpo astral.

Sexto: a sugestão de Margaret para encontrar o rubi que seu pai havia perdido. À medida que relembrava esse episódio sob a luz da suspeita de que seus próprios poderes poderiam estar envolvidos, a única conclusão à qual pude chegar era de que – como sempre, supondo que a teoria do poder astral da rainha estivesse correta – a Rainha Tera, ansiando que tudo corresse bem na viagem de Londres para Kyllion, havia, de seu próprio modo, retirado a joia da carteira do Sr. Trelawny, descobrindo nela algum uso para sua proteção sobrenatural da viagem. Então, de algum modo misterioso, ela, por meio de Margaret, sugeriu que a joia estivesse perdida e onde encontrá-la.

Sétimo e último: a estranha dualidade com a qual Margaret parecia estar lidando nos últimos tempos, que parecia ser, de algum modo, uma consequência ou corolário de tudo que havia ocorrido antes.

A dualidade! Essa era definitivamente a conclusão que superava todas as dificuldades e reconciliava opostos. Se, de fato, Margaret não estivesse sempre agindo livremente, mas sim sendo compelida a falar ou agir como instruída; ou se todo o seu ser pudesse ser transformado em outro sem a possibilidade de alguém notar o acontecimento, então tudo seria possível. Tudo dependia do espírito de individualidade pelo qual ela estaria sendo compelida. Se tal individualidade fosse justa, gentil e pura, tudo ficaria bem. Mas senão...! O pensamento era terrível demais para ser colocado em palavras. Cerrei os dentes com uma raiva vã, as ideias das possibilidades horríveis passando por minha mente.

Até aquela manhã, os lapsos de Margaret transformando-se em seu novo eu haviam sido poucos e difíceis de notar, exceto uma ou duas vezes, quanto a atitude dela para comigo fora marcada por um comportamento que me era estranho. Contudo, hoje o caso havia sido o contrário; e a mudança anunciava algo ruim por vir. Era possível que o outro indivíduo fosse do tipo ruim, não do bom! Agora, com isso em mente, tinha um motivo para temer. Na história da múmia, a partir do momento que Van Huyn invadiu a tumba, o registro das mortes das quais tomamos conhecimento, presumivelmente causadas pela vontade e atos dela, era perturbador. O árabe que havia roubado a mão da múmia; e aquele que a tirou do corpo dele. O chefe árabe que tentou roubar a joia de Van Huyn e aqueles que traziam as marcas dos sete dedos. Os dois homens encontrados mortos na primeira noite após Trelawny ter se apossado do sarcófago; e os três no retorno para a tumba. O árabe que abrira o serdabe secreto. Nove mortos, todos com a vida ceifada pela própria rainha! E, além disso, os vários ataques selvagens ao Sr. Trelawny em seu próprio quarto, no qual, com a ajuda de um familiar, ela tentara abrir o cofre e extrair a joia talismã. O método dele de deixar a chave presa ao seu pulso por um bracelete de aço, ainda que tenha se provado bem-sucedido, quase lhe custara a vida.

Se em tais ocasiões a rainha, com toda a intenção de ressuscitar sob as próprias condições, havia pavimentado o caminho com sangue, por assim dizer, do que ela não seria capaz caso seu objetivo fosse frustrado? Qual passo terrível ela daria para realizar seus desejos? Não só isso, quais eram os desejos dela? Qual era o propósito final dela? Tínhamos ainda apenas a fala de Margaret para nos informar disso, dado todo o glorioso entusiasmo em sua alma sublime. Em suas falas, não havia expressão de amor para ser buscado ou encontrado. Tudo do que tínhamos certeza era que seu objetivo era ressuscitar, e que no Norte, que declarara amar, havia uma peça especial. Mas era claro que a ressurreição deveria ser feita na solitária tumba do Vale do Feiticeiro. Todos os preparativos haviam sido cuidadosamente feitos para que fosse possível fazer o ritual lá dentro e de tal modo que ela pudesse sair de lá com sua nova e viva forma. O sarcófago não tinha tampa. Os jarros de óleo, ainda que hermeticamente selados, eram fáceis de serem abertos à mão; e havia neles o cuidado com a diminuição do óleo após um longo período. Até as pedras e aço haviam sido deixados ali para produzir fogo. A cova da múmia foi deixada aberta após ser violada; e, ao lado da porta de pedra na lateral do penhasco, havia uma corrente não perecível que ela poderia usar para descer em segurança à terra. Mas quais eram suas intenções para depois? Era impossível saber. Se sua intenção era recomeçar a vida como um ser humilde, havia decerto algo de nobre nisso, que me afeiçoou a ela e fez com que eu desejasse seu sucesso.

A mesma ideia pareceu fortalecer a noção do magnífico tributo de Margaret a seu propósito; e ajudou a acalmar minha mente perturbada.

Ali mesmo, com tal sentimento forte em meu peito, tomei a decisão de avisar Margaret e seu pai das terríveis possibilidades; e de esperar, do modo mais contido possível em minha ignorância, o desenrolar da situação.

Voltei para a casa com um estado de espírito diferente do que quando a deixara; e fiquei encantado de encontrar Margaret – a velha Margaret – esperando por mim.

Após o jantar, quando eu estava sozinho por um momento com pai e filha, abordei o assunto, ainda que com considerável hesitação.

— Não seria melhor tomar todas as precauções possíveis para o caso de a rainha não aprovar o que estamos fazendo, levando em consideração o que pode ocorrer antes do experimento? E no momento de seu levantar, ou logo depois, se tivermos sucesso?

A resposta de Margaret foi rápida; tão rápida que eu estava convencido de que ela já a tinha na ponta da língua:

— Mas ela aprova! Com certeza não poderia ser de outro jeito. Papai está fazendo, com todo o seu intelecto, energia e grande coragem, exatamente o que a poderosa rainha havia organizado!

— Contudo — respondi —, isso é improvável. Tudo que ela organizou estava em uma tumba no alto de uma pedra, em um deserto devastado, isolado do mundo por todos os meios concebíveis. Ela parecia depender de tal isolamento para se proteger contra acidentes. Decerto, aqui, em outro país e época, sob condições bastante diferentes, ela poderia, em seu anseio, cometer erros e tratar qualquer um de vocês (de nós!) como tratou os outros no passado. Nove homens, dos quais sabemos, foram massacrados pelas mãos dela ou por suas ordens. Quando quer, ela pode ser cruel.

Não percebi, até mais tarde, quando estava pensando sobre essa conversa, o quanto eu havia aceitado a condição viva e consciente da Rainha Tera enquanto fato. Antes de falar, eu temia a possibilidade de ofender o Sr. Trelawny. Mas, para a minha agradável surpresa, ele sorriu de um jeito amigável, e respondeu:

— Meu bom colega, de certo modo o senhor está certo! A rainha, sem sombra de dúvida, almejava o isolamento; e, levando tudo em consideração, seria melhor que o experimento dela fosse feito tal qual ela o planejou. Mas pense, isso se tornou impossível quando o explorador holandês invadiu sua tumba. Isso não foi meu feito. Sou inocente, ainda que isso tenha sido a causa de eu ter saído em busca de redescobrir a sepultura. Veja, não nego por um momento sequer que eu teria feito o mesmo que Van Huyn. Fui para a tumba por curiosidade; e trouxe comigo o que pude, tomado pelo ardor da ganância que compele o colecionador. Contudo, lembre-se também que, até este momento, eu não sabia das intenções da rainha de ser ressuscitada; eu não tinha ideia do quão completas eram suas preparações. Tudo isso veio bem depois. Mas quando veio, fiz tudo o que pude para cumprir seus desejos ao máximo. Meu único medo é o de talvez ter interpretado errado alguma de suas misteriosas instruções, ou ter omitido ou ignorado algo. Mas de uma coisa tenho certeza: não deixei de fazer nada que imaginei ser certo fazer; e não fiz nada que, até onde sei, iria contra os arranjos da Rainha Tera. Quero que o Grande Experimento dela dê certo. Para tanto, não poupei trabalho, tempo ou dinheiro... ou a mim mesmo. Passei por dificuldades e enfrentei perigos. Toda a minha mente; todo o meu conhecimento e aprendizado ao máximo; todos os meus esforços, até onde foram e seriam possíveis, vem sendo, e continuarão a ser, dedicados a este fim, até que ganhemos ou percamos a grande aposta à nossa frente.

— A grande aposta? — repeti. — A ressurreição de uma mulher e a vida de uma mulher? A prova de que ressurreição é possível, seja por poderes mágicos, por conhecimento científico ou por meio de alguma força que o mundo ainda não conhece?

Então, o Sr. Trelawny falou com base nas esperanças de seu coração, as quais ele havia mais indicado do que expressado de fato até então. Vez por outra eu ouvi Corbeck falar da ardente energia da juventude de Trelawny; mas, exceto pelas nobres palavras de Margaret quando ela falara das esperanças da Rainha Tera (o que, vindo da filha dele, tornou possível a crença de que o poder dela era, em algum sentido, hereditário), eu não havia visto indícios disso. Mas agora, com suas palavras voando à minha frente como um furacão de pensamentos antagonistas, eu tinha uma nova visão deste homem.

— A vida de uma mulher! O que é a vida de uma mulher na escala das coisas que almejamos! Oras, já estamos arriscando a vida de uma mulher; a vida mais querida a mim no mundo inteiro, e a qual me afeiçoo cada vez mais a cada dia. Estamos arriscando também a vida de quatro homens; a sua, a minha, e a dos dois outros que ganharam nossa confiança. "A prova de que ressurreição é possível!" Isso é bastante coisa. Um feito maravilhoso nesta era da ciência e do ceticismo que o conhecimento traz. Mas a vida e a ressurreição são, em si, apenas itens que podem ser vencidos se tivermos sucesso neste Grande Experimento. Imagine o que será para o mundo dos pensamentos, o verdadeiro mundo do progresso humano, o autêntico caminho para as estrelas, o *itur ad astra*[14] dos

14 Frase latina eternizada por Virgílio na Eneida. Significa, neste contexto, o "ir para a estrela" dos Antigos, e pode ser usada para se referir a ações notáveis e grandiosas. (N.E.)

Antigos, se pudermos trazer de volta, vindo do passado desconhecido, alguém que poderia nos transmitir o conhecimento armazenado na Biblioteca de Alexandria, perdido, consumido pelas chamas. Não apenas podemos endireitar a história e tornar o ensino da ciência autêntico desde o princípio; mas poderemos pegar a estrada dos conhecimentos de artes perdidas, aprendizados perdidos, ciências perdidas, de modo que nossos pés vagarão pelo caminho indicado até a mais completa e definitiva restauração. Oras, essa mulher pode nos contar como era o mundo antes da chamada "Enchente"; pode nos dizer a origem do vasto e surpreendente mito; pode nos fazer reconsiderar coisas que já tínhamos como certas, mas que eram histórias velhas antes mesmo dos tempos dos Patriarcas. E isso nem é o fim! Não, nem mesmo o começo! Se a história dessa mulher for tudo que estamos pensando, que é o que alguns de nós acreditam piamente; se os poderes dela e a restauração deles forem o que estamos esperando que sejam, ora! então poderemos ter acesso a um conhecimento muito além do que os homens de nossa era jamais viram, além do que se acredita ser possível aos humanos. Se de fato a ressurreição for um feito possível, como poderíamos duvidar do antigo conhecimento, da antiga mágica, da antiga crença!? E se for o caso, devemos entender que o "Ka" desta grande e inteligente rainha conquistou, de seu meio entre as estrelas, segredos mais valiosos do que qualquer mortal. Esta mulher foi voluntariamente para sua cova e voltou, como é possível saber a partir dos registros em sua tumba; ela escolheu morrer em sua forma mortal enquanto ainda era jovem, de modo que ao ressuscitar em outra era, para além de um transe de impensável magnitude, pudesse emergir de sua tumba em toda a plenitude e esplendor de sua juventude e poder! Já temos evidências de que, apesar de seu corpo ter padecido em paciência por muitos séculos, sua inteligência nunca faleceu, seu propósito nunca fraquejou e sua força de vontade reinou suprema; e, acima de tudo, sua memória permaneceu ilesa! Ah, as possibilidades perante a volta de um ser assim no nosso meio! Alguém cuja história teve início antes do que conta nossa Bíblia; cujas experiências antecedem a formulação dos deuses da Grécia; que pode juntar o Novo e o Velho, Terra e Céu, e trazer aos mundos conhecidos do pensamento e da existência física os mistérios do Desconhecido, do Mundo Antigo em seus princípios, dos Mundos além de nosso conhecimento!

Ele fez uma pausa, tomado pela emoção. Quando falou do quanto Margaret lhe era querida, ela segurou com força sua mão. Enquanto ele falava, ela continuou segurando. Mas seu rosto foi tomado por uma mudança que eu via com frequência nos últimos tempos: a misteriosa dissimulação de sua personalidade que me dava a súbita sensação de estar me distanciando dela. Em seu discurso emocionado, o pai mal notou; e, quando ele parou de falar, ela parecia ter voltado a si. Em seus gloriosos olhos havia o brilho de lágrimas não vertidas; e, com um gesto de amor e admiração, ela se inclinou e beijou a mão de seu pai. Então, virando-se para mim, ela disse:

— Malcolm, o senhor falou das mortes que decorreram da pobre rainha; ou melhor, que foram justas contra aqueles que interferiram com os arranjos dela e frustraram seus objetivos. Não acha que, colocando sob a perspectiva do que disse, o senhor foi injusto? Quem não teria feito o mesmo que ela? Lembre-se de que ela lutava pela própria vida! Ai, por muito mais do que sua vida! Pela vida, por amor, por todas as gloriosas possibilidades do tênue futuro no desconhecido mundo do Norte, que trazia esperanças tão encantadoras para ela! Não acha que ela, com todo o conhecimento de seu tempo e com toda a grande e incansável força de sua poderosa natureza, tinha esperanças de aumentar ainda mais as sublimes aspirações de sua alma!? Que ela tinha esperanças de trazer as conquistas de mundos desconhecidos e usar as vantagens de seu povo, tudo que ela ganhara com sono e morte e tempo; tudo que poderia ter sido frustrado pelas mãos impiedosas de um assassino ou de um ladrão. Se estivesse no lugar dela, o senhor não lutaria de todos os modos possíveis para alcançar o objetivo de sua vida, sua esperança, cujas possibilidades cresciam mais a cada hora que se passava nos infinitos anos? Consegue imaginar que aquele cérebro ativo esteve em descanso durante todos esses cansativos séculos, enquanto a alma livre dela passava de mundo em mundo dentre as regiões sem fronteiras das estrelas? Não teriam essas estrelas, em suas vidas variadas e múltiplas, lição alguma para ela, como tiveram para nós desde que começamos a seguir pelo glorioso caminho que ela e seu povo marcaram para nós quando nos enviaram sua ampla imaginação por meio das lamparinas da noite!?

Neste momento, ela fez uma pausa. Ela também fora tomada pela emoção, e as lágrimas antes não vertidas escorreram por seu rosto. Eu mesmo estava mais emocionado do que sabia descrever. Essa era realmente a minha Margaret; e, perante a consciência de sua presença, meu coração acelerou. De minha felicidade, veio a ousadia, e consegui dizer o que havia temido ser impossível; algo que chamaria a atenção do Sr. Trelawny para o que eu imaginava ser a dualidade de sua filha. No que peguei a mão de Margaret na minha e a beijei, disse para seu pai:

— Ora, senhor! Ela não poderia ter sido mais eloquente nem mesmo se o próprio espírito da Rainha Tera a acompanhasse para animá-la e sugerir ideias!

A resposta do Sr. Trelawny fez com que a surpresa tomasse conta de mim. Ela me indicou que ele também havia pensado em algo parecido.

— Se a acompanhasse! Se a acompanha! Sei bem que o espírito da mãe está com ela. Se, além disso, estiver também o espírito da grande e maravilhosa rainha, então eu não a amaria menos, mas em dobro! Não tema por ela, Malcolm Ross; ao menos, não mais do que teme pelo resto de nós!

Margaret deu continuidade ao tema, falando em velocidade tal que as suas palavras pareciam emendar nas do pai, em vez de interrompê-las.

— Não tenha nenhum medo em específico por mim, Malcolm. A Rainha Tera sabe, e não irá nos trazer perigo. Tenho certeza! Tenho certeza, do mesmo modo que tenho certeza de que estou perdida de amores por você!

Havia algo de estranho em sua voz, que me chamou tanto a atenção que olhei rapidamente em seus olhos. Estavam tão brilhantes como sempre, mas omitiam de minha visão os pensamentos internos, tal qual os olhos de um leão enjaulado.

Então, os outros dois homens entraram e mudamos de assunto.

CAPÍTULO XVIII

A Lição do "Ka"

Naquela noite, fomos todos dormir cedo. A noite seguinte seria uma de grandes anseios, e o Sr. Trelawny achou que deveríamos estar fortalecidos, tendo dormido o máximo possível. O dia também seria cheio de trabalho. Tudo que tivesse relação com o Grande Experimento teria que ser finalizado logo, de modo que, por fim, não falhássemos por conta de algum erro em nosso trabalho que não houvéssemos levado em consideração. Fizemos, claro, arranjos para chamar por socorro caso fosse necessário; mas não acho que nenhum de nós tivesse real medo do perigo. Era certo que não tínhamos medo da violência como a que tivemos que evitar durante nossa vigília em Londres, no longo transe do Sr. Trelawny.

De minha parte, senti um alívio esquisito. Eu havia aceitado os argumentos do Sr. Trelawny que, fosse a rainha de fato como supúnhamos que fosse – como no momento tomávamos por certo que fosse –, então não haveria oposição da parte dela; pois estávamos cumprindo os desejos dela até o fim. Até ali, eu estava tranquilo, muito mais tranquilo do que achei que seria possível; mas havia outras fontes de problemas que eu não conseguia afastar de minha mente. A principal era a estranha condição de Margaret. Se de fato ela tinha uma dualidade em seu ser, o que aconteceria se essa dualidade se unificasse? Vez após vez, eu revirava esse assunto em minha mente, tanto que eu poderia ter gritado devido à tamanha inquietação nervosa. Não servia de consolo a lembrança de que Margaret em si estava contente, e de que seu pai consentia com tudo aquilo. Amor é, no fim das contas, um sentimento egoísta; e ele joga uma sombra escura por cima de qualquer coisa que fique entre ele e a luz. Eu parecia ouvir os ponteiros do relógio girando; vi a escuridão se tornar penumbra, e a penumbra ficar acinzentada, e isso se tornar luz, sem pausa ou obstáculo à sequência de sentimentos miseráveis. Por fim, quando já era decentemente possível, sem risco de perturbar os outros, levantei-me. Passei pelo corredor nas pontas dos pés para me certificar de que os outros estavam bem; pois havíamos combinado de que a porta de todos os quartos deveria ser mantida entreaberta, de modo que o barulho de qualquer problema pudesse ser ouvido com facilidade.

Todos ainda dormiam; eu podia ouvir a respiração regular de todos eles, e fiquei feliz por essa noite terrível de ansiedade se passar em segurança. Ajoelhei-me em próprio quarto, em uma impulsiva reza de agradecimento, e soube, do fundo de meu coração, o tamanho de meu medo. Saí da casa e desci até o mar pela longa escada talhada na pedra. Um mergulho nas águas frescas e brilhantes fez bem aos meus nervos e fez com que eu me sentisse eu mesmo de novo.

Depois disso, enquanto eu subia os degraus, pude ver a luz do sol que nascia por trás de mim, tornando douradas as pedras do outro lado da costa. Mesmo assim, senti-me um tanto perturbado. Estava claro demais; como costumava ser antes de uma tempestade. Parei para assistir àquilo e senti uma mão suave em meu ombro; ao me virar, vi Margaret ao meu lado. Margaret, tão brilhante e radiante quanto a gloriosa manhã de sol! Era a minha Margaret desta vez! Minha antiga Margaret, sem sinal de qualquer outra; e senti que, pelo menos, este último e fatal dia havia começado bem.

Mas, ah! a felicidade não durou. Quando voltamos à casa após uma caminhada nas montanhas, a mesma rotina do dia anterior foi retomada: estavam todos abatidos e ansiosos, esperançosos, de espíritos elevados, em profunda depressão, com uma apática indiferença.

Porém seria um dia de trabalho; e todos arregaçamos as mangas com uma energia que forjava a própria salvação.

Após o café da manhã, todos nos juntamos na caverna, onde o Sr. Trelawny repassou, ponto por ponto, a posição de cada item de nossa parafernália. Ele explicou, enquanto prosseguia, o motivo de cada peça estar onde estava. Trazia consigo grandes rolos de papel com planos detalhados e símbolos e desenhos que ele mesmo havia feito, além das anotações resumidas de Corbeck. Conforme nos dissera, tais papéis continham todos os hieróglifos que estavam nas paredes, teto e chão da tumba do Vale do Feiticeiro. Mesmo se as medidas, feitas em escala, não marcassem a posição de cada objeto, teríamos eventualmente os colocado no lugar correto com um estudo das escritas e símbolos crípticos.

O Sr. Trelawny nos explicou outras coisas que não estavam nos documentos; como, por exemplo, que a parte oca da mesa tinha o formato exato da parte de baixo da Arca Mágica, que deveria ser colocada sobre a mesa. As respectivas pernas dela estavam indicadas por ureus[15] de diferentes formatos riscados no chão, com a cabeça de cada um se estendendo na direção do ureu similar que se enrolava ao redor da perna. Além disso, a múmia, quando colocada na parte elevada do fundo do sarcófago, que aparentemente fora feito para ela, deveria descansar a cabeça a Oeste e os pés a Leste, recebendo, assim, as correntes naturais da terra.

— Sendo essa a intenção — disse o Sr. Trelawny —, como acredito que seja, suponho que a força que será usada tem alguma relação com magnetismo ou eletricidade; talvez os dois. Pode ser, claro, que alguma outra força, como a que emana do rádio, esteja em ação. Já fiz experimentos com o elemento rádio, mas na menor quantidade que pude obter. Até onde pude me certificar, a pedra da arca é absolutamente imune à sua influência. Deve haver algumas dessas substâncias insuscetíveis na natureza. O rádio, ao que tudo indica, não se manifesta quando distribuído ao longo da pechblenda;[16] e sem dúvida existem outras substâncias nas quais ele pode ser aprisionado. Possivelmente podem pertencer àquela classe de elementos "inertes" descobertos ou isolados por Sir William Ramsay. Assim, é possível que, nesta arca, feita de um aerólito e que, portanto, talvez contenha algum elemento desconhecido ao nosso mundo, esteja aprisionado algum grande poder que será libertado quando a abrirmos.

Isso pareceu concluir essa linha de pensamento; mas, como ele manteve o olhar fixo de quem está engajado em um tema, aguardamos em silêncio. Após uma pausa, ele prosseguiu:

— Há uma coisa que, confesso, me deixou intrigado até agora. Pode não ser de grande importância; mas, em um assunto como esse, onde tudo é desconhecido, devemos supor que tudo é importante. Não acho que, em um

15 Plural de "ureu", ou "uraeu". Trata-se do adorno em forma de serpente usado por faraós egípcios como símbolo de sua grandeza. (N.E.)

16 Variedade impura da uraninita, da qual é extraído o urânio. (N.E.)

tema trabalhado com tamanho rigor, algo assim deva ser ignorado. Como podem ver pela planta da tumba, o sarcófago fica perto da parede norte, com a Arca Mágica a sul dele. O espaço coberto pelo sarcófago quase não tem símbolos ou regalias de qualquer tipo. À primeira vista, a impressão é que os desenhos foram feitos após ele ter sido colocado ali. Mas uma análise mais minuciosa mostrará que os símbolos no chão são organizados de modo a produzir um efeito específico. Veja como as escritas aqui seguem em uma ordem correta, como se tivessem pulado pelo vão. É apenas a partir de certos efeitos que se torna claro que há um significado de algum tipo. Qual? É isso que queremos descobrir. Vejam o topo e a base do espaço vago, que fica a Leste e Oeste, correspondendo à cabeça e aos pés do sarcófago. Em ambos há duplicatas das mesmas simbologias, mas organizados de tal modo que as partes de cada um são porções integrais de alguma outra escrita que os cruza. É apenas quando olhamos bem ou para a cabeça ou para os pés que podemos reconhecer que são simbolizações. Vejam! Estão duplicadas nos cantos e no centro, tanto no topo quanto na base. Em cada um dos casos há um sol cortado no meio pela linha do sarcófago, como se pelo horizonte. Perto de cada um deles e virado para o lado oposto, como se fosse dependente de algum modo, está o jarro com as escritas em hieróglifos que simbolizam o coração – "Ab", como os egípcios chamavam. Além dos sóis, temos, mais uma vez, a figura de um par de braços abertos, apontados para cima; são os determinantes de "Ka", ou "Duplo". Mas estão em uma posição relativa diferente no topo e na base. Na cabeça do sarcófago, o topo de "Ka" está virado na direção da abertura do jarro, mas, na base, os braços abertos apontam para o lado oposto.

"Os símbolos parecem indicar que, durante a passagem do sol de oeste para leste, do pôr ao nascer do sol, ou através do Mundo Inferior, também chamado noite, o Coração, que tem forma física mesmo na tumba e não pode sair de lá, simplesmente gira em seu eixo, de modo que sempre repousa em 'Ra', o deus do sol, a origem de tudo que é bom; mas seu Duplo, que representa os princípios ativos, vai para onde quiser, tanto à noite quanto de dia. Se isso for correto, é um aviso, um alerta, um lembrete de que a consciência da múmia não descansa e deve ser reconhecida.

"Ou talvez a intenção seja de transmitir que, após a noite da ressurreição em especial, 'Ka' deixaria o coração de vez, assim tipificando que, em sua ressurreição, a rainha seria restaurada a uma existência mais baixa e puramente física. Em tal caso, como ficaria sua memória e as experiências de sua alma vagante? O principal ganho com sua ressurreição seria perdido ao mundo! Isso, contudo, não me preocupa. São apenas palpites, afinal, e seria contraditória à crença intelectual da teologia egípcia que o 'Ka' é uma porção essencial da humanidade."

Ele fez uma nova pausa e todos aguardamos. Foi o Dr. Winchester que quebrou o silêncio:

— Meu bom senhor, ela estava preparada para isso. O roubo de túmulos não é novo; já deveria ser algo conhecido mesmo durante a dinastia da rainha. Não apenas ela estava preparada para invasões, mas, como demonstrou de vários modos, esperava que acontecessem. Esconder as lamparinas no serdabe e colocar um protetor do tesouro demonstra que havia defesa por parte dela, tanto positiva quanto negativa. De fato, a supor das muitas indicações vindas das pistas, e após muito pensar nelas, considero possível depreender que ela talvez considerasse a possibilidade de que outros, como nós, por exemplo, poderiam realizar com seriedade o trabalho que ela havia preparado para as próprias mãos quando o momento chegasse. Isso mesmo que estou falando é uma prova. A pista está ali apenas para os que querem vê-la!

Novamente, ficamos em silêncio. Desta vez, foi Margaret quem falou:

— Papai, posso ver esta planta? Gostaria de estudá-la durante o dia!

— Claro, querida — respondeu o Sr. Trelawny amigavelmente, entregando a planta para ela.

Então, ele retomou suas instruções em um tom diferente, mais prático e mais apropriado para se lidar com um tema que não continha mistério algum:

— É melhor que todos nós entendamos bem como funciona a luz elétrica, para caso ocorra alguma emergência. Suponho que possam notar que temos luzes por toda a parte, na casa inteira, de modo a não deixar nenhum canto escuro.

Fiz isso de propósito. Funciona a partir de um conjunto de turbinas que são movidas pelo vai e vem da maré, tal qual as turbinas no Niágara. Espero que, deste modo, evitemos todo e qualquer acidente e possamos ter um suprimento ininterrupto que esteja pronto a todos os momentos. Venham comigo e explicarei o sistema de circuitos, além de mostrar todos os interruptores e fusíveis.

À medida que o seguíamos, não pude deixar de ver o quão absolutamente completo era aquele sistema, e como o Sr. Trelawny havia se protegido contra qualquer desastre que pudesse ser previsto.

Mas de tal completude veio o medo! Em uma empreitada como a nossa, os limites do pensamento humano era estreitos. Para além dele havia a sabedoria Divina e o poder Divino!

Quando voltamos à caverna, o Sr. Trelawny abordou outro tema:

— Temos agora que decidir a hora exata em que realizaremos o Grande Experimento. Até onde vão a ciência e os mecanismos, estando os preparativos prontos, todos os horários têm o mesmo valor. Contudo, como estamos lidando com os preparativos feitos por uma mulher com uma mente extraordinariamente sutil e que tinha a mais completa crença na magia, além de adicionar a tudo um significado críptico, devemos nos pôr no lugar dela antes de decidir. Está claro para nós agora que o pôr do sol tem um papel importante nos planos. Dado que aqueles sóis, com suas bordas cortadas de um modo tão matemático pelos sarcófagos, foram organizados em uma imagem completa, devemos partir disso. Mais uma vez, é possível notar que o número sete tem um significado especial em cada uma das fases de pensamento, lógica e ações da rainha. O resultado lógico é que o horário escolhido seria a sétima hora após o pôr do sol. Isso vem do fato de que, em cada uma das ocasiões em que algo aconteceu em minha casa, este algo se deu nesse horário. Como o sol se põe às oito horas em Cornwall, devemos agir às três da manhã!

Ele falou em um tom muito decidido, ainda que bastante sério; não havia, contudo, nada de misterioso em suas palavras ou ações. Mesmo assim, estávamos todos bastante impressionados. Eu notei isso nos outros homens devido à palidez que tomou seus rostos, e pela rigidez e inquestionável silêncio com a qual a decisão foi recebida. A única pessoa que ficou, de certo modo, tranquila, foi Margaret, que estava em uma de suas abstrações, mas que pareceu acordar com um quê de felicidade. Seu pai, que a observava atentamente, sorriu; o humor dela era, para ele, uma confirmação direta de sua teoria.

Quanto a mim, eu estava quase tomado pela emoção. A determinação final do horário parecia o sinal do fim. Quando penso sobre isso hoje, percebo como um homem condenado se sente ao ouvir sua pena, ou à última batida de relógio que ele irá ouvir.

Não havia mais como voltar atrás! Estávamos à mercê de Deus!

À mercê de Deus...! E, mesmo assim...! Quais outras forças estariam em ação...? O que seria de nós, pobres átomos de poeira terrestre, voando no vento que ia e vinha sem destino conhecido ao homem. Não era por mim... Margaret...!

A firme voz do Sr. Trelawny me trouxe de volta a mim:

— Agora, vamos cuidar das lamparinas e terminar os preparativos.

Obedecendo-o, começamos a trabalhar e, sob sua supervisão, organizamos as lamparinas egípcias, certificando-nos de que elas estavam abastecidas com óleo de cedro e que os pavios estavam ajustados e funcionando. Acendemos e testamos uma a uma, e as deixamos prontas de modo que acendessem na primeira tentativa e uniformemente. Quando terminamos, olhamos ao redor; vimos que estava tudo pronto para o nosso trabalho à noite.

Tudo isso levou tempo, e todos, suponho, ficamos surpresos quando saímos da caverna e ouvimos o relógio batendo quatro horas.

Almoçamos tarde, algo que era agora possível sem grandes problemas graças aos preparativos que havíamos feito em relação à comida. Depois disso, por conselho do Sr. Trelawny, nos separamos; cada um foi se preparar do próprio jeito para o grande esforço que teríamos que fazer naquela noite. Margaret estava pálida e parecia exausta, e eu a aconselhei a deitar e tentar dormir. Ela prometeu que o faria. A abstração que a dominara durante praticamente o dia inteiro, indo e vindo, parecia estar longe naquele momento; com toda a sua antiga doçura e amável delicadeza, ela me deu um beijo de despedida!

E munido da felicidade que isso me trouxe, fui caminhar nas montanhas. Não queria pensar; eu tinha a sensação instintiva de que ar fresco e a divina luz do sol, além da miríade de belezas feitas pela mão d'Ele seriam o melhor modo de me preparar para o desafio por vir.

Quando voltei, todo o grupo se reunia para um chá tardio. Refrescado pela euforia da natureza, achei quase cômico que nós, que nos aproximávamos do fim de uma empreitada tão estranha – quase que monstruosa –, estivéssemos ainda presos às necessidades e hábitos de nossas vidas.

Todos os homens do grupo estavam sérios; o momento de reclusão, mesmo tendo oferecido descanso a todos, oferecera também a oportunidade de pensar. Margaret estava radiante, quase feliz; mas eu sentia falta da espontaneidade que lhe era comum. Ela se dirigia a mim com um certo ar sombrio de reserva, o que me fez voltar a ter suspeitas. Quando terminamos o chá, ela saiu do cômodo; mas voltou logo em seguida com os papéis que havia pegado com o pai mais cedo. Aproximando-se do Sr. Trelawny, ela disse:

— Papai, pensei bastante sobre o que o senhor disse hoje sobre os significados ocultos daqueles sóis e corações e "Kas", e examinei os desenhos mais uma vez.

— E a que conclusão chegou, minha filha? — perguntou, ansioso.

— Há outra leitura possível!

— Qual? — Sua voz agora tremia com antecipação.

Margaret lhe respondeu em uma entonação estranha; uma entonação que não seria possível a não ser que se tivesse consciência da verdade por trás do que seria dito:

— A de que, ao pôr do sol, "Ka" deve adentrar o "Ab" e deixá-lo apenas no nascer do sol!

— Prossiga — pediu o pai, com a voz rouca.

— Significa que, por esta noite, o Duplo da rainha, que, de outro modo, permaneceria livre, ficará no coração dela, que é mortal e não pode deixar sua prisão nas bandagens da múmia. Isso quer dizer que, quando o sol descer pelo mar, a Rainha Tera deixará de existir enquanto poder consciente até o nascer do sol; a não ser que o Grande Experimento a traga de volta à vida. Significa que não há nada que o senhor ou os outros devam temer da parte dela, como poderíamos esperar tendo em vista suas ações passadas. Sejam quais forem as mudanças que advenham do Grande Experimento, nenhuma será proveniente da pobre mulher indefesa e morta que esperou por tantos séculos por esta noite; que abriu mão de toda a sua liberdade da eternidade, conquistada por meios antigos, na esperança de uma nova vida em um novo mundo, como ela tanto ansiava...!

Margaret parou de falar de súbito. Antes, enquanto falava, soaram em suas palavras um tom estranho, patético, quase que suplicante, que me emocionou. Quando ela parou, pude ver, antes de ela virar a cabeça, que seus olhos estavam cheios de lágrimas.

Pela primeira vez, os sentimentos de seu pai não correspondiam aos dela. Ele parecia triunfante, mas com um controle sombrio que me lembrou de sua expressão severa enquanto estava em transe. Ele não ofereceu consolo algum à sua filha em dor, dizendo apenas:

— Podemos testar a exatidão de sua teoria, e dos sentimentos da rainha, quando chegar a hora!

Com isso, ele subiu a escadaria de pedra e foi para o próprio quarto. O rosto de Margaret trazia uma expressão confusa enquanto ela o observava ir embora. Por mais estranho que pareça, a confusão dela não me afetou.

Quando o Sr. Trelawny se foi, o silêncio reinou. Acho que nenhum de nós queria falar. Margaret foi para o próprio quarto e eu fui para o terraço acima do mar. O ar fresco e a beleza da paisagem me ajudaram a restaurar os meus ânimos, tal qual mais cedo naquele mesmo dia. Notei que estava contente com a crença de que o perigo que eu temia da violência da rainha na noite vindoura havia sido evitado. Eu acreditava na crença de Margaret com tal fervor que sequer me ocorreu argumentar contra ela. Em um elevado estado de espírito, e menos ansioso do que estivera nos últimos dias, fui para meu quarto e me deitei no sofá.

Fui acordado por Corbeck, que me chamava apressado:

— Desça à caverna o mais rápido que puder. O Sr. Trelawny quer ver todos nós imediatamente. Vamos!

Levantei-me de um pulo e corri para a caverna. Estavam todos lá, exceto por Margaret, que apareceu logo depois de mim, trazendo Silvio no colo. Quando o gato viu seu velho inimigo, lutou para ir para o chão; mas Margaret o segurou com mais força e o acalmou. Olhei para meu relógio. Eram quase oito horas.

Quando Margaret se juntou a nós, seu pai se dirigiu a ela diretamente, com uma insistência quieta que era nova para mim:

— Margaret, você acredita que a Rainha Tera voluntariamente desistiu de sua liberdade em prol desta noite? Para tornar-se uma múmia e nada mais, até que o Experimento fosse completado? Para se contentar com a ausência de seu poder sob toda e qualquer circunstância, até que tudo fosse feito e o ato de ressurreição tivesse sucesso ou falhasse?

Após uma pausa, Margaret respondeu baixinho:

— Acredito!

Nesta pausa, todo o ser, aparência, expressão, voz e maneira de Margaret haviam mudado. Até mesmo Silvio notou e, com um esforço violento, fugiu de seus braços; ela não pareceu notar. Eu esperava que o gato, uma vez liberto, fosse atacar a múmia; mas não o fez. Ele pareceu estar com medo demais para se aproximar. Ele se encolheu e, com um miado triste, veio até mim e se esfregou em meus tornozelos. Peguei-o no colo e Silvio se aninhou contra mim, contente. O Sr. Trelawny voltou a falar:

— Tem certeza do que diz!? Acredita nisso com todo o seu ser?

O rosto de Margaret havia abandonado a expressão distante; estava agora iluminada com a devoção de quem tem o poder de falar de grandes coisas. Ela respondeu com uma voz que, apesar de baixa, vibrava com convicção:

— Eu sei disso! Meu conhecimento vai além do que poderiam acreditar!

— Então tem certeza — disse novamente o Sr. Trelawny — que, fosse você a própria Rainha Tera, estaria disposta a provar de qualquer jeito que eu sugerir?

— Sim, de qualquer jeito! — veio a resposta destemida.

O homem falou de novo, em uma voz que não trazia a mínima dúvida:

— Mesmo perante o abandono de seu familiar à morte... à aniquilação?

Ela hesitou, e eu podia ver que estava sofrendo – sofrendo muito. Havia uma expressão aterrorizada em seu semblante, a qual homem nenhum poderia ver nos olhos de sua amada sem se emocionar. Eu estava prestes a interromper, quando seu pai, olhando ao redor com uma obstinação severa, me encarou. Eu fiquei quieto, perplexo; os demais homens também. Havia algo ocorrendo perante nós que não podíamos entender.

Com algumas passadas largas, o Sr. Trelawny foi até o lado oeste da caverna e abriu a persiana que obscurecia a janela. O ar fresco entrou e luz do sol brilhou sobre os dois, pois Margaret estava agora ao seu lado. Ele apontou para onde o sol afundava no mar em um círculo de fogo dourado, e seu rosto estava muito sério. Em uma voz com uma severidade implacável que ressoará em meus ouvidos até meus últimos dias, ele disse:

— Escolha! Fale! Quando o sol estiver abaixo do horizonte será tarde demais!

A glória do sol poente parecia iluminar o rosto de Margaret, até que este brilhasse como se iluminado por uma luz nobre, quando ela respondeu:

— Mesmo assim!

Então, indo até onde o gato mumificado estava sobre a mesinha, ela pôs a mão sobre ele. Ela não estava mais sob a luz do dia, e as sombras pareciam escuras e profundas sobre ela. Em uma voz límpida, ela disse:

— Se eu fosse Tera, diria: "Pegue tudo que tenho! Esta noite é apenas para os deuses!"

Enquanto ela falava, o sol se punha, e a sombra fria de repente se pôs sobre nós. Ficamos todos em silêncio por alguns instantes. Silvio pulou de meus braços e correu até sua dona, esticando-se sobre seu vestido como se pedindo que ela o pegasse no colo. Ele não se importava mais com a múmia.

Margaret estava gloriosa com toda sua doçura habitual quando disse tristemente:

— O sol se pôs, papai. Será que algum de nós o verá de novo? A noite das noites está por vir!

CAPÍTULO XIX
O Grande Experimento

Se fosse preciso alguma prova de que todos nós agora acreditávamos na existência espiritual da rainha egípcia, encontraríamos essa na mudança que ocorreu em nós, dentro de poucos minutos, após a fala de voluntária renúncia feita, como críamos, por meio de Margaret. Apesar da provação estar próxima, o que não saía de nossas mentes, aparentávamos e agíamos como se sentíssemos um grande alívio. Havíamos de fato vivido em tal estado de terrorismo durante os dias em que o Sr. Trelawny esteve preso em seu transe, que o sentimento havia se infiltrado em nós. Ninguém sabe de fato até que a tenha experienciado o que é a angústia constante do perigo desconhecido que pode vir a qualquer hora e em qualquer forma.

A mudança se manifestou de diferentes modos, de acordo com cada natureza. Margaret estava triste. O Dr. Winchester tinha o espírito elevado e estava atento a tudo; a linha de pensamento que lhe havia servido como antídoto para o medo, estando liberada de tal função, complementava agora o seu entusiasmo intelectual. O Sr. Corbeck parecia estar em um humor retrospectivo, em vez de especulativo. De minha parte, eu estava inclinado a me alegrar; o alívio da preocupação com Margaret bastava para mim.

O Sr. Trelawny parecia ser o que menos havia mudado. Talvez isso fosse apenas natural, visto que ele estava há tantos anos buscando fazer exatamente aquilo que faríamos em breve, que qualquer evento relacionado parecesse um mero episódio, meios para um fim. Ele tinha aquela natureza autoritária que foca tanto no fim de um empreendimento que todo o resto passa a ocupar uma posição secundária. Mesmo então, embora sua terrível severidade relaxasse sob o alívio da tensão, ele não esmoreceu nem vacilou por um momento sequer em seu propósito. Pediu que nós, homens, o acompanhássemos; e, indo para o corredor, conseguimos baixar para dentro da caverna uma mesa de carvalho, bastante longa e não muito larga, que ficava encostada na parede do corredor. Colocamos esta sob o forte aglomerado de luzes elétricas no meio da caverna.

Margaret olhou por um tempo; então, de repente, seu rosto empalideceu e, com uma voz agitada, ela disse:

— O que o senhor irá fazer, papai?

— Vou desenrolar o gato mumificado! A Rainha Tera não precisará de seu familiar nesta noite. Se ela o fizer, poderá ser perigoso para nós; então o tornaremos seguro. Não está preocupada com isso, está, querida?

— Ah, não! — ela respondeu rapidamente. — Estava apenas pensando em meu Silvio, e como eu me sentiria se fosse ele a múmia a ser desenfaixada!

O Sr. Trelawny já tinha facas e tesouras preparadas e colocou o gato na mesa. Era um começo sombrio para o nosso trabalho; e senti meu peito apertar ao pensar no que poderia acontecer naquela casa solitária no meio da penumbra da noite. A sensação de solidão e de isolamento do mundo era reforçada pelo barulho do vento, que havia aumentado de uma forma sinistra, e pelas ondas se quebrando nas pedras abaixo de nós. Contudo, tínhamos uma tarefa muito séria à frente para nos deixarmos levar por acontecimentos externos: o desenfaixar da múmia teve início.

Havia uma quantidade inacreditável de bandagens; e o som delas sendo rasgadas – sendo que estavam coladas umas às outras por betume, gomas e especiarias –, além da nuvenzinha vermelha de poeira pungente que subiu, perturbou a todos nós. Quando começávamos a retirar as últimas bandagens, vimos o animal sentado à nossa frente. Ele estava encurvado; seus pelos, dentes e garras estavam inteiros. Seus olhos estavam fechados, porém suas pálpebras não tinham a expressão feroz que eu esperava. Os bigodes haviam sido pressionados contra as laterais do rosto pelas bandagens; contudo, quando a pressão foi retirada, eles voltaram a se empertigar, tal qual em vida. Era uma criatura magnífica; um gato-tigre bastante grande. Mas, enquanto o encarávamos, nossa primeira impressão de admiração logo se transformou em medo, e um arrepio correu por cada um de nós; pois ali estava a confirmação dos medos que vínhamos nutrindo.

A boca e as garras dele estavam manchadas com marcas secas e vermelhas de sangue fresco!

O Dr. Winchester foi o primeiro a se recuperar do choque; sangue em si o perturbava muito pouco. Ele tirou a lupa do bolso e começou a examinar as manchas na boca do gato. O Sr. Trelawny respirou fundo, como se liberado de uma grande tensão.

— Conforme eu esperava — ele disse. — Isso é um bom presságio para o que está por vir.

Quando ele terminou de falar, o Dr. Winchester já examinava as manchas vermelhas das patas.

— Como eu esperava! — disse o doutor. — Ele também tem sete garras!

Abrindo seu caderno, pegou o papel mata-borrão marcado pelas garras de Silvio, no qual ele também havia feito, a lápis, um diagrama dos cortes no pulso do Sr. Trelawny. Ele colocou o papel sob as patas do gato mumificadas. As marcas se encaixavam perfeitamente.

Examinamos o gato nos mínimos detalhes, porém não encontramos nada de estranho, apenas ficamos encantados com seu estado de preservação. O Sr. Trelawny o levantou da mesa e Margaret correu até ele, implorando:

— Cuidado, papai! Cuidado! Ele pode te machucar!

— Agora não, querida — respondeu, indo até a escada. Ela ficou triste.

— Aonde está indo? — perguntou baixinho.

— Para a cozinha. O fogo eliminará todo o futuro perigo; nem mesmo um corpo astral pode se materializar a partir das cinzas!

Ele sinalizou para que o seguíssemos. Margaret se virou, soluçando. Fui até ela, mas ela gesticulou, indicando que queria que eu me afastasse, e sussurrou:

— Não, não! Vá com os outros. Papai pode precisar de você. Ah! é como se fosse assassinato! O pobre bichinho da rainha...! — As lágrimas escorriam sob os dedos que cobriam seus olhos.

Na cozinha, havia uma fogueira de lenha já preparada. Nela, o Sr. Trelawny usou um fósforo e, em poucos segundos, os gravetos se incendiaram e as chamas subiram. Quando o fogo estava totalmente aceso, ele jogou o corpo do gato nele. Por alguns segundos, o gato parecia uma massa escura em meio às chamas, e a sala foi impregnada com o fedor de pelo queimado. Então, o corpo seco pegou fogo também. As substâncias inflamáveis usadas no embalsamamento tornaram-se um novo combustível e as chamas subiam com vigor. Foram alguns minutos de um incêndio feroz e, então, pudemos respirar com liberdade. O familiar da Rainha Tera já não estava entre nós!

Quando voltamos à caverna, nos deparamos com Margaret sentada no escuro. Ela havia apagado a luz elétrica e apenas a tênue luz da noite brilhava através das estreitas aberturas na pedra. Seu pai correu até ela e lhe deu um abraço protetor e amoroso. Ela descansou a cabeça no ombro dele por um instante e pareceu consolada. Então pediu a mim:

— Malcolm, acenda a luz!

Eu a obedeci e pude ver que, apesar de ela ter chorado há pouco, seus olhos já estavam secos. Seu pai também reparou nisso e pareceu contente. Ele nos disse em um tom sério:

— Agora temos que nos preparar para nosso grande trabalho. Não vamos deixar nada para o último minuto!

Margaret deveria suspeitar do que estava por vir, pois foi com uma voz muito triste que perguntou:

— O que o senhor irá fazer agora?

O Sr. Trelawny deveria também suspeitar dos sentimentos de Margaret, pois respondeu baixinho:

— Desenfaixar a múmia da Rainha Tera!

Ela se aproximou dele e implorou em um sussurro:

— Papai, não pode desenfaixá-la! Tantos homens...! E sob a luz!

— Por que não, querida?

— Pense, papai! É uma mulher! Sozinha! Deste modo! Em um lugar destes! Ah, é cruel demais, cruel demais!

Era claro que ela estava muito emocionada. As bochechas dela queimavam, coradas, e seus olhos estavam cheios de lágrimas de indignação. Seu pai notou o quanto ela estava perturbada; e, simpático, buscou consolá-la. Eu fiz menção de me afastar, mas ele me fez um sinal para que eu ficasse. Entendi que ele queria ajudar naquela ocasião, como era típico de homens, e também desejava jogar para outra pessoa a tarefa de lidar com uma mulher perturbada e indignada. Contudo, ele começou a apelar para a razão dela:

— Não é uma mulher, querida; é uma múmia! Faz quase cinco mil anos que ela está morta!

— Do que importa? Sexo não é uma questão de anos! Uma mulher é uma mulher, mesmo estando morta há cinco mil anos! E o senhor espera que ela levante de tal sono duradouro! Não há como ser morte de fato se ela há de acordar! O senhor me levou a crer que ela viverá quando a arca for aberta!

— Sim, levei, querida; e eu também acreditei nisso! Mas se não tiver sido a morte que a tomou durante todos esses anos, então é algo muito semelhante. Além disso, veja bem: foram homens que a embalsamaram. As mulheres não tinham o direito de se tornarem doutoras no Egito Antigo! E mais — ele prosseguiu, já com uma liberdade maior, visto que ela estava aceitando os seus argumentos, ou, ao menos, não os refutava —, nós, homens, estamos acostumados com coisas assim. Corbeck e eu desenfaixamos centenas de múmias; e foram tanto de homens quanto de mulheres. O Dr. Winchester, em seu trabalho, lidou tanto com mulheres quanto com homens, até que o hábito fez com que ele não distinguisse sexo; até mesmo Ross, em seu trabalho como advogado... — Ele parou de falar subitamente.

— Você ia ajudar também!? — ela me disse, com um olhar indignado.

Eu não respondi. Supus que silêncio seria minha melhor saída. O Sr. Trelawny se apressou a continuar; eu pude ver que ele ficara contente com a interrupção, pois a parte de seu argumento referente ao trabalho de um advogado era bastante fraca.

— Minha filha, você mesma ficará conosco! Acha que faríamos qualquer coisa que te magoasse ou ofendesse? Vamos! Seja razoável! Não faremos nada por prazer. Somos todos homens sérios, investidos com seriedade em um experimento que poderá revelar a sabedoria dos tempos antigos e contribuir enormemente ao conhecimento humano; que poderá mostrar novos caminhos de pensamentos e pesquisas para as mentes dos homens. Um experimento — disse com a voz mais grossa — que traz consigo a ameaça de morte para qualquer um de nós... para todos nós! Sabemos que houve, há e poderá haver perigos vastos e desconhecidos à frente, dos quais talvez nenhum de nós jamais verá o fim. Entenda, minha filha, que não agimos levianamente; mas com toda a seriedade de homens honestos. Não apenas isso, querida, mas, a despeito de qualquer sentimento que você ou qualquer um de nós tenha, é necessário para o sucesso do experimento que removamos as bandagens antes de ela se tornar mais uma vez um ser humano, em vez de um cadáver espiritualizado com um corpo astral. Caso a intenção original dela fosse cumprida e ela voltasse à vida dentro de suas bandagens, seria trocar um caixão por uma cova! Ela morreria como os que foram enterrados vivos! Mas agora, quando ela voluntariamente abandonou seu poder astral pelo momento presente, não há como ter dúvidas do que deve ser feito.

Margaret nivelou sua expressão e disse, beijando o rosto de seu pai:

— Tudo bem, papai. Mas, ah! Parece tão indigno para uma rainha, uma mulher, passar por isso!

Eu estava me afastando em direção à escada quando ela me chamou:

— Aonde está indo?

Eu voltei e peguei sua mão, acariciando-a enquanto respondia:

— Voltarei quando terminarem de desenfaixá-la.

Ela me encarou longamente e um tênue quase-sorriso surgiu em seu rosto quando ela me respondeu:

— Talvez seja melhor que o senhor fique aqui também. Pode ser útil para seu trabalho enquanto advogado! — Ela sorriu, com os olhos fixos nos meus; mas, em um instante, sua expressão se alterou. Ela ficou muito séria e pálida como um cadáver. Em uma voz distante, disse: — Papai está certo! É uma ocasião terrível; temos todos que levá-la com seriedade. Mas mesmo assim... não, *por causa* disso, deve ficar aqui, Malcolm! Ficará feliz, depois, por ter estado presente nesta noite!

Senti um aperto muito, muito forte no peito ao ouvir isso; mas achei melhor não dizer nada. Já havia medo suficiente entre nós!

Até que sua filha interrompesse sua fala, o Sr. Trelawny, com a ajuda do Sr.

Corbeck e do Dr. Winchester, já havia retirado a tampa do sarcófago de pedra-ferro que continha a múmia da rainha. A tampa era bastante grande, porém não grande demais. A múmia também tinha um tamanho considerável, larga e alta, e pesada a ponto de sua remoção não ser tarefa fácil, mesmo com nossas forças somadas. Sob as orientações do Sr. Trelawny, a colocamos na mesa que havia sido preparada para aquele propósito.

Então, e apenas naquele instante, dei-me conta do horror da coisa toda! Ali, sob o forte brilho da luz, toda a face material e sórdida da morte era real demais. As bandagens externas, destruídas e soltas por toques rudes e com a cor ou escurecida pela poeira ou mais clara por causa da fricção, pareciam formar dobras, como se houvessem sido tratadas de um modo bruto demais. Os cortes das bordas das bandagens deixavam fios soltos; a pintura estava manchada e o verniz, lascado. As coberturas eram várias, isso era claro, pois faziam bastante volume. Mas, através de tudo, aparecia a figura humana, impossível de ser escondida, e que parecia ainda mais horrível quando parcialmente oculta do que em qualquer outro momento. O que estava perante nós era a Morte, nada além disso. Todo o romance e toda a sensação de luxo desapareceram. Os dois homens mais velhos, entusiastas que já haviam feito trabalhos como aquele em inúmeras ocasiões, não estavam perturbados; e o Dr. Winchester parecia trazer em si uma postura bastante profissional, como se estivesse na mesa de operação. Mas eu me senti mal, miserável, envergonhado; e, além disso, me doía e me preocupava a palidez sinistra de Margaret.

Deu-se início ao trabalho. O desenrolar do gato mumificado servira como uma leve preparação para isso; mas a tarefa diante de nós era tão maior e tão mais elaborada que parecia algo completamente diferente. Não apenas isso, mas, somando-se à sensação sempre presente de morte e humanidade, havia o sentimento de algo mais refinado naquilo tudo. O gato havia sido embalsamado com materiais mais ásperos. Contudo, no caso dela, tendo todas as camadas externas sido removidas, pode-se perceber a delicadeza com a qual aquele trabalho fora feito. Era como se apenas as mais finas gomas e especiarias tivessem sido usadas em seu embalsamamento. Mas eram os mesmos arredores, a mesma poeira vermelha, a mesma presença pungente do betume; era o mesmo som de rasgo que marcava a retirada das bandagens. E havia muitas, fazendo grande volume quando abertas. À medida que os homens as desenrolaram, fiquei cada vez mais animado. Eu mesmo não participei do processo; Margaret me olhou com gratidão quando me afastei. Demos as mãos e nos abraçamos fortemente. À medida que o desenfaixar prosseguia, as bandagens se tornavam mais finas, e o odor de betume ficava menos marcado, mas mais pungente. Acho que todos nós começamos a nos sentir como se aquilo nos afetasse de algum modo especial. Contudo, isso não interferiu no trabalho, que prosseguiu sem interrupções. Algumas das bandagens internas tinham símbolos ou imagens, que eram feitos, por vezes, inteiramente de um verde pálido e, por outras, com muitas cores; mas sempre com uma prevalência de verde. De quando em quando, o Sr. Trelawny ou o Sr. Corbeck destacavam algum desenho especial antes de colocar a bandagem na pilha atrás deles, que crescia sem parar, atingindo uma altura monstruosa.

Enfim, notamos que as bandagens estavam chegando ao fim. As proporções já haviam se reduzido, resultando em outras que seriam normais para alguém da altura da rainha, que era acima da média. E, à medida que o fim se aproximava, Margaret empalidecia cada vez mais; e o coração dela batia cada vez mais rápido, até que a velocidade do subir e descer de seu peito passasse a ser assustador para mim.

Bem no momento em que seu pai tirava a última das bandagens, ele olhou para cima por acaso e notou a expressão de dor e ansiedade no rosto pálido da filha. Ele parou e, entendendo que a preocupação dela era ao ultraje contra a modéstia, disse, consolando-a:

— Não há por que ficar desconfortável, querida! Veja, não há nada aqui que possa te magoar. A rainha traja um robe... Ora, e é um robe de realeza!

A última faixa era bastante larga e tinha o comprimento do corpo. Ao ser removida, um robe profusamente completo de linho branco surgiu, cobrindo o corpo da garganta aos pés.

E que linho! Todos nos curvamos para ver melhor.

Margaret deixou de ficar preocupada, focando em seu interesse pela bela roupa. O restante de nós observou com admiração; pois decerto um linho daqueles jamais havia sido visto por olhos de nossos tempos. Era fino como a mais fina seda. Contudo, fios de seda ou seda tecida jamais fariam vincos tão graciosos, por mais que estivessem comprimidos pelas bandagens apertadas da múmia e levados à rigidez pelos milhares de anos passados.

Ao redor do pescoço havia bordados delicados, feitos com ouro puro e com pontinhos de sicômoro. Ao redor dos pés, em um trabalho similar, havia uma sequência infinita de flores de lótus, todas com alturas diferentes e com o gracioso abandono do crescimento natural.

Atravessando o corpo, mas propositalmente não o circundando, havia um cinturão de joias. Um cinturão lindo, que brilhava e cintilava com todas as formas, fases e cores do céu!

A fivela era uma grande pedra amarela, redonda, profunda e curvada, como se um globo tivesse sido pressionado contra ela. Ela brilhava e cintilava, como se trouxesse um sol dentro de si; os raios de luz que nela refletiam pareciam iluminar tudo ao redor. Duas grandes pedras da lua, menores do que ela, a flanqueavam, e seus brilhos, para além da glória da pedra do sol, eram como o resplandecer prateado da lua.

E, ao lado de cada uma delas, conectadas com fechos dourados com um formato primoroso, havia uma sequência de joias flamejantes, cujas cores pareciam arder. Era como se cada uma delas trouxesse em si uma estrela de verdade, que brilhava a cada mudança de luz.

Margaret levantou as mãos em êxtase. Ela se inclinou para examinar com mais minúcia; mas, de repente, voltou, ajustando a postura até se mostrar em toda a sua altura. Ela falava com a convicção do conhecimento absoluto quando disse:

— Isso não é uma mortalha! Não havia a intenção de ser usado pelos mortos! É um robe de casamento!

O Sr. Trelawny se inclinou e tocou o robe de linho. Ele levantou um dos vincos do pescoço e, por causa do jeito como prendeu a respiração, eu soube que algo o havia surpreendido. Ele levantou o vinco um pouco mais e, em seguida, ele também se afastou, apontando e dizendo:

— Margaret está certa! Estas vestes não eram para serem usadas por mortos! Veja! Ela não está vestida com o robe; ele está colocado por cima dela.

Ele levantou as joias e as entregou para Margaret. Então, com ambas as mãos, ele levantou o amplo robe e colocou sobre os braços que sua filha havia estendido por um impulso natural. Coisas tão belas como aquelas eram preciosas demais para serem manejadas de qualquer modo senão com o maior cuidado.

Todos ali ficamos maravilhados com a beleza do corpo que, exceto pelo pano em seu rosto, agora estava completamente nu. O Sr. Trelawny se inclinou e, com dedos trêmulos, levantou o pano de linho que era da mesma fineza do robe. No que ele se afastou e toda a gloriosa beleza da rainha foi revelada, fui tomado pela vergonha. Não era certo que estivéssemos ali, encarando com nossos olhos irreverentes uma beleza tão desprotegida; era quase um sacrilégio! E, ainda assim, o fascínio pálido daquela bela forma era algo vindo dos sonhos. Era como se não estivesse morta; mas sim como se fosse uma estátua talhada em marfim pelas mãos de Praxíteles.[17] Não havia nada da contração que a morte parecia causar quase imediatamente. Não havia a rigidez enrugada que era a característica mais presente nas múmias. Não havia a atenuação contraída de um corpo que secou na areia, como já vi antes em museus. Todos os poros pareciam ter sido preservados de algum jeito maravilhoso. A carne era farta e roliça, como a de uma pessoa viva; a pele era suave como cetim. A cor tinha um aspecto extraordinário. Era como marfim novo; exceto pelo braço direito, com seu pulso rasgado e marcado de sangue do qual faltava uma mão e que ficara exposto no sarcófago por tantos séculos.

Com um impulso feminino, uma boca que se abriu em pena, olhos que queimavam com raiva e bochechas coradas, Margaret jogou o belo robe que estava em seus braços sobre o corpo, deixando apenas o rosto à vista. E o

17 Possivelmente o mais renomado escultor da Grécia Antiga. (N.E.)

rosto era ainda mais impressionante do que o corpo, pois não parecia morto, mas vivo. As pálpebras estavam fechadas; e os longos, negros e curvos cílios repousavam sobre as bochechas. As narinas, com seu formato orgulhoso, tinham o repouso que, quando visto em vida, é maior do que o repouso da morte. Os lábios cheios e vermelhos, apesar da boca fechada, mostravam a mais ínfima linha de dentes brancos como pérolas. Seu cabelo, cheio e de um preto brilhante como as asas de um corvo, acumulava-se sobre sua testa pálida, com algumas mechas cacheadas como gavinhas. Eu fiquei impressionado com a semelhança com Margaret, apesar de ter me preparado mentalmente para isso após o Sr. Corbeck citar o que o Sr. Trelawny dissera sobre isso. Esta mulher – eu não conseguia pensar nela como múmia ou cadáver – era idêntica a Margaret quando a vi pela primeira vez. A semelhança era ainda maior devido à joia que decorava seus cabelos, o "Disco e as Plumas", como Margaret também havia usado. Além disso, era uma joia gloriosa; uma pérola com o brilho de luar, decorada por pedaços talhados de pedra-da-lua.

O Sr. Trelawny estava tomado pela emoção enquanto observava a cena. Ele praticamente desmoronou; e, quando Margaret correu até ele e o abraçou com força, consolando-o, pude ouvi-lo sussurrar com a voz falha:

— É como se você estivesse morta, minha filha!

Seguiu-se um longo silêncio. Eu ouvia o rugir do vento do lado de fora, que agora se transformava em uma tempestade, e a fúria das ondas se quebrando abaixo de nós. A voz do Sr. Trelawny quebrou aquele encanto:

— Mais tarde, temos que descobrir qual foi o processo de embalsamento utilizado. Não se parece com nenhum que eu conheço. Não parece haver nenhuma cicatriz para a retirada das vísceras e dos órgãos, que aparentam estar intactos dentro do corpo. Não só isso, como não há hidratação na carne; mas há alguma outra coisa, como se tivessem colocado cera ou estearina nas veias por meio de algum processo bastante sutil. Pergunto-me se existe a possibilidade de que tenham usado parafina. Pode ser que tenham, por algum processo que não conhecemos, bombeado a parafina em suas veias e esta endureceu lá!

Margaret, que cobriu o corpo da rainha com um lençol branco, pediu que o levássemos para o seu quarto, onde o colocamos sobre a cama. Depois pediu que saíssemos, e disse:

— Deixem-me a sós com ela. Ainda há muitas horas pela frente, e não gosto da ideia de deixá-la lá, nua sob aquela luz forte. Pode ser esse o casamento para o qual ela se preparou. O Casamento com a Morte; e, ao menos, ela poderá usar seu belo robe.

Quando Margaret me chamou de volta ao quarto, a rainha morta vestia o robe de linho fino com bordado de ouro; e todas as suas belas joias estavam no lugar. Havia velas acesas ao seu redor e flores brancas sobre seu peito.

Ficamos de mãos dadas por um tempo, encarando-a. Então, suspirando, Margaret a cobriu com um de seus lençóis brancos. Ela se virou e, após silenciosamente fechar a porta do quarto, foi comigo até onde os outros estavam, na sala de jantar. Ali, começamos a discutir o que havia acontecido e o que haveria de acontecer.

Em alguns momentos, eu podia sentir que um de nós estava forçando o rumo da conversa, como se não estivéssemos certos de nós mesmos. A longa espera estava começando a afetar nossos nervos. Era claro para mim que o Sr. Trelawny havia sofrido mais naquele estranho transe do que suspeitávamos ou do que ele demonstrava. A bem da verdade, a força de vontade e determinação daquele homem estavam tão fortes como costumavam ser; mas o lado físico dele havia enfraquecido um pouco; era, de fato, tão natural quanto podia ser. Não havia como um homem passar por quatro dias em total negação da vida sem ser enfraquecido nem um pouco por isso.

À medida que as horas passavam, o tempo parecia passar com mais e mais lentidão. Os outros homens ficavam sonolentos sem que percebessem. Fiquei na dúvida se, no caso do Sr. Trelawny e do Sr. Corbeck, que já haviam sofrido uma influência hipnótica da rainha, a mesma dormência estava se manifestando. O Dr. Winchester tinha períodos nos quais ficava distraído, e estes duravam cada vez mais e ficavam cada vez mais frequentes quanto mais as horas passavam.

Quanto a Margaret, era evidente que o suspense a afetava bastante. Ela ficava cada vez mais pálida; até que, por fim, perto da meia-noite, comecei a ficar muito preocupado com ela. Pedi que me acompanhasse até a biblioteca e tentei fazer com que ela se deitasse um pouco no sofá. Dado que o Sr. Trelawny havia decidido que o experimento deveria ser feito exatamente sete horas após o pôr do sol, ele não seria realizado até perto das três da manhã. Mesmo considerando uma hora inteira de preparativos finais, ainda havia duas horas de espera que deveríamos aturar, e prometi observá-la e acordá-la a qualquer hora que ela pedisse. Contudo, ela se recusou a seguir meu conselho. Agradeceu-me com muita doçura, sorrindo para mim; mas me assegurou de que não estava com sono e que era bem capaz de aguentar tudo aquilo. Era apenas o suspense e a adrenalina da espera que a deixavam pálida daquele jeito. Concordei por obrigação; mas a mantive falando das muitas coisas que havia na biblioteca por mais de uma hora; assim, por fim, quando ela insistiu em voltar para o quarto do pai, senti que eu tinha, pelo menos, feito algo para ajudá-la a passar o tempo.

Nos deparamos com os três homens pacientemente sentados em silêncio. Com uma perseverança típica dos três, contentaram-se em ficar parados ao sentir que haviam feito tudo que estava a seu alcance. Assim, esperamos.

Quando o relógio bateu duas horas, pareceu que todos nós nos sentimos refrescados. Quaisquer fossem as sombras que se puseram sobre nós durante as longas horas que se passaram, elas desapareceram de uma só vez; e seguimos cada qual com sua tarefa, alertas e cheios de energia. Primeiro verificamos as janelas, para nos certificar de que estavam fechadas, e deixamos nossas máscaras prontas para serem colocadas quando estivesse perto da hora. Havíamos combinado de usá-las desde o primeiro momento, pois não tínhamos como saber se algum gás tóxico sairia da Arca Mágica quando ela fosse aberta. De algum modo, nunca nos ocorreu dúvida alguma de que ela, de fato, se abriria.

Então, seguindo as ordens de Margaret, carregamos, de seu quarto até o de seu pai, o corpo mumificado da Rainha Tera, deitando-o no sofá. Colocamos um lençol sobre ele, de modo que, caso ela acordasse, poderia sair com facilidade de baixo dele. A mão decepada fora colocada em sua posição original sobre seu peito e, debaixo dela, a Joia das Sete Estrelas, a qual o Sr. Trelawny tirara do cofre. Ela parecia queimar em brasas quando a colocamos no lugar.

Era uma visão estranha, e uma experiência estranha. O grupo de homens sérios e silenciosos carregava a figura pálida e imóvel, semelhante a uma estátua de mármore, quando, durante o movimento, o lençol caiu, longe das velas acesas e das flores brancas. Colocamos o corpo no sofá do outro quarto, onde o resplandecer da luz elétrica brilhava sobre o grande sarcófago no meio do cômodo que estava preparado para o experimento final, o Grande Experimento, consequência das pesquisas de uma vida inteira daqueles dois estudiosos viajantes. Mais uma vez, a pavorosa semelhança entre Margaret e a múmia, intensificada pela palidez extrema de Margaret, deixava tudo ainda mais estranho. Levamos quarenta e cinco minutos até acabar de colocar as coisas em seus lugares, dado nosso nível de cuidado e atenção em tudo que fizemos. Margaret me chamou, e fui com ela pegar Silvio. Ele foi até ela ronronando. Margaret o pegou no colo e o entregou a mim; então, ela fez algo que despertou estranhas emoções em mim e me fez sentir a desesperada natureza da empreitada que íamos fazer. Uma por uma, ela cuidadosamente apagou as velas com um sopro, colocando-as de volta em seus lugares de sempre. Quando terminou, disse:

— Acabou agora. O que quer que aconteça, vida ou morte, não haverá mais utilidade para essas velas.

Então, ela pegou Silvio de volta e o abraçou perto do peito, fazendo-o ronronar alto, e voltamos ao cômodo. Fechei a porta com cuidado atrás de mim, sentindo um estranho arrepio, como se houvesse naquilo um aspecto definitivo. Não tinha mais volta. Colocamos nossas máscaras e tomamos cada um a posição combinada. Eu deveria ficar perto dos interruptores de luz elétrica perto da porta, pronto para desligá-los ou ligá-los de acordo com as ordens do Sr. Trelawny. O Dr. Winchester deveria ficar perto do sofá, de modo que não ficasse entre a múmia e o sarcófago; ele deveria observar atentamente o que aconteceria com a rainha. Margaret deveria ficar ao lado dele; ela trazia Silvio no colo, pronta para colocá-lo no sofá ou ao lado dele quando achasse que fosse certo. O Sr. Trelawny e o Sr. Corbeck seriam responsáveis por acender as lamparinas. Quando os ponteiros do relógio se aproximavam de marcar três horas, eles estavam preparados com seus acendedores.

As batidas do sino prateado do relógio pareciam golpear nossos corações como uma sentença de perdição. Um! Dois! Três!

Antes da terceira batida, os pavios das lamparinas já haviam sido acesos e eu tinha desligado a luz elétrica. Na penumbra, as lamparinas pouco iluminavam e, após o brilho forte da luz elétrica, o cômodo e o que havia nele tomaram formas estranhas, e tudo pareceu mudar em um instante. Esperamos, nossos corações acelerados. Sei que assim estava o meu, pelo menos, e acho que ouvi o dos outros pulsando também.

Os segundos passaram muito, muito, muito devagar. Era como se o mundo inteiro tivesse parado. As silhuetas dos outros estavam bastante tênues, sendo possível ver com clareza apenas o vestido branco de Margaret. A luz fraca das lamparinas mostrava o queixo quadrado e os lábios franzidos do Sr. Trelawny, bem como o rosto barbeado e bronzeado do Sr. Corbeck. Os olhos deles pareciam brilhar contra a luz. Do outro lado do cômodo, os olhos do Dr. Winchester cintilavam como estrelas, e os de Margaret queimavam como sóis negros. Já os de Silvio eram como esmeraldas.

Será que aquelas lamparinas não se acenderiam logo!?

Foram apenas alguns segundos até que elas se iluminassem. Uma luz lenta e firme, que ficava mais e mais clara, mudando de cor, de azul até branco como um cristal. Assim ficaram por alguns minutos, sem mudança alguma na arca; até que, por fim, começou a aparecer um brilho delicado, que cresceu e cresceu, até ficar como uma joia ardente e, então, como algo vivo cuja essência integral era a luz. Aguardamos e aguardamos, nossos corações como se parados em expectativa.

De uma só vez, ouvimos um som semelhante a uma explosão abafada, e a tampa subiu alguns centímetros no ar; não havia como se enganar agora, pois o cômodo estava completamente tomado pela luz. Em seguida, a tampa, ainda presa de um dos lados, levantou-se lentamente do outro, como se cedendo a uma pressão interna. A arca ainda brilhava, e dela começou a sair uma fumaça fraca e esverdeada. Eu não sentia seu cheiro devido à máscara; mas, mesmo assim, tinha consciência do odor estranho e pungente. Então, a fumaça começou a engrossar e a sair em volumes cada vez mais densos, até obscurecer a sala. Tive o terrível desejo de correr até Margaret, que eu ainda via através da fumaça, de pé atrás do sofá. Enquanto eu olhava naquela direção, vi o Dr. Winchester cair. Ele não estava inconsciente, pois balançava a mão para lá e para cá, como se para proibir qualquer um de ir até lá. Neste momento, as silhuetas do Sr. Trelawny e do Sr. Corbeck ficaram indistinguíveis na fumaça que os rodeava em nuvens grossas e espessas. Por fim, perdi eles de vista completamente. A arca ainda brilhava; mas as lamparinas ficaram cada vez mais tênues. Em um primeiro momento, achei que a luz delas estava sendo superada pela grossa fumaça negra; mas, então, vi que elas estavam, uma a uma, acabando de queimar. Devem ter queimado bastante rápido para produzir chamas tão poderosas e vívidas.

Esperei e esperei, na expectativa de, a qualquer instante, ouvir o comando para acender a luz; mas ele não veio. Continuei esperando e encarei, com uma intensidade angustiante, as nuvens de fumaça que ainda saíam da arca brilhante enquanto as lamparinas cediam e apagavam uma a uma.

Por fim, sobrou apenas uma lamparina acesa, e ela emitia um brilho azulado, tênue e inconstante. A única luz efetiva no cômodo era a da arca. Mantive meus olhos fixos na direção de Margaret; era por causa dela que minha ansiedade queimava. Eu conseguia ver seus trajes brancos além da silhueta também branca e ainda coberta no sofá. Silvio estava perturbado; seus miados davam dó, e eram o único som no quarto. A névoa negra ficou cada vez mais profunda e densa, e sua pungência começou a atacar minhas narinas, bem como meus olhos. O volume da fumaça que saía da arca parecia diminuir agora, e a fumaça em si parecia ter ficado menos densa. Do outro lado do cômodo, vi algo branco se mover onde estava o sofá. Foram vários movimentos ao mesmo tempo. Notei apenas o vulto rápido e branco através da fumaça densa e da luz que ficava cada vez mais fraca; pois, agora, o brilho da arca abrandava-se rapidamente. Eu ainda ouvia Silvio, mas seus miados pareciam vir de mais perto; no momento seguinte, senti-o se encolher contra meu pé.

Então, o último brilho de luz desapareceu e, através da escuridão egípcia, pude ver a tênue linha branca ao redor das persianas; achei que o momento era propício para dizer algo, então tirei minha máscara e gritei:

— Devo acender a luz?

Não houve resposta. Então, antes que a fumaça grossa me sufocasse, gritei ainda mais alto:

— Sr. Trelawny, devo acender a luz?

Ele não respondeu, mas, do outro lado do cômodo, ouvi a voz de Margaret, soando com doçura e límpida como um sino:

— Sim, Malcolm!

Apertei o interruptor e as lamparinas se acenderam. Mas eram meros pontos tênues de luz dentre a turva bola de fumaça. Naquela espessa atmosfera, havia pouca chance de iluminação. Corri até Margaret, guiando-me por seu vestido branco, e peguei em sua mão quando a alcancei. Ela reconheceu minha preocupação e logo disse:

— Está tudo bem.

— Graças a Deus! — respondi. — E quanto aos outros? Rápido, vamos abrir as janelas para nos livrar dessa fumaça!

Para minha surpresa, ela respondeu, em um tom sonolento:

— Eles vão ficar bem. Não ficarão feridos.

Não parei para perguntar como ou com quais argumentos ela formara tal opinião, mas corri para abrir todas as janelas. Então, abri a porta com um baque.

Poucos segundos bastaram para haver uma mudança perceptível, após a espessa fumaça preta sair pelas janelas. Então, as luzes ficaram mais fortes e eu pude ver o cômodo. Todos os homens haviam sido subjugados. Ao lado do sofá, o Dr. Winchester estava deitado de costas, como se tivesse caído e rolado para o lado; e, do outro lado do sarcófago, onde antes situavam-se, o Sr. Trelawny e o Sr. Corbeck estavam jogados ao chão. Era um alívio para mim ver aquilo, pois, ainda que inconscientes, todos tinham a respiração pesada, como se estivessem em um estupor. Margaret ainda estava atrás do sofá. Em um primeiro momento, ela parecia estar em uma condição parcialmente atordoada; mas, a cada instante que passava, ela ganhava mais e mais controle sobre si. Ela deu um passo à frente e me ajudou a puxar seu pai para perto de uma janela. Juntos, colocamos os demais em posições semelhantes, e ela correu até a sala de jantar, voltando com um decantador cheio de conhaque, o qual demos um pouco para cada um deles. Não muito tempo depois de eu ter aberto as janelas, os três voltavam à consciência. Enquanto isso, todos os meus pensamentos e ações haviam se concentrado em auxiliá-los a acordar; mas, agora que não era mais necessário, olhei ao meu redor para ver qual havia sido o efeito do experimento. A grossa fumaça havia se dissipado quase que por inteiro; mas ainda pairava uma névoa no cômodo, bem como prevalecia o estranho, pungente e acre odor.

O grande sarcófago estava tal qual antes. A arca estava aberta e, nela, espalhadas por divisões ou partições feitas de sua própria substância, estavam cinzas negras. No geral, no sarcófago, na arca e, na verdade, no cômodo inteiro, havia uma espécie de filme preto formado por uma fuligem oleosa. Fui até o sofá, que ainda estava parcialmente coberto pelo lençol branco; mas este havia sido jogado para o lado, como alguém faz ao se levantar da cama.

Contudo, não havia sinal da Rainha Tera! Peguei Margaret pela mão e a levei até lá. Com bastante relutância, ela saiu do lado do pai, de quem ela ainda cuidava, porém ela não tardou muito a me acompanhar. Ainda segurando sua mão, sussurrei:

— O que aconteceu com a rainha? Conte-me! Você estava bem perto, deve ter visto algo acontecendo!

Ela me respondeu suavemente:

— Não aconteceu nada que eu tenha conseguido ver. Até o momento que a fumaça ficou densa demais, mantive meus olhos no sofá, mas nada mudou. Então, quando ficou tão escuro que eu não conseguia ver mais nada, achei ter ouvido algo se mexendo perto de mim. Pode ter sido o Dr. Winchester desmaiando; não tenho certeza. Achei também que poderia ser a rainha se levantando, então pus o pobre Silvio no chão. Não vi o que aconteceu com ele, mas senti como se ele tivesse fugido de mim quando o ouvi miando perto da porta. Espero que eu não tenha ofendido ele!

Como se em resposta a isso, Silvio veio correndo, esfregando-se contra o vestido dela, puxando o tecido como se implorasse que ela o pegasse no colo. Ela se abaixou e o pegou nos braços, acariciando-o e o consolando.

Fui até o sofá e o examinei por toda a parte, com muita minúcia. Quando o Sr. Trelawny e o Sr. Corbeck se recuperaram o suficiente, o que não levou muito tempo, ainda que o Dr. Winchester tenha demorado mais, fizemos todo o exame de novo. Contudo, encontramos apenas uma espécie de monte de poeira indefinida, que tinha um estranho fedor de defunto. No sofá, estava a joia de disco e as plumas que a rainha usava nos cabelos, além da Joia Estrelada que continha palavras de ordem para os deuses.

Fora isso, nunca obtivemos mais pista alguma do que aconteceu. Uma coisa apenas confirmava nossa ideia de que a múmia havia sido fisicamente destruída: no sarcófago do hall, onde havíamos colocado a múmia do gato, havia um monte de poeira semelhante.

* * * * *

No outono, Margaret e eu nos casamos. Em tal ocasião, ela trajava os robes e o cinturão da múmia, além da joia que a Rainha Tera usava nos cabelos. Em seu peito havia um anel de ouro feito para se assemelhar ao talo retorcido de uma flor de lótus, onde jazia a estranha Joia das Sete Estrelas, a qual continha as palavras de ordem para o deus de todos os mundos. A joia foi iluminada pela luz do sol que atravessa as janelas da capela durante o casamento, e brilhava como se fosse viva.

As palavras de ordem gravadas podem ter sido de fato eficazes; pois Margaret vive por elas, e não há outra vida no mundo tão feliz quanto a minha.

Com frequência pensamos na grande rainha, e sentimos liberdade para falar sobre ela. Certa vez, eu disse, com um suspiro, que sentia muito por ela não ter podido caminhar em uma nova vida, em um novo mundo; então, minha esposa, colocando ambas as mãos sobre as minhas e olhando em meus olhos com aquela expressão distante, eloquente e sonhadora que às vezes a domina, disse com muito amor:

— Não sinta pena dela! Quem sabe? Ela talvez tenha encontrado a felicidade que tanto buscava. É necessário apenas amor e paciência para se ter felicidade neste mundo; ou no mundo passado ou no futuro; seja o mundo dos vivos ou o dos mortos. Ela sonhou o sonho dela; e isso é tudo que qualquer um de nós pode desejar!